La folie de lord Mackenzie

JENNIFER
ASHLEY

La folie de lord Mackenzie

ROMAN

Traduit de l'américain
par Béatrice Pierre

J'AI LU

Titre original
THE MADNESS OF LORD IAN MACKENZIE

A Leisure book,
published by Dorchester Publishing Co., Inc. New York

Remerciements

J'aimerais remercier mon éditeur, Leah, qui n'a cessé de m'encourager tout le temps qu'a duré ce projet difficile. Merci aussi à mon critique, partenaire indispensable, qui a lu les premiers jets et m'a aidée à mettre en forme ce livre. Et enfin merci à mon mari à qui j'ai lu et relu le manuscrit du début à la fin et qui m'a servi sans se lasser de table d'harmonie.

1

Londres, 1881

— Je trouve qu'un bol Ming ressemble au sein d'une femme, disait sir Lyndon Mather à Ian Mackenzie qui tenait le bol en question. La courbe douce, la blancheur crémeuse. Vous n'êtes pas d'accord ?

Ne connaissant aucune femme qui aurait été flattée d'être comparée à un objet, quel qu'il soit, Ian ne se donna pas la peine d'acquiescer.

La délicate porcelaine, datée de la première période Ming, était à peine teintée de vert, et les flancs étaient transparents tant ils étaient fins. Trois dragons gris-vert se pourchassaient et quatre chrysanthèmes semblaient flotter à l'arrière-plan.

Le bol aurait tout juste pu prendre en coupe un petit sein rond.

— Mille guinées, dit Ian.

Le sourire de Mather s'étiola.

— Voyons, mon cher, je croyais que nous étions amis ?

D'où Mather tenait-il cette idée ? se demanda Ian.

— Ce bol vaut mille guinées.

Il désigna du doigt le bord légèrement ébréché et la base usée par des siècles de manipulation.

Le visage trop joli de Mather trahit sa déception.

— Je l'ai payé quinze cents. Expliquez-vous.

Il n'y avait rien à expliquer. Le cerveau de Ian avait noté chaque qualité et chaque défaut en dix secondes. Si Mather n'était pas capable d'évaluer ses pièces, qu'il s'abstienne de collectionner de la porcelaine. Il y avait au moins cinq faux dans sa vitrine.

Ian approcha l'objet de son nez et en huma le parfum frais qui avait survécu à l'odeur de cigare qui imprégnait la maison. Ce bol était une pièce authentique, et il le voulait.

— Donnez-moi au moins le prix que je l'ai payé, reprit Mather d'une voix paniquée. Le vendeur m'a dit que je faisais une affaire.

— Mille guinées, répéta Ian.

— Crénom, je me marie, mon vieux !

Ian se souvint de l'annonce dans le *Times* – mot pour mot, car il se rappelait tout mot pour mot : *Sir Lyndon Mather, de St. Aubrey, Suffolk, fait part de ses fiançailles avec Mme Thomas Ackerley. Le mariage aura lieu le 27 juin de cette année à St. Aubrey, à dix heures du matin.*

— Mes félicitations, dit-il.

— Je comptais acheter un cadeau à ma bien-aimée avec ce que j'aurais tiré de ce bol.

— Pourquoi ne pas le lui donner ? demanda Ian qui ne parvenait pas à détacher les yeux de l'objet en question.

Mather s'esclaffa.

— Mon cher ami, les femmes ne connaissent rien à la porcelaine. Ma fiancée préférera sûrement une voiture avec les chevaux qui vont avec, et la ribambelle de serviteurs nécessaires pour trimballer les colifichets qu'elle va s'acheter. C'est une jolie femme, la fille d'un aristo français, mais elle n'est plus de la première jeunesse. Elle est veuve.

Ian ne répondit pas. Cet objet valait plus que dix attelages, songea-t-il en léchant le flanc du bol. Toute femme qui n'en discernerait pas la poésie était une idiote.

Le voyant faire, Mather fronça le nez. C'était pourtant ainsi que Ian avait appris à tester l'authenticité d'un vernis. Mais Mather ne savait pas reconnaître un vernis authentique.

— Elle a une belle petite fortune, poursuivit-il. Héritée d'une certaine Mme Barrington, une vieille dame qui ne gardait pas ses opinions pour elle. Mme Ackerley était sa dame de compagnie, et elle a tout ramassé.

Pourquoi vous épouse-t-elle, alors ? se demanda Ian en retournant le bol. Mme Ackerley l'ignorait sans doute encore, mais elle allait trouver le lit de son époux un peu encombré. Mather collectionnait les maîtresses avec aussi peu de discrimination que la porcelaine. Ce dont il se vantait auprès des frères de Ian. Je suis un décadent comme vous, tentait-il de leur faire admettre. Mais était-il plus doué pour les plaisirs de la chair que pour ceux de l'esprit ? Ian en doutait.

— Je parie que vous êtes surpris qu'un célibataire endurci comme moi se jette dans le mariage, continua Mather. Mais ça ne veut pas dire que je vais lâcher mes partenaires habituelles, ça non ! À propos, si vous voulez vous joindre à nos petites fêtes, vous êtes le bienvenu.

Ian avait rencontré les amies de Mather. C'étaient des femmes au regard vide, prêtes à toutes les servilités, du moment que c'était contre argent comptant.

Mather sortit un cigare.

— À propos, nous allons à l'opéra de Covent Garden, ce soir. Venez, je vous présenterai ma fiancée. J'aimerais avoir votre opinion. Tout le monde dit que vous avez un goût parfait en matière de femmes, autant qu'en matière de porcelaines.

Il conclut sa tirade d'un gloussement vulgaire. Ian ne répondit pas. L'obligation de sauver le bol des mains de ce philistin se fit plus pressante.

— Mille guinées.

— Vous êtes dur en affaires, Mackenzie.

— Mille guinées, et j'irai à l'opéra.

— Bon, d'accord, mais vous me ruinez.

Pour cela, il n'avait besoin de personne.

— Votre veuve a de la fortune. Vous vous en remettrez.

Mather éclata de rire, et son beau visage rayonna. Ian avait vu des femmes de tous âges rougir, papilloter des cils ou jouer de l'éventail lorsque Mather souriait.

— C'est vrai et, en plus elle est ravissante. Je suis un veinard.

Mather sonna. Son majordome entra, suivi de Curry, le valet de Ian. Celui-ci apportait une boîte en bois tapissée de paille dans laquelle Ian déposa soigneusement le bol aux dragons.

Répugnant à enfermer une telle œuvre d'art, il la caressa du bout du doigt sans la quitter des yeux, jusqu'à ce que Curry rompe l'enchantement en posant le couvercle sur la boîte.

Levant enfin les yeux, il s'aperçut que son hôte leur avait fait servir du cognac. Ian accepta un verre et s'assit devant le livret de chèques que Curry avait ouvert pour lui sur la table de travail.

Il trempa sa plume dans l'encrier. Il se penchait pour écrire lorsqu'il remarqua la bulle d'encre noire qui pendait de la plume.

Quelque chose en lui s'émerveilla de la rotondité parfaite de cette goutte, et de la viscosité qui la retenait suspendue à la pointe.

Dans moins d'une seconde, la gouttelette tomberait de la plume et cette perfection serait anéantie. Elle en était d'autant plus précieuse.

Il ignorait depuis combien de temps il s'absorbait dans la contemplation de la gouttelette d'encre, quand il entendit Mather s'exclamer :

— Diantre, il est vraiment fou, non ?

— Vous voulez que j'écrive à votre place ?

Ian leva les yeux sur le visage amical de son valet, un jeune cockney qui, enfant, avait survécu en vidant les poches des passants.

Il fit oui de la tête et lui céda la plume. Curry tourna le livret face à lui et écrivit le chiffre en lettres capitales. Il trempa de nouveau la plume et la rendit à Ian, maintenant la pointe abaissée afin de lui cacher l'éventuelle goutte d'encre.

Ian signa sous le regard insistant de Mather, puis se leva.

— Ça lui arrive souvent ? demanda Mather.

— C'est rien de grave, m'sieur, répondit Curry en rougissant.

Ian leva son verre et le vida d'une lampée.

— Nous nous reverrons à l'opéra, déclara-t-il en prenant la boîte.

Il sortit sans tendre la main. Vexé, Mather fronça les sourcils, mais s'inclina. Lord Ian Mackenzie, frère du duc de Kilmorgan, était d'un rang supérieur au sien, ce à quoi il accordait beaucoup d'importance.

Une fois en voiture, Ian plaça la boîte à côté de lui. La proximité du bol comblait quelque vide en lui.

— Je sais que c'est pas à moi de le dire, fit Curry tandis que la voiture cahotait sur les pavés luisants de pluie. Mais cet homme est une vraie ordure, tout le monde le sait. Il est même pas digne que vous essuyiez vos bottes sur lui. Pourquoi que vous avez fait affaire avec lui ?

— Je voulais cet objet, répliqua Ian en caressant la boîte.

— Vous savez y faire pour obtenir ce que vous voulez, y a pas d'erreur, milord. Mais il faut vraiment que vous passiez la soirée avec lui ?

— J'irai dans la loge de Hart.

Le regard de Ian effleura le visage de Curry avant de plonger dans un angle de la voiture.

— Trouve tout ce que tu peux sur une certaine Mme Ackerley, une veuve qui vient de se fiancer avec sir Lyndon Mather. Et renseigne-moi avant ce soir.

— Ah bon ? Pourquoi que vous vous intéressez à la fiancée d'un type comme ça ?

Ian pianota sur la boîte.

— Je veux savoir s'il s'agit d'une exquise porcelaine ou bien d'une contrefaçon.

Curry lui décocha un clin d'œil.

— Pas de problème, patron. Je vais voir ce que je peux dénicher.

On ne pouvait être plus beau ni plus charmant que Lyndon Mather, et toutes les têtes se retournèrent lorsque Beth Ackerley entra à son bras dans le hall de l'opéra.

Mather avait un profil parfait, un corps mince et athlétique, et des cheveux dorés dans lesquels les dames mouraient d'envie de plonger les doigts. Ses manières étaient impeccables et il charmait tous les gens qu'il rencontrait. Il avait des revenus substantiels, un somptueux hôtel particulier à Park Lane, et il était reçu par la crème de la société. Un parti parfait pour une dame dotée d'une fortune inattendue, en quête d'un second mari.

Même une dame dotée d'une fortune inattendue se lasse de la solitude, songeait Beth en s'installant dans la loge de Mather, à côté de la tante de celui-ci et de sa dame de compagnie. Elle connaissait Mather depuis plusieurs années, sa tante et la vieille dame dont elle-même avait été la dame de compagnie étant proches amies. Malgré sa beauté, il n'était pas le gentleman le plus excitant du monde, mais Beth ne désirait pas l'excitation. Pas de mélodrame, s'était-elle promis. Elle en avait déjà eu plus que sa part.

À présent, ce que désirait Beth, c'était une vie agréable. Tenir une grande maison avec une armée de domestiques. Peut-être aurait-elle la chance d'avoir enfin des enfants. Son premier mariage, neuf ans plus tôt, ne lui en avait pas donné, le pauvre Thomas étant mort à peine un an après l'échange de serments.

La représentation avait déjà commencé. La cantatrice possédait une splendide voix de soprano et le corps ample qui allait avec. Beth fut bientôt absorbée par l'enchantement de la musique. Comme à l'accoutumée, Mather quitta la loge au bout de dix minutes. Il n'allait à l'opéra et aux concerts que pour rencontrer des gens d'importance et en être vu. Beth ne s'en formalisait pas. Elle avait l'habitude de rester avec les douairières et préférait cela à échanger des banalités avec les ladies. « Oh, chérie, vous avez entendu ? Lady Marmaduke a trois centimètres de dentelle sur sa robe au lieu des deux de rigueur. Pouvez-vous imaginer quelque chose de plus vulgaire ? Et le plissé est complètement détendu. » Information capitale s'il en fut.

La tante de Mather et sa dame de compagnie avaient l'air de s'ennuyer. Sans doute une sortie à l'opéra n'était-elle pas pour elles un événement important, alors que pour quelqu'un qui avait grandi dans l'East End, c'était encore quelque chose de rare et précieux. Beth aimait la musique et s'en imprégnait chaque fois qu'elle en avait l'occasion. Enfant, elle n'avait pas eu la possibilité d'apprendre à jouer ni à chanter. Ensuite, Mme Barrington lui avait offert des leçons de piano, mais il était déjà trop tard pour qu'elle les mette vraiment à profit. Eh bien, tant pis. Elle prendrait son plaisir en écoutant jouer les autres et, Mather aimant parader dans les salons de l'opéra et des salles de concert, sa vie ne serait pas privée de musique.

Son plaisir fut interrompu par le retour bruyant de son fiancé.

— Ma chère, je vous ai amené un ami très proche, lord Ian Mackenzie. Serrez-lui la main, vous me ferez plaisir. Son frère est le duc de Kilmorgan, vous savez.

Beth jeta un œil sur l'homme qui était entré à la suite de Mather… et tressaillit.

Lord Mackenzie était grand et bien bâti. Ses cheveux étaient brun-roux. Les traits de son visage étaient fermes et bien dessinés. La main qui étreignait la sienne était grande et puissante. Quant à ses yeux… jamais Beth n'en avait vu de pareils.

Au début, elle les avait crus brun clair, mais lorsque, poussé par Mather, il se retrouva assis à côté de Beth, elle constata qu'ils étaient dorés, ou plutôt ambrés et tachetés d'or comme si le soleil dansait dessus.

— Voici Mme Ackerley, la femme de mon cœur, lança Mather. Alors, qu'est-ce que vous en pensez ? Ne vous avais-je pas dit que c'est la plus jolie femme de Londres ?

Lord Mackenzie jeta un bref regard dans la direction de Beth, puis fixa un point éloigné, au-delà de la loge. Il tenait toujours sa main, fermement, à la limite de la douleur.

Il n'avait pas acquiescé à la déclaration de Mather, ce que Beth trouva légèrement grossier. Sans tomber dans les excès et crier que jamais il n'avait vu plus belle femme, il aurait pu émettre un oui poli !

Toujours muet, il retenait la main de Beth et suivait du pouce la couture du gant. Encore et encore, le pouce traçait de brefs dessins, envoyant des ondes de chaleur jusque dans les membres de la jeune femme.

— S'il a prétendu que j'étais la plus belle femme de Londres, je crains que vous ne soyez déçu, s'empressa-t-elle de dire. Je vous présente mes excuses.

Le regard de lord Mackenzie revint sur elle et son front se plissa, comme s'il ne comprenait pas de quoi elle parlait.

— Ne rudoyez pas cette pauvre femme, Mackenzie, fit Mather. Elle est aussi fragile que l'un de vos bols Ming.

Beth se rua sur ce sujet de conversation.

— Oh, vous vous intéressez à la porcelaine ?

— Mackenzie est un expert, expliqua Mather avec une pointe d'envie.

— Vraiment ? s'enquit-elle.

Ian Mackenzie lui jeta un autre coup d'œil.

— Oui.

Il n'était pas plus près d'elle que Mather, mais elle était terriblement consciente de sa présence, de son genou contre ses jupes, de la pression de son pouce sur sa main, de son *absence* de regard.

Une femme ne serait pas à l'aise avec cet homme, songea-t-elle en frissonnant. Le drame serait toujours présent, ou imminent.

Elle le devinait à la tension du corps proche du sien, à la chaleur des doigts qui ne se résignaient pas à lâcher les siens, aux yeux qui fuyaient. Fallait-il plaindre la femme sur laquelle ces yeux se poseraient enfin ? Ou bien l'envier ?

— Sir Lyndon a de jolies choses, poursuivit-elle, de plus en plus fébrile. Toucher un objet qu'un empereur chinois a tenu il y a des centaines d'années me fait une étrange impression. Je me sens… je ne sais pas… *proche* de lui, je pense. Tout à fait privilégiée, en tout cas.

Des éclats dorés scintillèrent dans le bref coup d'œil que lord Mackenzie lui jeta.

— Vous devriez voir ma collection.

C'est alors qu'elle perçut le très léger accent écossais de sa voix grave et rocailleuse.

— J'adorerais ça, cher ami, dit Mather. Dès que nous aurons le temps.

Mather braqua ses jumelles de théâtre sur l'ample poitrine de la cantatrice. Beth remarqua avec stupéfaction le regard que Ian posa sur lui. Un regard dégoûté, méprisant, qui la bouleversa. Puis, avant qu'elle s'en soit remise, voilà qu'il se penchait sur elle, l'enveloppant du parfum d'un savon à barbe et d'une odeur typiquement masculine qui la troubla.

— Lisez ceci hors de sa vue.

Son souffle lui caressa l'oreille tandis que ses doigts glissaient un papier dans l'ouverture de son gant. Levant les yeux sur lui, elle vit ses pupilles la fuir de nouveau.

Il se redressa, le visage impavide. Mather se retourna et lui lança un commentaire grivois sur les seins de la cantatrice.

Lord Mackenzie se leva. La pression chaude sur sa main cessant, Beth se rendit compte qu'il n'avait pas cessé de la tenir.

— Vous partez déjà, cher ami ? demanda Mather.

— Mon frère m'attend.

— Le duc ? s'enquit Mather, déjà conquis.

— Mon frère Cameron et son fils.

— Oh.

Déçu, Mather se leva cependant et promit d'emmener Beth voir sa collection.

Sans un mot, Ian contourna les chaises vides et sortit. Beth le suivit des yeux jusqu'à ce que la porte se referme. Le papier glissé dans son gant la brûlait.

— Voilà, ma chère, ce qu'on appelle un excentrique, souffla Mather en s'asseyant à côté d'elle.

La main qu'avait tenue lord Mackenzie semblait se glacer à présent. Beth l'enfouit dans les plis de sa robe de taffetas gris.

— Un excentrique ?

— Il a un grain. Le pauvre garçon a vécu plusieurs années dans un asile et, s'il est libre maintenant, c'est uniquement parce que son frère, le duc, l'a embauché comme secrétaire. Mais ne vous inquiétez pas, enchaîna Mather en lui prenant la main. Vous n'aurez pas à le voir en dehors de ma présence. Ils sont tous un peu fous dans cette famille, d'ailleurs. Et scandaleux. Ne parlez à aucun d'eux sans moi, ma chère, c'est entendu ?

Beth murmura un vague acquiescement. Elle avait entendu parler de la famille Mackenzie, parce que Mme Barrington raffolait des ragots sur l'aristocratie. Les Mackenzie apparaissaient régulièrement sur les feuilles à scandales que Beth lisait à sa patronne.

Bien qu'il ne ressemblât à aucun homme de sa connaissance, lord Mackenzie ne lui avait pas paru fou. Un peu bizarre, peut-être. La main de Mather était molle et froide, tandis que la pression ferme de celle de Ian l'avait émue et échauffée d'une façon troublante. L'intimité conjugale, dont elle avait joui avec Thomas, lui manquait. Hélas, la perspective de partager le lit de Mather ne remuait pas son sang. Ce qu'elle avait connu avec Thomas était exceptionnel et tenait de la magie, elle le savait, et elle en avait fait son deuil. Alors pourquoi son souffle s'était-il accéléré lorsque le chuchotement de Ian avait effleuré son oreille ? Pourquoi son cœur avait-il battu plus vite ?

Non. Lord Mackenzie représentait l'inconnu, l'excès, le drame assurément. Mather, c'était la sécurité. Elle choisirait la sécurité. Il le fallait.

Mather parvint à rester immobile cinq minutes, puis il se leva de nouveau.

— Je dois aller présenter mes respects à lord et lady Beresford. Cela ne vous ennuie pas, j'espère ?

— Non, bien sûr, répondit machinalement Beth.

— Vous êtes un trésor. J'ai toujours dit à cette chère Mme Barrington combien je vous trouvais douce et polie.

Mather embrassa la main de Beth et sortit.

La cantatrice entama un air dont les notes emplirent toute la salle. Derrière Beth, la tante de Mather et sa dame de compagnie rapprochèrent leurs têtes, l'éventail ouvert devant elles, et chuchotèrent, chuchotèrent, chuchotèrent...

Beth sortit le morceau de papier. Tournant carrément le dos aux deux vieilles dames, elle le déplia.

Madame Ackerley,

Je prends la liberté de vous prévenir du véritable caractère de sir Lyndon que mon frère, le duc Kilmorgan, connaît bien. Je veux que vous sachiez que Mather possède une maison près de Temple Bar, où il retrouve des femmes, plusieurs à la fois. Il les appelle ses « poupées » et leur demande de le traiter en esclave. Ce ne sont pas des prostituées, mais des femmes que le manque d'argent pousse à se commettre avec lui. J'ai les noms de cinq d'entre elles, au cas où vous voudriez les interroger, à moins que vous ne désiriez rencontrer le duc, mon frère.

Je reste votre fidèle,

Ian Mackenzie.

Ouvrant grand les bras, la cantatrice se jeta dans un crescendo éperdu. Les applaudissements se déchaînèrent dès qu'elle se tut.

Beth n'entendait rien. Souffle coupé, elle fixait les lettres noires, odieuses, irrévocables, qui tranchaient sur le blanc du papier.

Le souffle revint dans ses poumons. Elle toussa. Elle jeta un coup d'œil à la tante de Mather. Bien que ni elle ni sa dame de compagnie n'ait accordé une minute d'attention à l'opéra, toutes deux applaudissaient en glapissant :

— Bravo ! Bravo !

Remettant le papier dans son gant, Beth se leva. La petite loge avec ses fauteuils capitonnés et ses tables à thé parut osciller tandis qu'elle se dirigeait en tâtonnant vers la porte.

La tante de Mather lui adressa un regard surpris.

— Vous ne vous sentez pas bien, ma chère ?

— J'ai juste besoin de prendre un peu l'air. C'est étouffant, ici.

La vieille dame se mit à fourgonner dans ses affaires.

— Vous voulez des sels ? Alice, aidez-moi…

— Non, non, protesta Beth en se dépêchant de sortir. Ça ira très bien.

La galerie à l'extérieur était déserte, heureusement. La cantatrice était célèbre, si bien que la plupart des spectateurs restaient rivés à leur siège.

Beth se hâta. Sa vue se brouillait, le papier lui brûlait la peau.

Pourquoi lord Mackenzie lui avait-il écrit cette lettre ? C'était un excentrique, avait dit Mather.

Était-ce l'explication ? Mais, si ces accusations étaient les divagations d'un fou, pourquoi proposait-il de lui faire rencontrer son frère ? Le duc de Kilmorgan était l'un des plus puissants personnages du Royaume-Uni – le duché existait en Écosse depuis 1300 et quelques années.

Pourquoi un homme d'un rang aussi élevé se soucierait-il du sort d'individus aussi insignifiants que Beth Ackerley et Lyndon Mather ?

Non, ce message était trop bizarre. Ce devait être un mensonge, une affabulation.

Et cependant... Il lui était arrivé de surprendre le regard que Mather lui jetait parfois, le regard de quelqu'un qui se félicite de faire une bonne affaire. Grandir dans l'East End et avoir eu le père qu'elle avait eu avaient donné à Beth le talent de détecter les escrocs. Aurait-elle été dupe, ou bien avait-elle décidé d'ignorer les signes inquiétants ?

Non. Elle avait eu maintes occasions de bien connaître Mather lorsqu'elle tenait compagnie à Mme Barrington. Il leur faisait faire des promenades dans sa voiture, les invitait avec sa tante dans sa maison de Park Lane, les escortait à des concerts. Il se comportait envers Beth avec courtoisie. Et, Mme Barrington morte, il l'avait demandée en mariage.

Quand tu t'es retrouvée dotée de la fortune de Mme Barrington, lui rappela une petite voix.

Qu'est-ce que c'était que ces « poupées » qui devaient traiter Mather en esclave ?

Les baleines de son corset parurent se resserrer, l'empêchant de respirer. Des taches noires dansèrent devant ses yeux et elle tendit la main en quête d'appui.

Une poigne ferme se referma sur son coude.

— Attention, fit une voix rocailleuse à l'accent écossais. Venez avec moi.

2

Avant qu'elle ait pu balbutier une protestation, lord Mackenzie l'entraînait, la soulevant à moitié. Quelques pas plus loin, il ouvrit une porte et poussa la jeune femme à l'intérieur d'une autre loge, plus spacieuse et plus luxueuse que celle de Mather. La fumée de cigare la fit tousser.

— Il me faudrait un verre d'eau.

Ian la fit s'installer dans un fauteuil et lui servit un verre. Elle but avidement.

Le goût du whisky mélangé à l'eau faillit la faire recracher, mais au fur et à mesure que le liquide traçait une piste brûlante jusque dans son estomac, sa vue s'éclaircissait.

C'est alors que Beth s'aperçut que la loge dominait la scène. Ce devait être celle du duc de Kilmorgan. Des petites tables marquetées et des fauteuils profonds attendaient les spectateurs, mais pour l'instant Ian Mackenzie et elle étaient seuls.

Il reprit le verre et s'assit, beaucoup trop près. Puis il but ce qu'elle avait laissé. Une goutte s'attarda sur sa lèvre inférieure et, à sa grande surprise, elle eut l'envie incongrue de la lécher.

Elle s'ébroua mentalement et sortit le papier de son gant.

— Que vouliez-vous dire par ceci, monsieur ?

— Exactement ce qui est écrit.

— Ce sont de graves accusations, lança-t-elle d'un ton dont la sévérité ne le troubla en rien.

— Mather est une canaille, vous devez vous débarrasser de lui, déclara-t-il froidement.

Beth froissa le papier en boule et tenta de réfléchir. Tâche que la proximité de Ian Mackenzie rendait quasi impossible. Chaque fois qu'elle inspirait, elle inhalait l'odeur de whisky et de cigare.

— On dit que les collectionneurs se jalousent les uns les autres au point d'en perdre la tête, dit-elle.

— Mather n'est pas un collectionneur.

— Non ? Pourtant, j'ai vu ses porcelaines. Il les garde dans une salle spéciale, solidement verrouillée, et ne laisse pas ses domestiques y faire le ménage.

— Sa collection ne vaut pas un clou. Il est incapable de distinguer une pièce authentique d'un faux.

— Monsieur, cela fait trois mois que je suis fiancée à sir Lyndon, et aucune de ses autres relations ne m'a signalé de conduites particulières.

— Mather garde ses perversions secrètes.

— Sauf pour vous ? Pourquoi avez-vous le privilège de ces informations ?

— Il pensait que l'étalage de ses perversions impressionnerait mon frère.

— Grands dieux, pourquoi ces choses impressionneraient-elles un duc ?

Ian haussa les épaules, et son bras effleura celui de Beth. Il était vraiment trop près, songea-t-elle, sans toutefois oser se lever pour prendre un autre siège.

— Vous vous promenez avec ce genre de lettres dans la poche au cas où vous croiseriez une dame en péril ? attaqua-t-elle.

Il la regarda brièvement, puis détourna les yeux.

— Je l'ai écrite avant de venir à l'opéra, au cas où je trouverais en vous voyant que vous méritez d'être sauvée.

— Devrais-je être flattée ?

— Mather est un idiot et un escroc qui ne pense qu'à votre fortune.

Exactement ce que la petite voix dans sa tête lui susurrait.

— Mather n'a pas besoin de ma fortune, protesta-t-elle. Il a de l'argent, un hôtel particulier à Park Lane, un domaine dans le Suffolk, et d'autres biens ici et là.

— Tout est hypothéqué. Il est criblé de dettes. C'est pour cela qu'il m'a vendu le bol.

Elle ignorait de quel bol il parlait, mais l'humiliation lui incendiait l'estomac en même temps que le whisky. Dieu sait pourtant qu'elle avait été prudente lorsque les demandes en mariage avaient fusé après la mort de Mme Barrington.

— Je ne suis pas idiote, monsieur. Je sais que les trois quarts de mon charme viennent de l'argent attaché à mon nom depuis peu.

Il avait un regard chaud, de la même couleur dorée que le whisky.

— Non, c'est faux.

Cette simple phrase la détendit.

— Si cette lettre rapporte la vérité, alors je suis dans une situation intenable.

— Pourquoi ? Vous êtes riche. Vous pouvez faire ce que vous voulez.

Beth garda le silence. Son univers avait basculé le jour où Mme Barrington était morte en lui laissant son hôtel de Belgrave Square, sa fortune, ses domestiques, tous ses biens.

La richesse signifiait la liberté, ce dont elle avait été privée jusque-là. L'une des raisons pour lesquelles elle avait accueilli favorablement la proposition de Mather était que sa tante et lui étaient en mesure de l'introduire dans la haute société de Londres, en lui conférant un autre statut que celui de Cendrillon. Rôle qu'elle avait tenu trop longtemps à son goût.

Les femmes mariées étaient censées ne pas accorder d'attention aux liaisons de leurs époux. Ces règles avaient été inventées par les messieurs, disait Thomas, afin de n'en faire qu'à leur tête. Mais Thomas était quelqu'un de bien, un être rare.

On ne pouvait dire cela de l'homme assis à côté d'elle. Ses frères et lui avaient une réputation terrible. Même Beth savait cela. Des murmures couraient sur des histoires sordides, la séparation scandaleuse de lord Mac Mackenzie et de sa femme, lady Isabella, les excès de l'un ou de l'autre, et enfin sur l'implication supposée des Mackenzie dans la mort d'une prostituée. Beth ne se souvenait plus des détails, sinon que l'affaire avait éveillé l'attention de Scotland Yard et que les quatre frères s'étaient tous trouvé des tas de choses urgentes à faire en dehors de Londres.

Non, les Mackenzie ne pouvaient être considérés comme des gens « bien ». Alors, pourquoi Ian Mackenzie se donnait-il le mal de prévenir une modeste Beth Ackerley qu'elle allait épouser un homme décidé à la tromper ?

— Vous pourriez m'épouser, lâcha-t-il tout à trac.

Beth cligna des yeux.

— Pardon ?

— J'ai dit que vous pourriez m'épouser. Je me fiche de votre fortune.

— Monsieur, pourquoi diable me demandez-vous en mariage ?

— Parce que vous avez de beaux yeux.

— Comment le savez-vous ? Vous ne les avez pas regardés une seule fois.

— Je sais.

Devait-elle rire ou pleurer? songea Beth qui avait de plus en plus de mal à respirer.

— Vous faites cela souvent? Prévenir une fiancée que son futur époux est un voyou, puis proposer de le remplacer? Manifestement, la tactique n'a pas fonctionné, sinon vous auriez une ribambelle de femmes accrochées à vos basques.

Ian Mackenzie se massa la tempe, comme s'il sentait venir une migraine. Il n'avait plus toute sa tête, se rappela-t-elle. Pourtant, rester seule avec lui ne l'effrayait pas.

Peut-être parce qu'elle avait vu Thomas s'occuper de fous, de pauvres âmes perdues dont les familles cherchaient à se débarrasser et qu'il fallait parfois ligoter sur leur lit. Lord Mackenzie était loin d'être une pauvre âme perdue.

— C'est très gentil à vous, monsieur, dit-elle.

La main de Ian Mackenzie se crispa sur l'accoudoir de son fauteuil.

— Si je vous épouse, Mather n'aura plus prise sur vous.

— Si je vous épousais, ce serait le scandale du siècle.

— Vous y survivriez.

Tout en regardant la cantatrice qui s'époumonait sur la scène, Beth se rappela que la rumeur la présentait comme la maîtresse de lord Cameron Mackenzie, l'un des frères aînés de Ian.

— Si quelqu'un m'a vue entrer ici avec vous, ma réputation est perdue.

— Alors, vous n'aurez plus rien à perdre.

Beth pouvait se lever, pointer le nez en l'air et sortir de la loge. Mme Barrington avait giflé bon nombre de soupirants en son temps, racontait-elle avec jubilation. La gifle, en l'occurrence, n'était pas une bonne idée, songea Beth. Il en fallait sûrement plus pour refroidir un Ian Mackenzie.

— Si je disais oui, que feriez-vous ? s'enquit-elle avec curiosité. Vous chercheriez précipitamment une excuse pour vous désister ?

— J'irais trouver un pasteur, un évêque, un archevêque, n'importe quel homme d'Église, et je l'obligerais à nous marier ce soir même.

Feignant d'être horrifiée, elle écarquilla les yeux.

— Quoi ? Pas de robe de mariée, pas de demoiselles d'honneur, pas de fleurs ?

— Vous avez déjà été mariée.

— Et cela devrait avoir satisfait mon besoin de robe blanche et de lys ? Je dois vous prévenir que les dames sont très difficiles, en ce qui concerne le mariage. Il faut que vous le sachiez, au cas où vous auriez envie de proposer le mariage à une autre personne dans la prochaine demi-heure.

Ian referma les doigts autour de sa main.

— C'est *vous* que je demande en mariage. Oui ou non ?

— Vous ne savez rien de moi. Je pourrais avoir un passé sordide.

— Je sais tout de vous.

Son regard s'éloigna de nouveau tandis que sa main enserrait plus étroitement celle de la jeune femme.

— Votre nom de jeune fille est Villiers. Votre père était un Français qui a débarqué en Angleterre il y a une trentaine d'années. Votre mère était la fille d'un gentilhomme anglais qui, furieux de ce mariage, l'a déshéritée. Votre père est mort sans avoir amassé le moindre argent et vous a laissées, votre mère et vous, sans ressources. Et vous vous êtes retrouvées toutes les deux à l'hospice des pauvres.

Beth écoutait avec ahurissement. Elle n'avait pas caché son passé à Mme Barrington ni à Thomas, mais l'entendre de la bouche d'un inconnu d'un rang élevé était effrayant.

— Mon Dieu, tout le monde le sait donc ?

— J'ai demandé à Curry de se renseigner sur vous, expliqua-t-il. Votre mère est morte quand vous aviez quinze ans. Vous êtes restée à l'hospice à titre d'institutrice. Vous aviez dix-neuf ans lorsque le nouveau pasteur de la paroisse a fait votre connaissance et vous a épousée. Il est mort d'une fièvre maligne un an plus tard. Enfin, Mme Barrington, de Belgrave Square, vous a embauchée comme dame de compagnie.

Entendre le drame de sa vie résumé en quelques phrases troubla Beth.

— Ce Curry est-il un policier de Scotland Yard ?

— C'est mon serviteur.

— Oh, bien sûr. Votre serviteur, fit-elle en s'éventant énergiquement, dans l'espoir que cela lui éclaircirait les idées. Il veille sur vos habits, vous rase et enquête sur le passé d'obscures jeunes femmes que le hasard vous fait rencontrer. Vous devriez informer sir Lyndon sur *mon* compte, plutôt que l'inverse.

— Je voulais savoir si vous étiez authentique ou fausse.

Que diable voulait-il dire ?

— Vous avez votre réponse, alors. Je ne suis assurément pas un diamant brut. Plutôt un galet que les flots ont un peu poli.

Ian toucha une boucle qui retombait sur le front de la jeune femme.

— Vous êtes vraie.

Le geste fit bondir le cœur de Beth dans sa poitrine. Il était assis trop près, et serrait trop fort sa main. Dieu, qu'il serait facile d'incliner la tête et de l'embrasser…

— Nous ne sommes pas du tout du même milieu, monsieur. Si je vous épousais, ce serait une mésalliance.

— Votre père était vicomte.

— Ah oui. J'avais oublié mon très cher père.

Beth savait parfaitement quelle authenticité accorder à cette revendication nobiliaire.

Ian étira une boucle de Beth et la lâcha en la regardant retomber sur son front. Encore et encore. Avec une concentration déconcertante. Elle eut beau se morigéner, elle se sentit troublée.

— La boucle est défaite, commenta-t-elle. Ma servante sera très déçue.

Ian cligna des yeux, puis ramena de force son bras sur son accoudoir.

— Aimiez-vous votre mari ?

Si, en rentrant chez elle, elle y avait retrouvé Thomas, le récit de cet échange bizarre aurait été l'occasion d'une crise de fou rire. Mais Thomas était mort et elle était seule.

— De tout mon cœur.

— Je n'attendrai pas d'amour de votre part, car je ne pourrai pas vous le rendre.

Beth laissa s'écouler une seconde avant de répondre.

— C'est peu flatteur pour une femme d'entendre que son prétendant ne tombera pas amoureux d'elle. Toute épouse aime à croire qu'elle sera l'objet d'une totale dévotion de la part de son mari.

C'était précisément ce que Mather avait promis, se rappela Beth.

— Ce n'est pas que je ne le *voudrais* pas, mais que je ne le peux pas.

— Je vous demande pardon ?

Combien de fois avait-elle prononcé cette phrase, ce soir ?

— Je suis incapable d'amour. Je ne vous le promets pas. Voilà.

Qu'est-ce qui était le plus déchirant ? songea Beth. Les mots eux-mêmes ou le ton plat avec lequel il les avait prononcés ?

— Peut-être que vous n'avez tout simplement pas rencontré la personne qui vous convient. Tout le monde tombe amoureux, un jour ou l'autre.

— J'ai eu des maîtresses, mais sans les aimer.

Les joues de Beth s'enflammèrent.

— Ce que vous dites n'a pas de sens, monsieur. Si ma fortune ne vous intéresse pas et si vous ne désirez pas que je vous aime, pourquoi diable voulez-vous m'épouser ?

Ian reprit la boucle entre deux doigts. Apparemment, c'était plus fort que lui.

— Parce que je veux coucher avec vous.

Beth comprit à cet instant qu'elle n'était pas une véritable dame, et ne le serait jamais. Une véritable dame serait tombée de son siège en poussant des cris d'orfraie. Au lieu de quoi, elle s'inclina jusqu'à toucher l'épaule de Ian, appréciant son contact.

— Vraiment ?

Il s'empara d'autres boucles, détruisant le travail de la servante.

— Vous avez été l'épouse respectable d'un pasteur. Si ce n'avait pas été le cas, je vous aurais proposé une liaison.

Beth se retint de frotter sa joue contre le gant qui triturait ses boucles.

— Ai-je bien compris ? Vous avez envie de coucher avec moi, mais, comme j'ai été une épouse respectable, vous voilà obligé de passer par l'étape du mariage ?

— Oui.

Elle lâcha un rire à moitié hystérique.

— Mon cher lord Mackenzie, ne trouvez-vous pas cela un peu excessif ? Une fois que vous aurez couché avec moi, vous serez mon mari pour toujours.

— J'ai prévu de coucher avec vous plus d'une fois.

Lorsqu'il le dit, cela parut extrêmement logique. Sa voix grave émouvait la femme passionnée qu'elle avait été, la femme qui avait aimé toucher le corps d'un homme et être touchée.

Les dames n'étaient pas censées apprécier le lit conjugal, lui avait-on dit. Sottise, avait décrété Thomas qui lui avait montré ce qu'une femme pouvait éprouver. S'il n'avait pas été un aussi bon professeur, elle ne serait pas là, brûlant de désir envers un inconnu.

— Vous rendez-vous compte, monsieur, que je suis fiancée à un autre homme ? Vous seul me le présentez comme un débauché.

— Je vous laisserai le temps d'enquêter sur Mather et de mettre vos affaires en ordre. Préférez-vous vivre à Londres ou en Écosse ?

Beth eut envie de poser la tête sur le dossier de son fauteuil et s'abandonner au fou rire. C'était trop absurde – et en même temps terriblement tentant. Ian Mackenzie était séduisant, et elle était seule. Il était assez riche pour ne pas s'intéresser à la petite fortune dont elle avait hérité, et il ne cachait pas qu'il voulait la connaître bibliquement et en tirer du plaisir. Mais, si elle savait peu de choses sur Mather, elle en savait encore moins sur Ian Mackenzie.

— Je suis perplexe, parvint-elle à dire. Un avertissement amical au sujet de sir Lyndon est une chose, mais une demande en mariage dans la foulée en est une autre. Vous prenez toujours vos décisions aussi vite ?

— Oui.

— Puisque c'est décidé, pourquoi attendre ? C'est cela ?

— Vous pouvez refuser.

— Je pense que je le devrais.

— Parce que je suis fou ?

Elle lâcha un autre rire.

— Non, parce que c'est trop tentant, et parce que j'ai bu du whisky et que je devrais retourner auprès de sir Lyndon et de sa tante.

Elle se leva dans un bruissement de jupes.

— Ne partez pas, dit Ian en la retenant.

Toute énergie déserta les membres de Beth, qui se rassit. Il faisait délicieusement chaud et le fauteuil était si confortable…

— Je ne devrais pas rester.

La main de Ian se referma sur la sienne.

— Regardez, et écoutez.

Beth s'obligea à regarder la scène sur laquelle la cantatrice pleurait la perte de son amant. Des larmes brillaient sur ses joues, et Beth se demanda si elle pensait à lord Cameron Mackenzie.

Quel que soit l'homme à qui pensait la cantatrice, sa prestation était émouvante.

— C'est magnifique, murmura Beth.

— Je peux jouer cet air au piano sans fausse note, souffla Ian à son oreille, mais je ne peux pas en saisir l'âme.

— Oh.

Elle lui pressa la main avec compassion.

Il avait failli dire « Faites-la-moi sentir », tout en sachant que c'était impossible. Cette femme était comme une porcelaine exceptionnelle, se disait-il. La porcelaine ordinaire se brisait facilement, mais les bonnes pièces survivaient, dans l'attente de tomber dans les mains d'un collectionneur capable de prendre soin d'elles.

Beth écoutait la musique, les yeux fermés. La façon dont ses boucles se défaisaient rappelait les fils de soie d'une tapisserie.

Le morceau s'acheva sur une longue note au son limpide. Beth applaudit avec enthousiasme, les yeux brillant d'admiration. Ian avait appris de ses frères qu'il fallait applaudir à la fin d'un morceau, mais sans comprendre pourquoi. Beth, elle, ne semblait avoir aucun problème pour le comprendre et pour tirer du plaisir de la musique.

Lorsqu'elle leva sur lui des yeux bleus emplis de larmes, il s'inclina et l'embrassa.

Posant les mains sur ses épaules avec l'intention de le repousser, elle les y laissa et émit un petit bruit de reddition.

Il avait besoin d'étreindre ce corps. Il voulait voir ses prunelles se voiler de désir, ses joues rougir de plaisir. Il voulait la caresser avant de la pénétrer, il voulait l'amener à l'orgasme et jouir en elle, puis tout recommencer depuis le début.

Il se réveillerait à son côté et l'embrasserait jusqu'à ce qu'elle ouvre les paupières. Curry leur apporterait un petit déjeuner consistant et il la nourrirait de sa main.

La langue de la jeune femme avait un goût de miel et de whisky. Son souffle brûlant le mettait dans tous ses états. Il voulait la sentir sur lui, sur son ventre, sur son membre… Elle le voulait aussi – elle n'avait pas sursauté pour s'éloigner de lui, elle n'avait pas succombé à des vapeurs de vierge effarouchée. Beth Ackerley savait ce que c'était que d'aller avec un homme, et elle aimait cela. Le corps de Ian se tendit à la pensée de…

— Nous devons arrêter, murmura-t-elle.

— Vous avez envie d'arrêter ?

— Non, pas vraiment.

— Alors, pourquoi ? s'enquit-il en caressant des lèvres la bouche qui s'offrait toujours à lui.

— Je suis sûre qu'il y a une douzaine de raisons pour que nous arrêtions. Mais j'avoue que je n'en trouve pas une, pour l'instant.

— Venez chez moi ce soir.

Beth en avait très envie. Oh, elle en mourait d'envie ! La joie fusa en elle, traversa tout son corps, déclenchant une douleur qu'elle avait pensé ne plus jamais éprouver.

— Je ne peux pas, gémit-elle.

— Vous pouvez.

— J'aimerais…

Elle imagina les ragots que les journaux répandraient dès le lendemain. *L'héritière abandonne son fiancé pour entamer une liaison sordide avec lord Ian Mackenzie.* Une héritière aux origines plus que douteuses… devait-on s'étonner de cette incartade ? *Le sang ne ment pas,* diraient-ils. *Telle mère, telle fille.* Ou bien : *Tel père, telle fille.*

— Vous pouvez, répéta Ian fermement.

Fermant les yeux, Beth tenta d'écarter la délicieuse tentation.

— Cessez de…

La porte de la loge s'ouvrit, et une voix rocailleuse s'éleva au-dessus des applaudissements du public.

— Ian, crénom ! Tu étais censé surveiller Daniel. Il s'est remis à jouer aux dés avec les cochers, et tu sais bien qu'il perd toujours !

3

Un géant entra dans la loge. Plus grand que Ian, il avait les mêmes cheveux roux sombre et les mêmes yeux ambrés. Une cicatrice traversait sa joue droite. On imaginait facilement cet homme se battant avec ses poings ou un couteau, comme un voyou.

Son regard clouait Beth sur place.

— Ian, qui diable est-ce ?

— La fiancée de Lyndon Mather.

Le nouveau venu examina la jeune femme avant d'éclater de rire, un rire ample et profond qui lui valut des regards agacés de la part des spectateurs les plus proches.

— Bravo, Ian ! s'écria-t-il en assenant une claque sur le dos de son frère. Enlever la fiancée de Mather. Tu rends service à cette jeune fille… Il est impossible que vous ayez envie d'épouser Mather, mon cœur, reprit-il en regardant Beth avec hardiesse. Ce type est répugnant.

— On dirait que tout le monde le sait, sauf moi, remarqua-t-elle d'une voix faible.

— C'est une ordure, un faux jeton, qui s'efforce désespérément de s'introduire dans le cercle d'amis de Hart. Il croit nous plaire en radotant sur le bon vieux temps des années de collège.

Vous avez bien fait de vous débarrasser de lui, ma fille.

Beth avait du mal à respirer. La décence aurait exigé qu'elle se lève et sorte immédiatement, mais les doigts de Ian étaient toujours entrelacés aux siens.

— Ian oublie toujours de faire les présentations, enchaîna le géant. Je m'appelle Cameron. Et vous ?

— Mme Ackerley, balbutia Beth.

— Vous n'en avez pas l'air sûre.

— Je l'étais quand je suis entrée ici, dit-elle en s'éventant.

— Si vous êtes la fiancée de Mather, pourquoi vous ai-je trouvée en train d'embrasser mon petit frère ?

— Je me pose la même question.

— Cam, fit Ian. Ferme-la.

Les mots tranchèrent sur le brouhaha qui s'élevait de la salle, où la foule attendait l'acte suivant. Le mélodrame n'était plus sur la scène mais dans la loge des Mackenzie.

Cameron regarda son frère, puis haussa les épaules et se laissa tomber dans le fauteuil de l'autre côté de Beth. Il sortit un cigare et gratta une allumette.

— *Avant de fumer, un vrai gentleman demande la permission aux dames,* tempêta la voix de Mme Barrington dans la tête de Beth.

Ni Cameron ni Ian ne semblait se soucier des règles que la vieille dame avait présentées comme irrévocables.

— N'avez-vous pas dit qu'un dénommé Daniel était en train de jouer aux dés avec les cochers ? interrogea Beth.

Cameron approcha la flamme de l'extrémité du cigare, inspira lentement, et lâcha un nuage de fumée avant de répondre :

— Il s'agit de Daniel, mon fils. Il ne risque rien tant qu'il ne triche pas.

— Je devrais rentrer, dit Beth en commençant à se lever, mais la main de Ian sur son bras la fit se rasseoir.

— Pas avec Mather.

— Non. Grands dieux, non. Je ne veux plus revoir cet individu.

Cameron ricana.

— Je vois que c'est une femme sensée, Ian. Elle peut prendre ma voiture pour rentrer.

— Non, protesta vivement Beth. Je vais demander au portier d'aller me chercher un fiacre.

Les doigts de Ian se resserrèrent.

— Pas en fiacre. Pas toute seule.

— Si on me voit grimper avec vous deux dans un fiacre, ce sera le scandale de l'année. Même si vous étiez les archevêques de Canterbury et d'York.

Ian la fixait comme s'il ne comprenait rien de ce qu'elle disait. Rejetant la tête en arrière, Cameron éclata de rire.

— Elle a raison. Je vous prêterai la voiture, et mon valet prendra soin de vous.

Ian ne voulait pas qu'elle parte seule ; elle le voyait à ses yeux. Elle se rappela la façon possessive dont il avait joué avec ses boucles, comme Mather le faisait avec sa porcelaine chinoise.

Elle vérifierait les informations de sa lettre. Elle enverrait le majordome de Mme Barrington enquêter auprès d'autres domestiques. Peut-être les frères Mackenzie détestaient-ils Mather au point de lancer de fausses accusations contre lui, mais elle avait l'affreuse impression qu'ils disaient la vérité.

L'orchestre attaqua l'acte suivant avec un déchaînement de cuivres. Ian se frottait la tempe comme si ce bruit lui donnait la migraine. Cameron écrasa son cigare et sortit.

— Monsieur ? Vous allez bien ?

Le regard de Ian errait au loin tandis qu'il continuait à se frotter la tempe. Beth posa une main sur son bras. Il ne dit mot mais, cessant de se frotter la tempe, il recouvrit sa main de la sienne.

Il ne prêtait aucune attention à l'action sur la scène, n'essayait pas de parler avec Beth ni de l'embrasser. On eût dit que son esprit s'était retiré dans quelque lieu inaccessible aux autres. Son corps était cependant très présent, sa main lourde et forte. Elle examina le profil net, les pommettes hautes, la mâchoire carrée. La femme qui partagerait son lit aimerait plonger les doigts dans ses cheveux épais. Ils seraient chauds, humides de sueur, alors qu'il reposerait, pantelant, sur elle. Beth osa tendre la main et lui dégager le front.

Il la dévisagea. L'épingla de son regard un instant. Puis ses yeux dérivèrent. Beth lui caressa de nouveau les cheveux. Il demeurait immobile sous la caresse, frissonnant de tension comme un animal sauvage qu'on tente d'apprivoiser.

Ils restèrent ainsi, Beth caressant doucement les cheveux de Ian. Cameron revint, accompagné d'un homme au visage basané. Il regarda son frère avec surprise, et Ian se leva sans mot dire, faisant retomber la main de Beth.

Elle jeta un œil sur la salle avant de sortir. Dans la loge opposée, Mather causait avec lord et lady Beresford. Il ne la vit pas s'en aller.

— Mackenzie ! Je vais vous tuer ! Vous m'entendez ?

Ian, qui prenait un bain, puisa de l'eau chaude et la versa sur sa tête. Il pensait à la main de Beth sur ses cheveux, au contact apaisant de ses doigts. Lui qui d'ordinaire fuyait le contact d'autrui était resté immobile, tant il était désireux de profiter de tout ce qu'elle offrait. Il se la représentait au lit avec lui, ses boucles à moitié défaites, ses yeux bleus assombris par le plaisir.

La voix qui tempêtait au loin brisa son rêve. Les menaces prirent de la force au fur et à mesure qu'elles approchaient, jusqu'à ce que la porte de la salle de bains s'ouvre d'un coup sur Lyndon Mather. Deux garçons que Ian avait ramenés d'Écosse le rattrapèrent.

Ian jeta un regard aux trois hommes, avant de le reporter sur le mollet musclé qu'il avait posé sur le bord de la baignoire. Les valets lâchèrent Mather mais demeurèrent à ses côtés, prêts à intervenir.

— Vous m'avez roulé pour le bol, mais cela ne vous a pas suffi, n'est-ce pas, Mackenzie ? Beth Ackerley pèse une centaine de milliers de guinées.

— Elle vaut plus que ça, riposta Ian qui examinait les poils noirs qui frisaient sur sa jambe.

— Vous voulez dire qu'elle a plus que ça ? s'écria cet imbécile de Mather. Je vais vous traîner en justice. Vous payerez cher de m'avoir volé tout cet argent.

Ian ferma les yeux.

— Écrivez à l'avocat de Hart.

— Ne vous cachez pas toujours derrière votre frère, espèce de lâche ! Je vous ferai regretter ça. Londres sera votre enfer. Vous rentrerez en courant à Inverness, la queue entre les jambes, cochon d'Écossais !

Les valets grognèrent à l'unisson. Mather sortit de sa poche quelque chose qu'il lança. L'objet tomba dans la baignoire et toucha le fond en tintant.

— Je porterai plainte aussi pour ce que ce truc m'a coûté.

— Jetez-le dehors, dit Ian en agitant les doigts à l'adresse de ses serviteurs.

Ils n'en eurent pas besoin. Mather tourna les talons et sortit, suivi des deux garçons.

— Eh bé, fit Curry en se glissant dans la pièce. J'ai bien cru qu'il allait vous tirer dessus.

— Pas ici. Il le fera dans une ruelle obscure, et dans le dos.

— Peut-être que vous devriez quitter la ville un petit moment, patron.

Ian ne répondit pas. Il pensait à la lettre qu'il avait reçue cet après-midi de Mme Ackerley.

Monsieur,

Je vous remercie d'être si aimablement intervenu et de m'avoir ainsi sauvée des conséquences d'une décision que j'aurais regrettée. Comme vous le verrez dans les journaux, mes fiançailles sont rompues.

Je vous remercie aussi d'avoir condescendu à me proposer le mariage – ce qui, je m'en rends compte aujourd'hui, était destiné à sauver ma réputation. Vous comprendrez sans en prendre offense que je dois décliner cette offre généreuse.

J'ai décidé d'utiliser la fortune que le destin m'a accordée pour voyager. Lorsque vous recevrez cette lettre, je serai partie avec une amie pour Paris où j'ai l'intention d'étudier la peinture, un art que j'ai toujours rêvé de découvrir. Merci encore pour votre gentillesse et vos conseils.

Croyez à mes sentiments les meilleurs,

Beth Ackerley.

— Nous partons pour Paris, annonça-t-il à Curry.

Celui-ci cligna des yeux.

— Ah bon ?

Ian sortit de la baignoire l'objet qu'avait lancé Mather, un mince anneau d'or incrusté de minuscules diamants.

— Et en plus, il est radin ! Elle méritait une grosse bague avec des saphirs, bleus comme ses yeux.

— Je vous crois sur parole, patron. Je fais les bagages ? demanda Curry sans quitter son maître des yeux.

— Nous ne partirons que dans quelques jours. J'ai une affaire à régler avant.

Curry attendit de savoir de quelle affaire il s'agissait, mais Ian examinait l'anneau sur toutes les facettes. Il le fit jusqu'à ce que l'eau soit froide et que Curry se décide à ôter la bonde de la baignoire.

L'inspecteur de police Lloyd Fellows fit une pause avant d'appuyer sur la sonnette de l'hôtel particulier de sir Lyndon Mather. Inspecteur, se rappela-t-il fièrement, car il venait tout juste d'être élevé du grade obscur de sergent où le maintenait son ancien chef.

Mais tous les chefs, bons ou mauvais, étaient priés un jour ou l'autre de prendre leur retraite, et le nouveau avait trouvé incroyable que Fellows ait langui si longtemps dans le grade de simple sergent.

Alors, pourquoi Fellows avait-il obéi à la convocation de Mather et tout lâché pour courir à Park Lane ? Il avait lu le message avec une excitation grandissante, puis l'avait brûlé et avait quitté le bureau.

Un majordome compassé, au nez pointé en l'air comme pour lui éviter les mauvaises odeurs, ouvrit la porte et le conduisit dans un salon encombré de tables recouvertes de napperons et de bibelots certainement hors de prix. Des cadres en argent présentaient des photographies de personnages tout aussi compassés.

Tout dans cette pièce claironnait « Nous avons de l'argent », comme si vivre à Park Lane ne le disait pas déjà. Fellows savait cependant que sir Lyndon Mather avait fait des investissements imprudents, et qu'il avait besoin d'argent frais pour se sortir d'affaire. Il avait été sur le point d'épouser une veuve dont les moyens lui auraient évité la ruine. Mais, deux jours plus tôt, un faire-part avait paru dans les journaux annonçant que le mariage était annulé. Mather devait être aux abois.

Au bout d'un long moment, le majordome revint et le mena dans un autre salon. Encore plus de tables, de napperons, de bibelots, et de portraits vaniteux.

Mather s'avança en tendant la main.

— Soyez le bienvenu, inspecteur. Je ne vous propose pas un siège. Quand vous aurez entendu ce que j'ai à dire, vous courrez effectuer des arrestations.

Fellows, qui détestait qu'on lui apprenne son métier, cacha son agacement.

— Je vous écoute, monsieur.

— Lord Mackenzie est parti pour Paris. Tôt ce matin. Mon majordome l'a appris du valet de pied qui sort avec l'une des filles de cuisine de la maison. Que dites-vous de cela ?

Fellows hocha la tête avec obligeance bien qu'il sût déjà la nouvelle, car il mettait un point d'honneur à savoir ce que Ian Mackenzie faisait à toute heure de la journée.

— Oui, et ensuite ?

— Vous êtes au courant du meurtre de Covent Garden la nuit dernière, j'imagine ? s'enquit Mather en l'observant attentivement.

Fellows était bien évidemment au courant du meurtre. L'affaire ne lui avait pas été confiée, mais il en avait pris connaissance dès son arrivée au bureau. Une femme avait été retrouvée morte dans la chambre qu'elle occupait dans une pension près de l'église, ses propres ciseaux à coudre plantés dans la poitrine.

— Oui, j'en ai entendu parler.

— Eh bien, savez-vous qui est entré dans cette maison la nuit dernière ? demanda Mather avec un sourire triomphant. Ian Mackenzie en personne.

Le cœur de Fellows s'emballa.

— Comment savez-vous cela, monsieur ?

— Je l'ai suivi, voilà tout.

— Vous l'avez suivi ? Pourquoi donc, monsieur ?

Fellows parlait d'un ton calme, mais respirer devenait de plus en plus difficile. *Enfin.*

— La raison importe peu. Vous voulez des précisions ?

Fellows sortit un carnet et un crayon de sa poche.

— Allez-y.

— Il a pris sa voiture aux petites heures du matin et a roulé en direction de Covent Garden. Il s'est arrêté au coin d'une ruelle, trop étroite pour la voiture, et a marché jusqu'à une maison dans laquelle il est entré. Moins de cinq minutes plus tard, il en est sorti en courant et est allé à Victoria Station, où il a pris le premier train en partance pour Douvres. Quand je suis rentré chez moi, mon majordome m'a appris que Mackenzie était parti pour la France. Plus tard, j'ai ouvert le journal et lu l'article sur le meurtre. J'ai additionné deux et deux, et j'ai décidé que mon devoir était de tout raconter à la police plutôt qu'à un journaliste.

Mather rayonnait comme un collégien qui cancane sur un autre collégien. Fellows enregistra l'information et la joignit à celles qu'il possédait déjà.

— Comment savez-vous que lord Ian est entré dans la maison où le meurtre a été commis ?

Mather extirpa un morceau de papier d'une poche de son habit.

— J'ai noté l'adresse. Je me demandais chez qui il allait. Sa maîtresse, probablement, et je voulais le dire à Mme… à une autre personne.

Il tendit le papier à Fellows. 23 St. Victor Court. L'adresse à laquelle Lily Martin, ancienne prostituée, avait été découverte assassinée, tôt ce matin.

Tentant de maîtriser son excitation, Fellows glissa le papier dans son carnet. Cela faisait cinq ans qu'il essayait de traîner Ian Mackenzie en justice. Peut-être que cet événement allait enfin le lui permettre.

Il s'exhorta au calme. Il devait procéder avec prudence et soin, éviter les erreurs, rassembler des preuves. Lorsqu'il présenterait ses conclusions, il faudrait qu'elles soient si solides que ses supérieurs ne pourraient pas les écarter, quelles que soient les pressions qu'exercerait le duc Hart Mackenzie.

— Gardez cette information pour vous, dit-il. Je vais en tenir compte, soyez-en assuré, mais je ne veux pas qu'il se méfie. Entendu ?

— Bien sûr, bien sûr, promit Mather. Vous pouvez compter sur moi.

— Vous êtes-vous querellé avec lui ? questionna Fellows en rangeant son carnet et son crayon.

Mather serra les poings dans ses poches.

— C'est une affaire d'ordre privé.

— Est-ce en rapport avec la rupture de vos fiançailles avec Mme Ackerley ?

Laquelle était aussi partie pour Paris, Fellows l'avait appris en se renseignant sur Mather.

— Cette canaille me l'a volée sous mon nez, en lui racontant sans doute un paquet de mensonges sur mon compte ! rugit celui-ci.

Plus probablement, la dame avait appris que Mather avait gardé de son passé de collégien le goût des châtiments corporels. Il possédait une maison où des dames bien rétribuées lui faisaient retrouver ces « plaisirs ». Cette particularité n'avait pas échappé au policier consciencieux qu'était l'inspecteur Fellows.

— J'aimerais que cela ne se répande pas, grommela Mather. Les journaux…

— Je comprends, monsieur, dit Fellows. Cela restera entre nous.

Sur ce, le moral au beau fixe, il regagna Scotland Yard et demanda un congé.

Au bout de cinq longues années d'effort, il avait enfin découvert la faille dans l'armure des Mackenzie. Il allait y glisser le doigt et la déchiqueter.

— Peste ! Comme c'est vexant !

Beth rapprocha le journal de la fenêtre mais les lettres avaient beau être mieux éclairées, elles disaient la même chose.

— Qu'est-ce qu'il y a ? s'enquit Katie Sullivan, une jeune Irlandaise qui avait grandi dans la paroisse de Thomas et que Beth avait embauchée comme servante.

Beth reposa le journal et prit le sac dans lequel elle avait entassé son matériel de dessin.

— Rien d'important. On y va ?

Katie rassembla les châles et les parasols en ronchonnant :

— Tout ce voyage jusqu'en haut de la colline pour vous regarder fixer une feuille de papier blanc…

— Peut-être qu'aujourd'hui, j'aurai de l'inspiration.

Les deux femmes quittèrent le logement que Beth avait loué et montèrent dans la petite voiture que son serviteur français avait couru chercher. Elle aurait pu louer une grande voiture avec un cocher mais, de caractère frugal, elle ne voyait pas l'intérêt d'entretenir un véhicule luxueux dont elle n'avait pas vraiment besoin.

Aujourd'hui, l'esprit ailleurs, elle conduisait d'une façon brusque et négligente, dont souffraient et Katie et le cheval.

La cause en était ce qu'elle venait de lire dans le *Telegraph* de Londres : une anecdote selon laquelle lord Ian et lord Cameron Mackenzie en étaient presque venus aux mains au sujet de la célèbre cantatrice qui avait enchanté Beth à Covent Garden la semaine précédente. La scène ayant eu lieu dans un restaurant, il y avait eu de nombreux témoins qui s'étaient empressés de la raconter aux journalistes.

Beth secoua les rênes d'un geste impatient. Si elle ne regrettait pas d'avoir décliné la demande en mariage de lord Ian, elle trouvait humiliant qu'il se soit peu après entiché d'une cantatrice aux seins volumineux. Elle aurait aimé qu'il se sente *légèrement* désolé.

Mieux valait tourner cette page, se dit-elle en se concentrant sur la conduite dans les boulevards encombrés qui menaient aux rues tortueuses de Montmartre. Arrivée au sommet de la butte, elle trouva un garçon pour veiller sur la voiture et le cheval, et marcha vers l'endroit qu'elle affectionnait. Katie la suivait en grommelant.

Montmartre était un village, avec des rues étroites et sinueuses, des jardinières devant les fenêtres et des allées ombragées qui descendaient vers la ville. On était loin des grandes avenues et des jardins publics de Paris, ce qui expliquait que les artistes et leurs modèles y aient élu domicile. Le faible coût des loyers en était une autre raison.

Beth s'installa à sa place habituelle, le crayon suspendu au-dessus d'une feuille blanche. Katie se posa sur un banc à côté d'elle, et regarda avec apathie les artistes ou prétendus artistes, et les badauds qui allaient et venaient.

C'était le troisième jour que Beth s'asseyait là et étudiait la vue sur Paris, le troisième que sa feuille de papier restait vierge. Elle s'était rendu compte après avoir acheté crayons, papier et chevalet, qu'elle ignorait complètement comment dessiner. Elle ne continuait pas moins à venir.

— C'est un modèle, à votre avis ? demanda Katie.

Du menton, elle désignait une ravissante femme aux cheveux roux qui marchait de l'autre côté de la rue en compagnie de plusieurs autres dames. Elle portait une robe claire légèrement retroussée qui révélait un jupon d'où pendaient des rubans colorés. Son chapeau, orné avec goût de fleurs et de dentelle, était incliné sur les yeux de façon provocante. Elle tenait avec une désinvolture élégante une ombrelle assortie à sa robe.

Son allure était telle que toutes les têtes se retournaient sur elle. Ce dont elle était innocente, remarqua Beth avec une pointe d'envie. Tout en elle était séduisant. La regarder était tout simplement un plaisir.

— Je ne saurais le dire, répondit Beth. Mais elle est vraiment très jolie.

— J'aurais aimé être assez belle pour être modèle, soupira Katie. Sauf que je ne l'aurais pas été. Ma chère vieille maman m'aurait fouettée jusqu'au sang. Il faut être une bien vilaine femme pour ôter ses habits et se laisser peindre toute nue.

— Je ne sais pas...

La femme disparut avec ses amies au coin de la rue.

— Et lui ? Il a l'air d'un artiste, non ?

Beth jeta un coup d'œil, et se figea.

L'homme n'avait pas de chevalet – assis sur un banc, il regardait, l'air maussade, un jeune homme barbouiller une toile. De grande taille, il avait des cheveux brun-roux, un visage carré aux traits durs, de larges épaules.

Se rendant compte qu'il ne s'agissait pas de lord Ian Mackenzie, Beth se remit à respirer. Il lui ressemblait beaucoup, certes, mais, son chapeau ôté, on pouvait voir que ses cheveux étaient plus roux que bruns.

Sans doute était-ce un autre Mackenzie. Elle avait lu que Hart, le duc de Kilmorgan, avait été envoyé en mission à Rome par le gouvernement. Cameron, elle l'avait vu à Londres. Si bien que, par élimination, on en arrivait à lord Mac, le célèbre artiste peintre.

Se sentant observé, il tourna la tête et la regarda franchement.

Beth rougit et revint à sa feuille blanche. Le souffle court, elle approcha le crayon du papier et traça un trait malhabile. Elle en dessina un autre, puis encore un, et examina avec désespoir son œuvre. Une ombre couvrit sa feuille.

— Ça ne va pas, grommela une voix rocailleuse au-dessus d'elle.

Elle sursauta et leva les yeux sur un gilet en soie moirée, une cravate nouée et des yeux durs très semblables à ceux de Ian. La différence était que ceux de Mac la fixaient franchement, au lieu de s'échapper comme un rayon de soleil fugace.

— D'abord, vous tenez mal votre crayon.

Mac posa sa grande main gantée sur la sienne et fit pivoter son poignet vers le haut.

— Ah bon ? Cela donne une impression bizarre.

— Vous vous y habituerez, répliqua-t-il. Laissez-moi vous montrer.

Guidant sa main, il ajouta de l'ombre aux traits qu'elle avait dessinés, jusqu'à ce qu'apparaisse l'arbre auquel elle avait osé s'attaquer.

— Stupéfiant, dit-elle. Je n'ai jamais pris de leçons de dessin, vous savez.

— Alors, qu'êtes-vous venue faire ici ?

— Je pensais faire un essai.

Haussant les sourcils, Mac lui fit tracer un autre trait.

Il flirtait avec elle, comprit-elle. Elle était seule, ou presque, Katie ne comptant guère ; elle l'avait regardé sans vergogne, et on était à Paris. Peut-être avait-il supposé qu'elle cherchait une aventure.

La dernière chose dont elle avait besoin, c'était une demande en mariage de la part d'un autre Mackenzie ! Nuit après nuit, elle rêvait des lèvres sensuelles de Ian et se réveillait en sueur, les draps emmêlés, le corps souffrant d'un manque intolérable.

Elle jeta un regard de côté à Mac.

— J'ai rencontré votre frère Ian à Covent Garden, la semaine dernière.

Il la regarda, intrigué. Ses yeux étaient plus sombres que ceux de son frère, avec des taches brunes.

— Vous avez rencontré Ian ?

— Oui, il m'a rendu un grand service. J'ai aussi rencontré lord Cameron, mais très brièvement.

Les yeux de Mac s'étrécirent.

— Ian vous a rendu *service* ?

— Il m'a empêchée de commettre une grave erreur.

— Quel genre d'erreur ?

— Rien dont on puisse discuter au sommet de Montmartre.

— Pourquoi ? Qui diable êtes-vous ?

Assise de l'autre côté de Beth, Katie se pencha en avant pour s'exclamer :

— Quel culot !

— Chut, Katie. Je m'appelle Mme Ackerley.

Mac fit la moue.

— Je n'ai jamais entendu parler de vous. Comment avez-vous fait pour rencontrer mon frère ?

Katie le fusilla du regard avec toute son audace d'authentique Irlandaise.

— C'est une héritière. Et une dame du meilleur monde, qui n'a pas à supporter la grossièreté de messieurs insolents.

— Katie, gronda Beth. Je vous demande pardon, monsieur.

Le regard aigu de Mac effleura Katie avant de revenir à Beth.

— Êtes-vous sûre que c'était Ian ?

— On me l'a présenté sous le nom de lord Ian Mackenzie. Cela aurait pu être un imposteur, bien sûr, mais l'idée ne m'en était pas venue… À aucun moment, il ne m'a regardée dans les yeux, précisa-t-elle.

Mac lâcha sa main.

— Alors, c'était bien mon frère.

— Eh bien, c'est pas ce qu'elle a dit ? ronchonna Katie.

Mac se détourna, et feignit de s'intéresser aux passants et aux artistes qui tentaient de tirer quelque chose de ce qu'ils voyaient. Lorsqu'il regarda à nouveau Beth, elle fut surprise de voir que ses cils étaient humides.

— Retenez votre roquet, madame Ackerley. Vous dites que vous ne savez pas dessiner. Voudriez-vous que je vous donne des leçons ?

— En remerciement de mon audace ?

— Cela me distrairait.

— On réclame de partout des œuvres de vous. Pourquoi perdriez-vous votre temps à donner des leçons de dessin à une novice ?

— Pour la nouveauté. Paris m'ennuie.

— Moi, je trouve cette ville très intéressante. Si elle vous ennuie, pourquoi y restez-vous ?

Mac haussa les épaules, de la même façon un peu brusque que Ian.

— Quand on est artiste, on vient à Paris.

— C'est comme ça ?

Un nerf palpita sur la mâchoire de Mac.

— Il y a ici des gens véritablement doués, et j'essaie de les aider à développer leur talent.

— Je n'ai pas du tout de talent.

— Eh bien, tant pis. Ma proposition tient quand même.

— Vous cherchez une occasion de me connaître, afin de comprendre pourquoi lord Ian s'est soucié de quelqu'un comme moi ? suggéra-t-elle.

Un sourire éclaira le visage de Mac, un sourire si éblouissant que Beth comprit pourquoi toutes les femmes tombaient à ses pieds.

— Vous m'en pensez capable, madame Ackerley ?

— Je crois que oui, monsieur. Très bien. J'accepte.

— Soyez ici demain à deux heures, s'il ne pleut pas, dit-il en s'inclinant. Bonne journée, madame Ackerley. À vous aussi, roquet de ferme.

Il s'éloigna, les basques de son habit valsant au rythme de sa démarche. Toutes les têtes féminines pivotèrent sur son passage.

Katie s'éventa avec le carnet de croquis de Beth.

— C'est un bel homme, y a pas à dire. Même s'il est mal élevé.

— Je reconnais qu'il est intéressant.

Pourquoi cet homme cherchait-il à en savoir plus sur elle ? Elle l'ignorait, mais elle avait bien l'intention de profiter de lui pour en savoir plus sur Ian.

— *Vous êtes beaucoup trop curieuse, ma fille,* lui disait souvent Mme Barrington. *Un trait de caractère peu séduisant chez une jeune dame.*

Beth était d'accord. Elle s'était juré de ne plus rien avoir à faire avec les Mackenzie, et voilà qu'elle acceptait un rendez-vous avec Mac dans l'espoir de connaître un peu mieux son cadet. Quelle ironie ! Maintenant, elle allait attendre le lendemain après-midi avec une hâte ridicule.

Mais lorsque Beth arriva au sommet de Montmartre le lendemain, le soleil brillait gaiement, les cloches sonnaient deux heures, et il n'y avait pas signe de vie de lord Mac Mackenzie.

4

— Qu'est-ce que je disais ! grommela Katie au bout d'un quart d'heure. Un grossier personnage, vraiment !

Beth refoula sa déception.

— C'est normal qu'il ait oublié. On pouvait s'y attendre. Me donner des leçons est une affaire insignifiante pour lui.

Katie renifla avec mépris.

— Vous êtes une dame importante. Il n'a pas le droit de nous traiter de cette façon.

Beth émit un petit rire forcé.

— Si Mme Barrington ne m'avait laissé que dix shillings, tu verrais en moi une dame de peu d'importance.

Katie écarta d'un geste la remarque.

— En tout cas, mon père n'était pas aussi mal élevé que ce lord, et pourtant il était tout le temps ivre comme un lord !

Beth ne répondit pas. Comme elle regardait autour d'elle, elle vit que la ravissante jeune femme sur le compte de qui Katie et elle avaient émis des hypothèses la veille, était de retour et les regardait fixement.

Beth lui rendit son regard en haussant les sourcils.

Hochant la tête, l'inconnue s'approcha.

— Puis-je vous donner un conseil ? demanda-t-elle.

Elle parlait l'anglais d'une personne éduquée, sans la moindre trace d'accent français. Sa peau très blanche, les boucles rousses qui s'échappaient de son chapeau et ses grands yeux verts lui donnaient une allure folle.

Sans attendre de réponse, elle poursuivit :

— Si c'est lord Mac Mackenzie que vous attendez, je dois vous dire qu'il est peu fiable. Il est possible qu'il soit allongé dans un champ en train d'étudier le galop d'un cheval, ou bien il est juché sur le clocher d'une église et peint la vue. Il a sans doute tout oublié de ce qu'il vous avait promis. C'est Mac tout craché, conclut-elle avec mépris.

— Il est étourdi ? s'enquit Beth.

— Pas tant étourdi que sans-gêne. Mac fait ce qui lui plaît, quand et comment cela lui plaît ! déclara-t-elle d'un ton exaspéré.

La dame étreignait si fort son ombrelle que Beth craignit de voir se briser le manche délicat.

— Vous êtes son modèle ?

L'on racontait qu'une fois à Paris, les Anglaises les plus respectables jetaient par la fenêtre le souci des convenances.

— Non, ma chère, répliqua la dame en s'asseyant à son côté. Je ne suis pas son modèle. Je suis malheureusement sa femme.

Lady Isabella ! Les choses devenaient vraiment intéressantes. Lord Mac et lady Isabella étaient séparés, et leur rupture avait fait scandale. Mme Barrington en avait savouré chaque épisode grâce aux journaux.

Cela s'était passé trois ans auparavant. Pourtant, lady Isabella tenait encore à intervenir lorsqu'elle soupçonnait son mari d'avoir donné un rendez-vous amoureux.

— Ne vous méprenez pas, dit Beth. Lord Mac a constaté combien je dessinais mal et, quand il a su que j'étais une amie de son frère Ian, il a proposé de me donner des leçons.

Isabella lui jeta un regard intrigué.

— Une amie de Ian ?

Tout le monde semblait étonné que Beth ait seulement parlé au jeune lord.

— Je l'ai rencontré à l'opéra.

— Vraiment ?

— Il a été très gentil envers moi.

Les sourcils bruns de lady Isabella eurent un sursaut.

— Ian a été *gentil* ? Vous savez, j'imagine, qu'il est ici ?

Beth jeta un coup d'œil aux alentours, mais ne vit aucun homme de grande taille aux cheveux roux.

— Où donc ?

— Je veux dire, à Paris. Il est arrivé ce matin, ce qui peut expliquer l'absence de Mac.

Isabella dévisagea Beth avec attention.

— Je ne veux pas vous offenser, ma chère, mais je ne vous situe pas. Ian n'a jamais parlé de vous.

— Mon nom est Ackerley, mais cela ne signifie sans doute rien pour vous.

— Oh, vous êtes *cette* Mme Ackerley ! s'écria lady Isabella avec un grand sourire qui la rendit encore plus belle. C'est merveilleux… Vous êtes venue à Paris toute seule ? reprit-elle avec un regard critique. Oh, chérie, ça ne va pas du tout. Vous devez me laisser vous prendre sous mon aile et vous installer chez moi.

— Vous êtes très gentille, mais…

— Voyons, ne soyez pas timide. Venez, nous bavarderons et ferons connaissance.

Beth ouvrit la bouche pour protester, puis la referma. Les Mackenzie avaient piqué sa curiosité, et quelle meilleure façon d'en apprendre davantage sur Ian que de vivre auprès de sa belle-sœur ?

— Volontiers, dit-elle. Je vous remercie.

— Alors, Ian, qui est cette Mme Ackerley ? demanda Mac en élevant la voix au-dessus de l'orchestre.

Sur scène, deux femmes en corset et jupons retroussés montraient leurs culottes longues et se tapotaient tour à tour les fesses au rythme d'une musique entraînante.

Ian tira longuement sur son cigare, ce qu'il fit suivre d'une gorgée de cognac, savourant visiblement la morsure âcre de la fumée et la douceur de l'alcool. Mac avait aussi un verre de cognac devant lui, mais il n'y touchait pas. Depuis le jour où Isabella l'avait quitté, il n'avait pas avalé une goutte d'alcool.

— C'est la veuve d'un pasteur de l'East End, répliqua Ian.

— Tu plaisantes ?

— Non.

Mac examina un instant son frère.

— Elle a l'air de s'intéresser à toi. Je lui donne des leçons de dessin – plus exactement, je lui en donnerai lorsque j'aurai fini la peinture que j'ai commencée. Mon modèle est enfin venu ce matin, en fulminant contre son petit ami, un type qui se prend pour un artiste et qui lui en fait voir de toutes les couleurs. Je me serais mis en quête d'un autre modèle, si Cybèle ne correspondait pas aussi bien à ce que je cherche.

Ian ne répondit pas. Il lui serait facile de se trouver dans l'atelier quand les leçons de Beth commenceraient. Il s'assiérait à côté d'elle, humerait son odeur, verrait son pouls battre sur sa gorge…

— Je l'ai demandée en mariage.

Mac s'étrangla. Il sortit le cigare de sa bouche.

— Bonté divine, Ian !

— Elle a refusé.

— Seigneur, souffla Mac. Hart en aurait fait une crise d'apoplexie.

Ian songea au sourire de Beth et à sa vivacité.

— Hart l'aimera.

Mac lui jeta un regard sévère.

— Tu te rappelles sa réaction lorsque je me suis marié sans sa bénédiction ? Il t'aurait roué de coups.

Ian prit une autre gorgée de cognac.

— Pourquoi cela l'ennuierait-il que je me marie ?

— Comment peux-tu demander ça ? Dieu merci, il est en Italie… Je m'étonne qu'il ne t'ait pas emmené avec lui, d'ailleurs.

— Il n'avait pas besoin de moi.

Ian étant doté d'une mémoire phénoménale, il avait appris sans effort toutes les langues européennes et il était capable de se remémorer chaque mot de chacune des discussions entendues. Hart l'emmenait souvent afin que, en cas de contestation, il puisse compter sur son cadet pour retrouver les termes exacts d'un accord passé.

— Soit il est allé voir une femme, soit il effectue une mission secrète.

— C'est possible.

Ian ne cherchait pas à en savoir trop sur les affaires de Hart, craignant d'apprendre des choses désagréables. Il revit la pauvre Lily Martin, ses ciseaux plantés dans le cœur. Curry était resté à Londres pour en savoir plus, et il attendait son rapport avec impatience.

— Allez à Paris, avait dit Curry en hissant la valise de Ian dans un compartiment de première classe. Si on vous interroge, vous avez pris un train qui partait plus tôt parce qu'une jolie femme vous attendait. Voilà tout.

Ian avait détourné les yeux, et Curry avait claqué la portière avec exaspération.

— Un de ces jours, il vous faudra apprendre à *mentir,* mon petit monsieur !

Mac interrompit les pensées de son frère :

— Alors, tu as suivi Mme Ackerley à Paris ? Tu fais donc partie des hommes qui n'acceptent pas qu'on leur dise non ?

Ian songea à la lettre que lui avait envoyée Beth, mais se souvint en même temps du goût de ses lèvres.

— Je compte faire usage de persuasion.

Le rire de Mac fit se hausser quelques têtes, mais les filles continuèrent à sautiller et à se tapoter les fesses.

— Bon sang, il faut que je fasse la connaissance de cette femme. Je vais commencer les leçons… Tu sais où la joindre ?

— Bellamy dit qu'elle habite chez Isabella.

Mac se redressa, lâchant son cigare. Ian l'attrapa avant qu'il ne mette le feu à la nappe et le jeta dans un vase.

— *Elle* est à Paris ? s'écria son frère.

Depuis qu'Isabella l'avait quitté alors qu'il gisait assommé par l'alcool, Mac n'avait ni prononcé son nom ni utilisé les mots « ma femme » ou « mon épouse ».

— Isabella est arrivée à Paris il y a quatre semaines, déclara Ian. C'est du moins ce que dit ton valet.

— Enfer ! À *moi,* Bellamy n'en a rien dit. Je vais lui tordre le cou.

Bellamy étant un ancien pugiliste, il était douteux que son maître arrive à quoi que ce soit de ce genre.

— Damnation, marmonna-t-il.

Ian se tourna vers les danseuses. Elles en étaient à présent à sautiller sans corset, offrant la vue de leurs petits seins dont l'extrémité avait la taille d'une pièce de monnaie. Autour d'eux, les messieurs applaudissaient en s'esclaffant.

Ian se demanda comment étaient les seins de Beth. Il se souvint de sa robe en taffetas gris toute simple à l'opéra.

Elle portait sûrement un corset, puisque aucune femme ne s'en dispensait, et Ian imagina quel plaisir ce serait de défaire lentement les lacets. Elle rougirait lorsqu'il tomberait.

— Tout ce que vous me faites faire, patron ! soupira Curry en s'effondrant dans un fauteuil.

Ian fixait le feu, un cigare entre les doigts. Il avait passé une mauvaise nuit, agitée de cauchemars qui l'avaient fait se réveiller en hurlant.

Les domestiques de l'hôtel avaient déboulé dans sa chambre, brandissant des chandelles. La tête entre les mains, Ian se balançait sur son lit. Une douleur affreuse lui labourait le cerveau. Il leur avait crié de remporter les chandelles, dont la lumière avivait sa souffrance.

C'était de Curry et de ses décoctions qu'il avait besoin, mais Curry était dans le train qui roulait vers Paris, et Ian s'était recouché, en sueur et nauséeux.

Il avait surpris les commentaires étouffés du personnel de l'hôtel :

— Doux Jésus, aidez-nous, c'est un fou ! Un fou qui pourrait bien nous étrangler dans nos lits !

Il avait survécu au reste de la nuit en pensant à Beth Ackerley. Ce qu'il se permettait encore en ce moment, les yeux fermés, en attendant que Curry se remette du voyage. La langue de la jeune femme dans sa bouche, la pression de ses doigts sur sa nuque, la courbe de son charmant derrière lorsqu'il l'avait aidée à monter dans la voiture de Cameron.

Ian rouvrit les yeux sur Curry, dont le visage était gris d'épuisement.

— Eh bien ? Tu as découvert qui a tué Lily ?

— Oh, bien sûr, patron. Le coupable m'attendait et m'a suivi bien gentiment jusque devant le juge. Et les rues de Londres sont couvertes de pâquerettes.

Ian laissa les mots de Curry filer sans se donner la peine de les comprendre.

— Qu'as-tu appris ?

Curry lâcha un soupir et s'extirpa de son fauteuil.

— Vous croyez aux miracles, n'est-ce pas ? Et vos maudits frères aussi, sans vous offenser. Je le savais déjà quand lord Cameron m'a envoyé m'occuper de vous dans l'asile où vous croupissiez. Il s'attendait à ce que je vous guérisse d'un coup de baguette magique et vous ramène illico à la maison.

Ian attendit. Il savait que Curry aimait à discourir avant d'en venir au fait.

Curry prit la redingote de Ian suspendue au dossier d'un fauteuil et entreprit de la brosser.

— Bon Dieu, qu'est-ce que vous avez fait à vos habits pendant que j'étais pas là ?

— Le domestique de l'hôtel s'en est occupé, dit Ian qui savait que Curry était capable de ronchonner des heures au sujet de ses vêtements.

Pour un homme issu des caniveaux de l'East End, Curry était extrêmement exigeant quant à la garde-robe de son maître.

— Eh bien, j'espère qu'il ne vous a pas laissé sortir dans la rue en habit mauve avec un gilet à pois. Ces Français n'ont aucun goût.

— Qu'as-tu appris ? répéta Ian.

— J'y viens. J'ai fait comme vous m'aviez dit, je suis entré dans la maison comme si j'étais un badaud un peu curieux. Le policier qui montait la garde m'a laissé monter à l'étage. Il n'y avait rien de spécial. Tout était aussi ordinaire que possible.

— Lily a été poignardée à mort avec ses propres ciseaux. Ce n'est pas ordinaire.

— Elle ne s'est pas débattue. J'ai obtenu du policier qu'il me dise ça. Elle avait un air surpris, mais pas effrayé.

Ian avait fait la même constatation.

— Elle connaissait son meurtrier. Elle l'a fait entrer comme un client habituel.

— Exactement.

Curry fouilla ses poches et en sortit un papier.

— J'ai dessiné la pièce, comme vous me l'aviez demandé, et j'ai noté tout ce qu'il y avait dedans. Ce n'était pas facile, avec le flic qui me suivait partout.

Ian jeta un coup d'œil au dessin et à la liste des objets.

— C'est tout ?

— C'est tout ? répéta Curry, irrité. Je cours partout, je monte sur un bateau et vomis toutes mes tripes, je traverse le Continent dans des voitures puantes, et lui, tout ce qu'il trouve à dire, c'est : « c'est tout ? » !

— Qu'as-tu trouvé d'autre ?

— Un peu de compassion ne serait pas de trop, patron. Ce que je dois supporter, à travailler pour vous ! En tout cas, j'ai poussé jusqu'à Rome. Il est là, il y a passé tout le mois dernier, il n'en est jamais parti.

— Il ne t'a pas vu ?

— Non. J'y ai veillé. Il a failli me voir, mais j'ai réussi à m'éclipser.

Ian regardait le feu en se frottant les tempes. Maudite migraine... Il savait fichtrement bien qu'un homme pouvait rester à Rome, ou ailleurs, et payer quelqu'un pour agir à sa place à Londres, tout comme lui-même l'avait fait avec Curry.

Il se frotta la tempe jusqu'à ce que la douleur s'atténue. Penser aux yeux de Beth l'aidait.

— Beth t'a pris pour un policier, se rappela-t-il.

— Beth ?

— Mme Ackerley.

— Ah oui ! La fiancée de sir Lyndon Mather. L'ancienne fiancée, je devrais dire, grâce à votre intervention. Vous l'appelez *Beth,* maintenant ? Et vous, comment vous appelle-t-elle ?

— Je ne sais pas.

— Ah... Un petit conseil, patron : contentez-vous des filles de joie. On sait toujours où on en est, avec elles. Et les Parisiennes sont parfaites.

Curry avait raison. Ian aimait bien les courtisanes et celles de Paris avaient bonne réputation. Mais tous leurs charmes ne pouvaient le libérer du désir que lui avait inspiré la jolie veuve. Il pensa de nouveau à ses lèvres, au petit gémissement qu'elle avait émis lorsqu'il l'avait embrassée. S'il pouvait s'endormir et se réveiller auprès d'elle, il n'aurait plus ni cauchemar ni migraine. Il en était convaincu.

Beth vivait depuis cinq jours chez lady Isabella, quand elle entendit de sa chambre quelqu'un jouer du piano au salon.

Ce ne pouvait être la maîtresse de maison, qui ne se levait jamais avant une heure. Aucun serviteur n'était venu annoncer une visite, et on ne pouvait imaginer un cambrioleur prenant le temps de jouer un prélude de Chopin avant de sortir avec son butin.

Beth glissa dans un tiroir la lettre qu'elle était en train d'écrire et descendit au rez-de-chaussée, bien éclairé par le soleil que laissaient passer les rideaux ouverts. Cela la changeait agréablement de la pénombre dans laquelle elle avait vécu ces dernières années. De peur de faire passer les couleurs des tissus, Mme Barrington gardait les volets mi-clos, les rideaux tirés et les lampes à gaz à moitié fermées, si bien que Beth et les serviteurs circulaient en tâtonnant de jour comme de nuit.

La porte du salon était entrouverte, laissant s'échapper la musique enchanteresse de Chopin. Beth poussa un peu plus la porte.

Ian Mackenzie était assis devant le piano d'Isabella. Ses épaules suivaient le mouvement des doigts qui trouvaient d'eux-mêmes les notes, et son pied botté jouait sur la pédale. Le soleil qui éclairait ses cheveux y allumait des flammes.

— *Je peux jouer cet air sans fausse note,* avait-il dit à l'opéra, *mais je ne peux pas en saisir l'âme.*

Il ne se pensait peut-être pas capable de saisir l'âme de ce morceau non plus, mais la musique qu'il faisait naître enveloppait Beth tel un voile et l'attirait à lui inexorablement.

La musique courut vers les notes élevées du clavier, puis s'acheva sur un accord grave qui utilisa tous les doigts de Ian. Il les laissa reposer sur le clavier jusqu'à ce que le silence se fasse.

— C'était splendide, fit Beth.

Ian ôta les doigts du clavier, jeta un bref regard à la jeune femme, puis se détourna en reposant les mains sur le clavier.

— Je l'ai appris quand j'avais onze ans, dit-il.

— C'est prodigieux. Quand j'avais onze ans, moi, il n'était pas question que j'apprenne à jouer d'un instrument quelconque.

Ian ne faisait pas toutes les choses qu'un gentleman était censé faire : se lever lorsqu'une dame entrait dans la pièce, s'incliner sur sa main, attendre qu'elle se soit assise pour en faire autant. Il aurait dû lui demander des nouvelles de sa famille, qu'elle en ait ou non, et papoter de la pluie et du beau temps jusqu'à ce qu'un serviteur leur apporte le plateau du thé. Au lieu de quoi, il restait assis sur le tabouret, les sourcils froncés comme s'il tentait de se rappeler quelque chose.

Beth s'appuya sur le piano et lui sourit.

— Vos professeurs devaient être impressionnés.

— Non. Cela m'a valu d'être battu.

Le sourire de Beth s'effaça.

— On vous a puni pour avoir su jouer parfaitement un morceau de musique ?

— Mon père m'a traité de menteur parce que j'ai dit que je ne l'avais entendu qu'une fois. Je lui ai répondu que je ne savais pas mentir. Alors, il a dit : « Mieux vaudrait pour toi passer pour un menteur, car ce que tu as fait n'est pas normal. Je vais t'apprendre à ne plus recommencer. »

Il avait parlé du ton hargneux qu'avait dû prendre son père.

La gorge de Beth se serra.

— C'est horrible.

— J'ai souvent été battu. J'étais insolent, fuyant, difficile à contrôler.

Beth imagina Ian enfant, ses yeux dorés regardant partout sauf ceux de son père tandis que celui-ci fulminait. Puis baissant les paupières en attendant que la canne lui tombe dessus.

Ian entama un autre morceau, lent et grave. La tête inclinée, il fixait le clavier. Tout son corps se ployait, accompagnant la musique que Beth reconnut: une sonate de Beethoven qu'aimait jouer le professeur engagé par Mme Barrington pour instruire sa dame de compagnie. Beth jouait mal, ses doigts étaient trop raides et abîmés par le travail manuel. Le professeur était dédaigneux et se moquait d'elle, mais jamais il ne l'aurait frappée.

Les doigts de Ian couraient sur le clavier. Il avait affirmé qu'il ne saisissait pas l'âme de la musique, pourtant sa façon de jouer était émouvante. Beth repensa aux jours sombres qui avaient suivi la mort de sa mère.

Elle se revoyait assise dans un coin de la salle d'hôpital, les bras autour des genoux, regardant la consomption ronger sa pauvre maman. Celle-ci s'accrochait à la main de Beth comme pour y puiser la force de vivre encore un jour, encore une heure.

Une fois sa mère enterrée dans l'endroit réservé aux indigents, l'hôpital avait mis dehors la jeune fille. Bien qu'elle n'en ait eu guère envie, ses pieds l'avaient ramenée à l'hospice, car elle n'avait nulle part où aller.

Là, au moins, on lui avait donné un travail, car elle savait parler correctement et avait un minimum de bonnes manières. Elle avait fait la leçon aux plus jeunes des enfants et avait cherché le réconfort en les réconfortant, mais trop souvent ils s'enfuyaient pour retourner à une vie plus lucrative de délits et, l'âge venant, de crimes.

Les pauvres gens comme elle, honnêtes et pudiques, étaient les plus malheureux. Elle ne voulait pas vendre son corps et n'éprouvait que du dégoût envers les hommes qui s'en prenaient aux filles de quinze ans. D'un autre côté, trouver un emploi respectable comme nourrice ou gouvernante était impossible. Elle était peu instruite, et ce n'était pas dans un hospice de Bethnal Green que des mères de famille viendraient chercher quelqu'un pour s'occuper de leurs petits chéris.

Elle avait finalement persuadé l'une des dames de la paroisse de lui trouver une machine à écrire. On lui avait déniché un instrument de seconde ou troisième main, dont le B et le Y refusaient de remonter, mais cela n'avait pas empêché Beth de s'exercer encore et encore.

Lorsqu'elle serait un peu plus âgée, raisonnait-elle, elle pourrait se faire embaucher comme dactylographe. Si elle travaillait vite et bien, les gens n'accorderaient peut-être aucune importance à son passé. Ou bien elle pourrait écrire de petites histoires ou des articles, et essayer de les vendre à des journaux. Elle ignorait complètement comment procéder, mais cela valait la peine d'essayer.

Et puis, un jour, alors qu'elle s'échinait sur la machine, le nouveau pasteur de la paroisse était venu visiter l'hospice. Beth venait de vouer en enfer avec des noms d'oiseaux la maudite touche B. Thomas avait éclaté de rire…

Une larme roula sur sa joue. Elle posa la main sur celle de Ian, et la musique s'interrompit.

— Vous n'aimez pas ?

— Si… Mais est-ce que vous pourriez jouer quelque chose de plus gai ?

Le regard de Ian la frôla, puis s'éloigna.

— Je ne sais pas si un morceau est gai ou triste. Je sais le jouer, c'est tout.

La gorge de Beth se noua. Si elle n'y prenait garde, elle allait se mettre à pleurer sur le compte de ce garçon. Elle fouilla dans les partitions entassées sur le piano et trouva quelque chose qui la fit sourire.

— Et ceci ? dit-elle en posant le feuillet sur le support. Mme Barrington détestait l'opéra. Elle ne comprenait pas pourquoi on pouvait aimer écouter des gens s'époumoner pendant des heures dans une langue étrangère. Mais elle aimait la musique de Gilbert et Sullivan. Eux au moins parlent anglais.

Elle choisit la chanson que préférait Mme Barrington. Celle-ci lui avait demandé de l'apprendre et la lui faisait jouer sans relâche. Beth s'était lassée du rythme sautillant et du texte idiot mais, à présent, elle remerciait son ancienne patronne de ses goûts.

Ian regarda la feuille, sans changer d'expression.

— Je ne sais pas lire la musique.

Beth s'était penchée sur lui machinalement, et il avait le nez dans la rosette qui ornait son décolleté.

— Non ?

Ian examinait chaque facette de la fleur.

— Il faut que je l'entende. Jouez-la pour moi.

Il se déplaça, lui laissant l'extrémité du petit banc. Beth s'assit, le cœur battant. Ce grand corps était comme un mur solide, si proche qu'elle sentait la chaleur de sa cuisse contre la sienne.

Ses yeux ambrés brillaient sous les cils épais tandis qu'il la regardait.

Beth inspira et frappa les notes les plus basses en entonnant d'une voix tremblante :

— « Je suis le modèle d'un major général moderne… »

5

Ian regardait les doigts alertes de Beth courir sur le clavier. Ses ongles étaient courts et soignés, et seul le petit doigt de sa main gauche portait un anneau en argent.

Sa voix apaisante flottait autour de lui, bien qu'il ne se donnât pas le mal de comprendre les mots :

— « Je suis très bon pour le calcul intégral et différentiel : je connais le nom scientifique d'animalcules… »

La rosette bleue qui ornait son décolleté s'élevait et s'abaissait alors qu'elle chantait, et son coude glissait le long du gilet de Ian en même temps que sa main parcourait le clavier. De la soie bleue drapait ses genoux – Beth Ackerley en avait fini avec les tissus gris : Isabella devait l'avoir prise en main.

Une boucle s'échappa du bandeau qui retenait ses cheveux. Il la regarda tressauter contre sa joue, puis fixa sa bouche d'où sortaient des sons allègres auxquels il ne prêtait aucune attention. Il eut envie de prendre la boucle entre ses lèvres.

— « Je suis le modèle même », chantait la jeune femme.

Quelques accords suivirent, et ce fut le silence. Beth lui sourit, hors d'haleine.

— Cela fait longtemps que je ne me suis pas exercée. Mais je n'ai plus d'excuse, puisque Isabella a un excellent piano.

Ian posa les doigts sur les touches.

— La chanson veut-elle dire quelque chose ?

— Vous voulez dire que vous n'avez jamais vu *Les Pirates de Penzance* ? Mme Barrington m'y a traînée quatre fois. Elle chantonnait du début à la fin, ce qui exaspérait nos voisins.

Ian se rendait au théâtre ou à l'opéra lorsque Mac ou Hart l'y emmenait, mais il se souciait peu de ce qu'il voyait.

Il se souvenait des notes qu'elle avait jouées, et ses doigts les répétèrent sans effort. Les mots, aussi. Il les chanta sans s'intéresser à leur signification.

Elle sourit et joignit sa voix à la sienne.

— « Avec beaucoup de plaisanteries au sujet du carré de l'hypoténuse… »

Ils poursuivirent de conserve, le souffle de Beth lui caressant oreille. Il avait très envie de tourner la tête et de l'embrasser, mais on ne s'arrêtait pas au milieu d'un morceau, on devait le jouer jusqu'au bout.

Il termina avec quelques notes de son cru.

— C'était…

Glissant la main sous sa nuque, il interrompit le compliment d'un baiser.

Beth goûta le parfum de cognac, sentit ses longs doigts s'enfoncer dans ses boucles.

Il l'embrassait comme un amant embrasse une courtisane. Mon Dieu, elles devaient toutes fondre lorsque Ian les touchait… Il lui picora de baisers les pommettes et elle sentit son corps se détendre, se liquéfier même.

— Je ne devrais pas vous laisser faire ça, murmura-t-elle.

— Pourquoi ?

— Parce que vous pourriez me briser le cœur.

Il suivit du doigt le contour de ses lèvres, soulignant l'arrondi de l'inférieure. Son regard resta fixé sur la bouche de Beth tandis que sa main se posait sur sa cuisse.

— Êtes-vous prête à m'accueillir ? chuchota-t-il, les dents sur le lobe de son oreille.

— Oui.

Elle tenta d'avaler sa salive.

— Bien.

La langue de Ian fit le tour de son oreille.

— Vous comprenez ces choses. Pourquoi vous devez être prête.

— Mon mari me l'a expliqué lors de notre nuit de noces. Il pensait que l'ignorance des femmes était la cause de souffrances inutiles.

— Un pasteur inhabituel.

— Oui, Thomas était tout à fait progressiste. Une épine dans le pied de son évêque, avec toutes ses idées modernes.

— Je voudrais vous expliquer davantage de choses, murmura Ian. Mais dans un endroit plus intime.

— Oui, ce serait préférable, répliqua Beth avec un petit rire. Il est heureux que je ne sois pas une dame délicate. Sinon, je serais par terre, inconsciente, avec tous les serviteurs d'Isabella penchés sur moi pour m'éventer.

— Ce que j'ai dit vous met en colère ? s'inquiéta-t-il.

— Non, mais ne dites jamais ce genre de choses dans un salon empli de dames et de porcelaine, je vous en supplie. Il y aurait un vrai drame, et de la casse.

Il joua avec ses cheveux.

— Je n'ai jamais été avec une dame. Je ne connais pas les règles.

— Heureusement, je ne suis pas une dame comme les autres. Mme Barrington s'est efforcée d'y remédier mais elle n'y est pas complètement arrivée, Dieu la bénisse.

— Pourquoi diable voulait-elle vous changer ?

— Monsieur, vous êtes l'homme le plus flatteur que je connaisse.

Ian marqua une pause. Son expression était indéchiffrable.

— J'expose les vérités. Vous êtes parfaite. Je veux vous voir nue, et vous embrasser partout. Entre les cuisses. La chaleur à cet endroit précis devient intense.

— Eh bien, là, je me demande si je dois me sauver en courant ou jouir d'être l'objet d'une telle attention.

— Je connais la réponse.

Sa main agrippa le poignet de Beth.

— Restez.

Les doigts fermes tracèrent un cercle sur la peau sensible à l'intérieur de son bras.

— J'avoue que votre façon de parler est rafraîchissante, après les acrobaties intellectuelles que je dois effectuer pour suivre les amis d'Isabella.

— Dites aux amis d'Isabella de rester à l'écart. Je ne veux pas qu'ils vous touchent.

Ses doigts la serrèrent, et elle regarda la grande main toujours posée sur sa cuisse.

— Vous seul pouvez me toucher ?

Il hocha la tête, sourcils joints.

— Oui.

— Je n'ai rien contre, dit-elle doucement.

— Bien.

Il la hissa sur ses genoux, mais la tournure empêcha Beth de s'appuyer sur lui. Mon Dieu, quelle idiotie, cette mode des tournures !

La rosette bleue du décolleté s'écrasa contre le gilet de Ian, et il soutint son arrière-train de la main. Elle ne protesta pas, ne réclama pas sa liberté.

Des libertés, c'est avec lui qu'elle voulait en prendre. Elle voulait déboutonner son pantalon, y introduire la main pour s'emparer de son membre. Qu'importe qu'ils soient assis dans le salon d'Isabella, dont les rideaux étaient ouverts sur une rue de Paris.

— Je suis une vilaine, vilaine femme, chuchota-t-elle. Embrassez-moi.

Sans mot dire, il s'empara de sa bouche.

Ce n'étaient pas les baisers d'un homme en train de flirter. C'étaient les baisers d'un homme qui voulait coucher avec elle, tout de suite, ici même.

— Nous devrions arrêter, murmura-t-elle.

— Pourquoi ?

Aucune raison d'arrêter ne vint à l'esprit de Beth. Je suis une veuve, songea-t-elle, il y a longtemps que j'ai perdu mon innocence. Pourquoi devrais-je m'interdire d'embrasser un bel homme ? Un peu de sensualité ne me fera pas de mal…

Elle glissa une main entre les cuisses de Ian.

— Mmm, fit-il. Vous voulez le toucher ?

Oui, je vous en prie, répondit la vilaine dame.

— J'entends la porcelaine se briser.

— Quoi ? demanda-t-il, sourcils froncés.

— Rien. Vous êtes un voyou, un mauvais garçon, et j'aime chaque seconde de cet instant.

— Je ne comprends pas.

— Peu importe, dit-elle en prenant son visage entre ses mains. Je n'aurais pas dû parler.

Elle embrassa la courbe de sa lèvre inférieure, goûta les coins de sa bouche.

Il veut que je l'accueille avec allégresse, sans aucune honte…

C'était un univers qu'elle ne connaissait pas, qu'elle n'avait qu'aperçu par l'entrebâillement de rideaux derrière lesquels des femmes couvertes de diamants souriaient à des messieurs que la fumée de cigare enveloppait. Un monde dans lequel on l'invitait à présent.

La porte s'ouvrit et Isabella entra, vêtue d'une robe de chambre en soie bleue. Beth tenta de sauter à terre, mais Ian la serrait trop étroitement.

Isabella leur jeta un regard intrigué.

— Ian chéri, qu'est-ce qui te prend de jouer du Gilbert et Sullivan dès potron-minet ? J'ai cru que je faisais un cauchemar.

Beth parvint enfin à se mettre debout.

— Je vous demande pardon, Isabella. Nous ne voulions pas vous réveiller.

Les yeux d'Isabella s'écarquillèrent.

— Oh, pardon, c'est à moi de m'excuser de vous avoir dérangés.

Vivent les corsets, songea Beth dont les seins s'érigeaient sous le tissu épais.

Ian ne se leva pas. Un coude sur le piano, il étudiait le mur derrière Isabella.

— Tu resteras pour le déjeuner, Ian ? demanda-t-elle.

Il secoua la tête.

— Je suis juste venu apporter un message à Beth.

— Ah bon ? fit celle-ci qui n'avait même pas pensé à demander ce qui l'amenait dans cette maison.

— De la part de Mac, poursuivit Ian qui fixait toujours l'autre côté de la pièce. Il sera prêt à commencer les leçons de dessin dans trois jours. Il veut d'abord finir un tableau.

— Tiens donc ! Mon mari a toujours su mener deux œuvres à la fois, commenta Isabella d'une voix tendue.

— Mac ne veut pas que Beth soit là en même temps que Cybèle, son modèle.

Le chagrin assombrit le regard d'Isabella.

— Cela ne l'a jamais gêné avec moi.

Ian ne dit rien, et Beth ne put s'empêcher de demander :

— Cette Cybèle est donc si terrible ?

— C'est une putain au langage ordurier, expliqua Isabella. Mac me l'a présentée pour me choquer alors que nous venions de nous marier. Il adorait me choquer. C'était sa distraction préférée.

Ian avait tourné la tête pour regarder par la fenêtre, comme si la conversation ne l'intéressait plus. La joie d'Isabella s'était dissipée, et son visage avait pris une expression de lassitude et de résignation.

— Bon, Ian, si vous ne restez pas pour le déjeuner, je vais me recoucher. Je vous souhaite une bonne journée.

Elle repartit, laissant la porte ouverte derrière elle.

Beth la suivit des yeux, chagrinée de la voir malheureuse.

— *Pouvez-vous* rester pour le déjeuner ? demanda-t-elle à Ian.

Il secoua la tête et se mit debout – regrettait-il ou était-il content de s'en aller ? elle n'aurait su le dire.

— Mac m'attend. Il s'inquiétera si je m'attarde.

— Vos frères aiment veiller sur vous, fit Beth avec une pointe de jalousie.

Elle avait grandi dans la solitude, sans frère ni sœur, ni même une amie à qui se confier.

— Ils ont peur.

— De quoi ?

Ian demeura face à la fenêtre, comme s'il ne l'avait pas entendue.

— Je veux vous revoir.

La centaine de refus polis que Mme Barrington lui avait enseignés lui traversa la tête sans s'y arrêter.

— Oui, moi aussi, j'aimerais vous revoir.

— Je vous ferai parvenir un message par Curry.

— Il est plein de ressources, votre M. Curry.

Manifestement, Ian ne l'écoutait plus.

— La cantatrice, lâcha-t-il tout à trac.

Beth sursauta.

— Je vous demande pardon ?

Elle se souvint subitement de l'article qui l'avait agacée le jour où elle avait rencontré Mac.

— Oh… cette cantatrice-là.

— J'ai demandé à Cameron de feindre de se disputer avec moi à son sujet. Je voulais que les gens m'attribuent une histoire avec elle, et vous épargnent. Il a été content de me rendre ce service. Il a même trouvé ça amusant.

On avait dû la voir entrer dans la loge des Mackenzie, et ensuite se faire raccompagner par Ian jusqu'à la voiture de Cameron. Il avait déclenché une querelle en public afin que le nom des Mackenzie ne soit pas relié au sien.

— Merci, dit Beth d'une petite voix. Une histoire bien montée.

Ian garda le silence un instant, perdu dans ses pensées. Puis il la prit dans ses bras et l'embrassa prestement sur la bouche.

Avant que Beth ait pu réagir, il s'était écarté et sortait de la pièce. Elle resta immobile, les lèvres en feu, jusqu'à ce qu'un courant d'air froid venant de la porte d'entrée lui fasse savoir qu'il était parti.

— Chérie, c'était charmant, dit Isabella ce soir-là, en tendant les bras à sa servante pour qu'elle lui enfile ses longs gants. Vous et Ian… Je suis si contente.

— Il n'y avait rien de charmant, protesta Beth. Je me suis comportée de façon scandaleuse.

Isabella lui décocha un sourire entendu.

— Comme vous voudrez. J'ai hâte d'en savoir plus sur le sujet.

— Vous allez au bal ?

Isabella embrassa Beth sur la joue, l'enveloppant de son parfum.

— Vous êtes sûre que ça ne vous ennuie pas ? Je n'aime pas vous laisser seule.

— Non, non. Allez-y et passez une bonne soirée. Je suis fatiguée ce soir, et cela ne m'ennuie pas d'avoir un peu de temps pour rassembler mes idées.

Beth avait envie d'une soirée tranquille, sans sentir peser sur elle le regard attentif des innombrables relations d'Isabella. Celle-ci la présentait comme une riche héritière d'Angleterre, statut qui semblait piquer la curiosité des artistes, écrivains et poètes désargentés que fréquentait la jeune femme.

Ce soir, Beth souhaitait raconter sa journée dans son journal, puis s'abandonner à des rêveries au sujet de Ian Mackenzie. C'était stupide, mais tant pis.

Beth demanda au majordome qu'on lui serve un souper froid dans sa chambre. Puis elle prit sa plume et ouvrit son journal.

Ellc profitait des rares instants de solitude pour noter les péripéties de son séjour parisien. Tout en mâchant un morceau de pâté, elle commença à écrire.

Je ne sais comment nommer ce qu'il me fait éprouver. Ses mains sont grandes et fortes, et j'avais follement envie qu'il les pose sur ma poitrine. Je voulais presser mes seins sur ses paumes. Je voulais sentir la chaleur de ses mains sur moi. Mon corps le réclamait violemment, mais, le lieu et le moment ne s'y prêtant pas, j'ai refusé de le satisfaire.

Cela signifie-t-il que j'aimerais faire cela ailleurs et à un autre moment ?

Je veux déboutonner ma robe devant lui. Je veux qu'il délace mon corset. Je veux qu'il me touche comme je n'ai pas été touchée depuis des années. Je le désire douloureusement.

Je ne pense pas à lui comme à lord Ian Mackenzie, frère d'un duc et hors de ma portée ; ni comme au Mackenzie dément, à l'excentrique que les gens regardent en murmurant entre eux.

Pour moi, il est tout simplement Ian.

— Madame, appela Katie du seuil de la pièce.

Beth sursauta et referma son cahier.

— Grands dieux, Katie, tu m'as fait peur. Il y a un problème ?

— Le valet dit qu'un monsieur veut vous voir.

Beth se leva. Sa jupe accrocha une cuillère et l'envoya tomber en tintant sur le sol.

— Qui ? Lord Ian ?

— Je l'aurais dit tout de suite si c'était lui, non ? Henri dit que c'est quelqu'un de la police.

— La police ? Pourquoi est-ce que la police voudrait me voir ?

— Je ne sais pas, madame. Il dit que c'est un inspecteur ou quelque chose comme ça, et c'est un Anglais, pas un mangeur de grenouilles. Je vous le jure, je n'ai rien volé depuis que vous m'avez prise sur le fait quand j'avais quinze ans. Rien, pas la moindre chose.

— Ne sois pas ridicule, répliqua Beth en ramassant la cuillère d'une main tremblante. Un vol d'oranges à Covent Garden ne mériterait pas qu'on envoie un inspecteur à tes trousses à Paris dix ans plus tard.

— J'espère que vous avez raison, fit Katie, affichant l'air sinistre d'un condamné à mort.

Beth enferma son cahier dans son coffre à bijoux et mit la clef dans sa poche, avant de descendre au rez-de-chaussée. Le valet s'inclina devant elle et ouvrit la porte. Elle le remercia en français.

Un homme vêtu d'un complet élimé était planté devant la cheminée. L'entendant entrer, il se retourna.

— Madame Ackerley ?

Il était grand, mais moins que Ian. Ses cheveux bruns étaient brossés en arrière et il avait des yeux noisette. Elle lui donna un peu plus de trente ans, et l'aurait trouvé beau garçon sans la moue sévère que sa moustache ne parvenait pas à cacher.

Beth fit deux pas.

— Oui ? Ma dame de compagnie me dit que vous êtes de la police.

— Je m'appelle Fellows. Je suis venu vous poser quelques questions, si cela ne vous ennuie pas.

Il tendait une carte qui avait connu de meilleurs jours. *Lloyd Fellows, Insp., Scotland Yard, Londres,* lut-elle.

— Je vois, fit Beth en lui rendant la carte.

— Pouvons-nous nous asseoir, madame Ackerley ? Rien ne vous interdit d'être à votre aise.

Il désigna un fauteuil rembourré. Beth se posa sur le bord. L'inspecteur Fellows tira un autre fauteuil et s'installa commodément.

— Je n'en ai pas pour longtemps, vous pouvez vous dispenser de me proposer du thé. Je voudrais savoir depuis combien de temps vous connaissez lord Ian Mackenzie.

— Lord Ian ? répéta Beth, interloquée.

— Le plus jeune frère du duc de Kilmorgan, beau-frère de la propriétaire de cette maison.

Son ton était sarcastique, mais son regard était… étrange.

— Oui, je sais qui c'est, inspecteur.

— Vous l'avez rencontré à Londres, il me semble ?

— En quoi cela vous regarde-t-il ? Je l'ai rencontré à Londres, et j'ai rencontré son frère et sa belle-sœur ici, à Paris. Je ne crois pas que ce soit illégal.

— Aujourd'hui, vous avez reçu lord Ian Mackenzie ici même.

Le cœur de Beth se mit à battre plus vite.

— Vous me surveillez ?

Elle pensa aux rideaux grands ouverts et à elle-même, assise sur les genoux de Ian et l'embrassant éperdument.

Fellows se pencha en avant, l'expression indéchiffrable.

— Je ne suis pas venu dans le but de vous accuser de quoi que ce soit, madame Ackerley, mais dans celui de vous protéger.

— De qui ? Du beau-frère de mon hôtesse ?

— La fréquentation de certaines personnes pourrait vous mener à votre perte. Écoutez bien ce que je dis.

— Parlez franchement, monsieur Fellows, s'impatienta Beth. Il se fait tard et j'aimerais me retirer.

— Inutile de prendre un ton hautain. Dites-moi, avez-vous entendu parler de l'assassinat qui a eu lieu il y a une semaine, près de Covent Garden ?

Beth fit non de la tête.

— Il y a une semaine, j'étais en train de voyager.

— Ce n'était pas une femme d'importance, aussi les journaux anglais n'en ont pas dit grand-chose, et les français rien du tout… Vous parlez couramment le français, il me semble ?

— On dirait que vous savez beaucoup de choses sur moi.

Les manières familières du policier irritaient Beth au plus haut point.

— Mon père était français, alors oui, je parle cette langue. C'est l'une des raisons pour lesquelles j'ai décidé d'aller à Paris.

Fellows sortit un petit carnet de sa poche et le feuilleta tranquillement.

— Votre père se présentait sous le nom de Gervais Villiers, vicomte de Theriault… Curieux, les Français n'ont aucune trace d'une personne de ce nom.

Le pouls de Beth s'emballa.

— Il a quitté Paris il y a longtemps. C'est plus ou moins en rapport avec la révolution de 1848, je crois.

— Cela n'a rien à voir avec la révolution, madame. Gervais *Villiers* n'a jamais existé. Gervais *Fournier,* d'un autre côté, était recherché pour vols, malversations et abus de confiance. Il s'est enfui en Angleterre et on n'a plus entendu parler de lui… Je pense que vous et moi savons ce qu'il est devenu, madame Ackerley.

Beth ne répondit pas. Elle ne pouvait nier la vérité.

— Quel rapport y a-t-il avec lord Ian Mackenzie ?

— J'y viens, dit Fellows en consultant à nouveau son carnet. Je vois là que votre mère a été arrêtée pour prostitution. Cela est-il vrai ?

Beth rougit.

— Elle était désespérée, inspecteur. Mon père venait de décéder, et nous mourions de faim. Grâce au Ciel, elle n'avait aucun talent pour ce métier, et le premier homme qu'elle a accosté était un policier en civil.

— Il semble que le magistrat a été tellement ému par ses suppliques qu'il a eu pitié et l'a laissée partir. Elle a promis d'être une bonne fille et de ne plus recommencer.

— Et elle n'a plus recommencé. Allez-vous cesser de parler de ma mère, inspecteur ? Laissez-la reposer en paix. Elle a fait de son mieux dans des circonstances difficiles.

— En effet, Mme Villiers n'a pas eu votre chance, admit Fellows. Vous, vous avez eu une chance peu habituelle. Pour commencer, vous avez épousé un homme respectable qui a pris soin de vous. Puis vous êtes devenue la dame de compagnie d'une vieille lady fortunée et vous vous êtes insinuée dans ses bonnes grâces, si bien qu'elle vous a laissé tous ses biens. Maintenant, vous êtes l'invitée d'une aristocrate anglaise. Vous avez fait du chemin depuis l'hospice, on peut le dire, non ?

— Ma vie ne vous regarde pas, répliqua Beth sèchement. Pourquoi un inspecteur de police perd-il son temps à s'y intéresser ?

— Ce n'est pas votre vie qui m'intéresse. Mais le meurtre, oui.

Beth se raidit.

— Je n'ai commis aucun meurtre, monsieur Fellows, dit-elle en s'efforçant de sourire. Si vous suggérez que j'ai poussé Mme Barrington dans la tombe, sachez qu'elle était âgée et malade, que je l'aimais beaucoup et que j'ignorais complètement qu'elle m'avait désignée comme héritière.

— Je sais, j'ai vérifié.

— Eh bien, tant mieux. Mais je ne comprends toujours pas où vous voulez en venir.

— J'ai parlé de vos parents pour vous tester. Je voulais m'assurer qu'on pouvait aborder avec vous des sujets un peu particuliers, de ceux qui font s'évanouir les dames trop sensibles.

Beth darda sur lui un regard glacial.

— Rassurez-vous, je ne suis pas sujette aux évanouissements. Il est possible que je demande aux valets de vous jeter dehors, mais je ne m'évanouirai pas.

Fellows leva les mains.

— Accordez-moi encore un instant, madame Ackerley. La femme assassinée à Covent Garden s'appelait Lily Martin.

— Oui ? Eh bien, je ne la connaissais pas.

— Il y a cinq ans, elle travaillait dans un bordel de High Holborn.

Il fit une pause, guettant la réaction de Beth.

— Oui, et alors ? Me demandez-vous si ma mère la connaissait ?

— Pas du tout. Vous rappelez-vous qu'une autre courtisane a été assassinée dans le même quartier, il y a cinq ans ?

— Non.

— Une jeune femme du nom de Sally Tate, l'une des filles du même bordel, a été retrouvée un matin dans son lit, poignardée au cœur, et on avait délibérément tartiné le papier peint et le bois du lit de son sang.

La gorge de Beth se noua.

— C'est affreux.

Fellows s'avança jusqu'à l'extrême bord de son siège et se pencha vers elle.

— Je sais – je *sais* que le coupable est lord Ian Mackenzie.

Beth sentit le sol se dérober sous ses pieds. Elle tenta d'inspirer mais ses poumons s'y refusèrent, et la pièce se mit à onduler autour d'elle.

— Voyons, madame Ackerley, vous avez promis de ne pas vous évanouir.

Elle s'aperçut que Fellows était debout à côté d'elle, et lui soutenait le coude. Elle chercha son souffle.

— C'est absurde, lâcha-t-elle d'une voix haletante. Si lord Ian avait commis un crime, les journaux en auraient parlé et un tel drame n'aurait pas échappé à Mme Barrington.

Fellows secoua la tête.

— Il n'a été ni accusé ni même arrêté. Nous avons reçu l'ordre de clore l'affaire et de ne pas avertir la presse.

Il regagna son fauteuil, une expression de fureur contenue sur le visage.

— Mais je sais qu'il l'a fait. Il était là-bas, cette nuit-là. Au matin, il avait disparu. Et on a appris ensuite qu'il avait fui en Écosse.

— Peut-être était-il parti avant ?

— Ses serviteurs ont tenté de me faire croire qu'il était rentré à la maison avant deux heures du matin, s'était couché et était parti pour l'Écosse par le premier train de la matinée. Ils mentaient. Je le sais intimement, bien que le duc ait fait de son mieux pour m'empêcher de découvrir ce que son cadet avait vraiment fait. Je voulais arrêter Ian, mais je n'avais aucune preuve concrète à fournir, et les Mackenzie sont puissants. Leur défunte mère était une amie de la reine. Le duc a du poids au ministère de l'Intérieur, et il a prié mes supérieurs de me décharger de l'affaire. Le nom de Ian n'a jamais été mentionné – ni dans les journaux, ni dans les couloirs de Scotland Yard. Autrement dit, il s'en est tiré impunément.

Beth se leva. Elle pensait à Ian, à son regard fuyant, à ses baisers ardents, à ses mains chaudes…

C'était la seconde fois en quelques semaines qu'un homme lui conseillait d'en fuir un autre. Mais, lorsque Ian lui avait parlé de Mather, elle l'avait cru sans peine, alors qu'elle refusait d'admettre ce que prétendait l'inspecteur.

— Vous devez vous tromper, déclara-t-elle. Ian ne ferait jamais une chose pareille.

— Vous dites cela alors que vous ne le connaissez que depuis une semaine. Moi, cela fait des années que j'observe la famille Mackenzie. Je sais ce dont ils sont capables.

— J'ai vu beaucoup d'hommes violents dans ma vie, inspecteur, et Ian Mackenzie n'en est pas un.

Beth avait grandi parmi des hommes qui réglaient leurs problèmes avec leurs poings. Son propre père n'y faisait pas exception. À jeun, il était charmant, mais une fois qu'il avait avalé son content de gin, il devenait un monstre.

Fellows n'avait pas l'air convaincu.

— Lily, la fille qui est morte à Covent Garden, travaillait dans cette maison de High Holborn il y a cinq ans. Elle a disparu après le meurtre de Sally Tate. En fait, elle vivait dans une pension de Covent Garden de ce que lui octroyait un riche protecteur en échange de son silence. La patronne a dit qu'un gentleman venait la voir de temps à autre, bien après la tombée de la nuit. Elle ne l'a jamais vu de face. Mais un témoin a vu un homme entrer dans cette maison la nuit où Lily a eu la poitrine percée de ses propres ciseaux. Et cet homme était lord Ian Mackenzie.

Le sol oscilla de nouveau sous les pieds de Beth, qui parvint à garder la tête haute.

— Votre hypothèse n'est pas une preuve. Et si votre témoin voyait mal ?

— Allons, madame Ackerley. Vous reconnaîtrez que lord Ian Mackenzie est spécial.

Elle ne pouvait le nier. Elle savait aussi que la police pouvait inciter les gens à croire ce qui l'arrangeait.

— Je n'en reviens pas que vous soyez venu ici pour me raconter cette histoire, dit-elle d'un ton glacial.

— Il y a deux raisons. La première est de vous prévenir que vous êtes devenue l'amie d'un meurtrier. La seconde est de vous prier d'observer lord Ian et de me transmettre toute information utile. Il a tué ces deux filles, et j'ai l'intention de le prouver.

Beth le fixa.

— Vous voulez que j'épie le beau-frère de la femme qui est devenue mon amie ? L'un des membres d'une famille qui jusqu'à présent ne m'a manifesté que de la gentillesse ?

— Je vous demande de m'aider à attraper un assassin.

— Je ne suis pas au service de Scotland Yard, inspecteur. Trouvez quelqu'un d'autre pour faire le sale travail à votre place.

Fellows secoua la tête.

— Je regrette cette attitude, madame Ackerley. Si vous refusez de m'aider, je vous considérerai comme la complice de Ian Mackenzie.

— J'ai un avocat, monsieur Fellows. Vous devriez le consulter. Je vais même vous donner son adresse à Londres.

Fellows sourit.

— Ça me plaît que vous ne vous laissiez pas intimider. Mais réfléchissez à ceci : je suis certain que vous n'aimeriez pas que vos nouveaux amis de haute naissance découvrent que vous êtes la fille d'un arnaqueur et d'une prostituée.

Il fit claquer sa langue.

— Je n'aime pas non plus le chantage, riposta-t-elle. Je vais voir dans vos propos la preuve que vous vous souciez de ma sécurité, et nous ne parlerons plus de cette affaire.

— Nous nous comprenons donc, madame Ackerley.

— Je vous souhaite le bonsoir, inspecteur, dit Beth sur un ton glacial dont Mme Barrington eût été fière. Et je vous rappelle que nous ne nous comprenons pas du tout.

Fellows se dirigea vers la porte.

— Si vous changez d'avis, je suis descendu à l'hôtel du Nord. Bonne soirée.

Il ouvrit la porte d'un geste théâtral, et se retrouva face à un mur qui n'était autre que Ian Mackenzie. Lequel le souleva par le col et le ramena dans la pièce.

6

Furieux, Ian voyait Fellows avec son sourire satisfait à travers un voile rouge.

Maudit soit ce salopard, il lui avait tout raconté !

Fellows agrippa les poignets de Ian.

— S'en prendre à un officier de police est un crime.

Ian le repoussa.

— Sortez d'ici !

— *Ian.*

La voix de Beth le fit se retourner. Elle était une fleur, fragile mais si jolie dans ce monde gris. Un être pur et innocent, qu'il aurait voulu garder à l'écart de la sordide affaire de High Holborn et de ce qu'il s'était efforcé de garder caché durant cinq ans.

Fellows avait tout fichu en l'air. Ce salaud abîmait tout ce qu'il touchait. Ian ne voulait pas que Beth le regarde en se demandant s'il avait plongé un couteau dans le corps d'une prostituée avant de badigeonner le mur du sang de sa victime. Il voulait que Beth continue à le regarder comme avant.

Il arrivait à Ian de se demander si, dans l'un de ses accès de colère, il n'avait pas en effet tué Sally pour ensuite tout oublier. Pourtant, d'autres choses vues cette nuit-là ne s'étaient pas effacées de sa mémoire – des choses dont il n'avait parlé à personne, pas même à Hart.

Cramoisi, Fellows remit son col d'aplomb. Ian espéra lui avoir fait mal. Le but de cet homme était de tourner l'opinion publique contre les Mackenzie. Il avait tellement harcelé Hart et Ian qu'il avait été dessaisi de l'affaire de High Holborn, et on l'avait prévenu qu'insister risquait de lui faire perdre son poste.

Fellows était de retour. Cela signifiait qu'il avait appris quelque chose de nouveau.

Ian revit Lily Martin, telle qu'il l'avait trouvée une semaine plus tôt, gisant dans son petit salon, ses ciseaux plantés dans le cœur. L'horreur et la colère l'avaient submergé. Ainsi, malgré ses efforts, il avait échoué à la protéger…

— Sortez d'ici, répéta-t-il à Fellows. Vous n'êtes pas le bienvenu dans cette maison.

— La locataire en titre est lady Isabella Mackenzie, riposta l'inspecteur. Et on ne m'a pas interdit de parler à Mme Ackerley. Elle n'est pas une Mackenzie, que je sache.

Le regard de Ian glissa sans s'y arrêter sur le visage satisfait de Fellows.

— Mme Ackerley est sous ma protection.

— Votre protection ? Une jolie façon de présenter les choses.

— Cette insinuation-là ne me plaît pas, intervint Beth. Allez-vous-en, je vous en prie, inspecteur. Vous avez dit ce que vous vouliez, allez-vous-en à présent.

— Bien sûr, madame Ackerley, répondit-il en s'inclinant. Bonne soirée.

Ian ne se contenta pas de regarder le policier sortir de la pièce : il l'accompagna jusque dans l'entrée et ordonna au valet de ne plus lui ouvrir, quelles que soient les circonstances. Ian resta sur le seuil, les yeux rivés sur le dos de Fellows qui s'éloignait en sifflotant dans la rue animée.

Lorsqu'il se retourna, Beth était derrière lui, les yeux rouges et humides.

Damnation ! Elle ne souriait plus et son front était plissé. Ian avait du mal à déchiffrer les expressions des gens, mais l'inquiétude et la perplexité de Beth étaient criantes. Est-ce qu'elle croyait ce que Fellows... ?

Il prit le coude de la jeune femme et la ramena dans le salon. Croisant les bras sur la poitrine, elle s'écarta de lui.

— Ne le croyez pas, supplia Ian d'une voix rauque. Il a harcelé Hart pendant des années. Ignorez-le. Je ne veux pas que vous soyez mêlée à cette histoire.

— Il est un peu tard pour cela.

Beth ne cherchait pas à s'asseoir, mais elle ne marchait pas non plus de long en large. Elle demeurait immobile, à l'exception de ses pouces qui s'agitaient fébrilement sur ses coudes.

— Je crains que ce cher inspecteur ne connaisse beaucoup de secrets.

— Il en sait moins qu'il ne le pense. Il déteste ma famille et fait tout ce qu'il peut pour la discréditer.

— Pourquoi diable ferait-il une chose pareille ?

— Je ne sais pas. Je ne l'ai jamais su.

Ian fourragea dans ses cheveux, inquiet de sentir la colère monter en lui. Il détestait cette propension qu'il avait de s'emporter, de céder à la fureur comme son père.

Elle l'envahissait quand il ne trouvait pas ses mots pour expliquer quelque chose, quand il ne comprenait pas les plaisanteries d'autrui, quand il se sentait dépassé, impuissant. Enfant, il y cédait en hurlant et en décochant des coups de pied et de poing, jusqu'à ce que deux valets se ruent sur lui et le maîtrisent. Les hurlements ne cessaient que lorsque Hart arrivait. Le petit garçon adorait son aîné de dix ans.

Ian était assez âgé à présent pour contrôler ses impulsions, mais la colère était toujours prête à l'envahir. Il l'avait combattue la nuit où Sally Tate était morte.

— Je ne veux pas que vous soyez mêlée à cela, répéta-t-il.

Beth se contentait de le regarder sans mot dire. Il eut soudain très envie de l'embrasser, encore et encore, jusqu'à ce qu'elle oublie Fellows et ses révélations, jusqu'à ce qu'elle n'ait plus cet air effaré.

Ian voulait s'imprégner de sa chaleur, il voulait l'entendre gémir sous son corps. Il avait besoin d'elle. Depuis qu'il l'avait vue à l'opéra, il voyait en elle un refuge, un havre vers lequel tous ses sens le poussaient.

Il l'avait prise à Mather en trahissant les secrets de celui-ci. Oui, c'était vrai, Ian l'avait volée à cet imbécile. Mais maintenant, Beth connaissait les secrets de la famille Mackenzie, et elle avait peur.

— On devrait pouvoir prouver votre innocence, disait-elle. Sûrement votre cocher, votre valet ou un autre de vos serviteurs doit pouvoir dire où vous étiez et ce que vous faisiez ces deux soirs-là.

Hélas, rien n'était aussi simple… songea Ian en s'approchant d'elle pour lui caresser la joue, une joue douce comme un pétale de rose.

— Je ne veux pas que vous soyez mêlée à ces événements sordides. Cela vous souillerait.

Il ne savait pas exactement ce que lui avait raconté Fellows, mais l'inspecteur ne connaissait que les grandes lignes de l'histoire. La réalité était si laide, si dramatique, qu'elle pouvait les entraîner tous à leur perte.

Beth attendait qu'il la rassure d'une phrase ou deux. Ian ne le pouvait pas. Il connaissait la vérité brute, et sa maudite mémoire ne s'estomperait pas, ne laisserait rien filer de ce qu'il avait vu, de ce qu'il avait fait. Les deux personnes impliquées dans ce drame, Sally Tate et Lily Martin, étaient mortes.

Beth devrait-elle mourir elle aussi ?

— Non, dit-il.

— Ian.

Son murmure le toucha au cœur. Il s'écarta, effrayé de sentir la colère bouillonner en lui.

— Vous n'auriez pas dû fréquenter les Mackenzie, gronda-t-il. Nous brisons tout ce que nous effleurons.

— Ian, j'ai confiance en vous.

Les doigts de la jeune femme se refermèrent sur sa manche. Il aurait aimé la regarder dans les yeux, mais cela lui était impossible.

— Vous avez peur que Fellows ne m'ait détournée de vous, mais c'est faux. Cet homme a manifestement une araignée au plafond. Il admet lui-même qu'il n'a pas de preuve, et qu'il n'y a pas eu de poursuite contre vous.

C'était partiellement vrai, quoique un peu plus compliqué.

— N'y pensez plus, jeta-t-il. Oubliez.

Lui aurait tant aimé pouvoir oublier, mais hélas, il n'oubliait jamais rien. Ni les notes d'un morceau de musique, ni les « expériences » que le charlatan qui officiait comme médecin à l'asile avait faites sur lui.

— Vous ne comprenez pas, dit Beth en pressant son bras. Nous sommes amis, vous et moi. Or l'amitié est une chose importante que je ne prends pas à la légère – Dieu sait que j'en ai manqué jusqu'à présent, dans ma vie.

Amis. Ian n'avait jamais entendu ce terme appliqué à lui. Il avait des frères, et personne d'autre. Les courtisanes l'aimaient bien, mais il ne se faisait pas d'illusion : leur affection ne lui était accordée qu'en fonction de l'argent qu'il leur donnait.

Le regard de Beth était intense.

— Ce que je veux dire, c'est que je ne vais pas tourner les talons parce que l'inspecteur Fellows a lancé des accusations.

Elle aurait aimé cependant qu'il clame haut et fort son innocence. Ian avait des difficultés avec les mensonges, car il n'en comprenait pas l'utilité, mais il savait aussi que la vérité était complexe.

— Je n'ai pas vu mourir Sally Tate, affirma-t-il, les yeux rivés sur le chambranle de la porte. Et je n'ai pas enfoncé les ciseaux dans la poitrine de Lily.

— Comment savez-vous que c'étaient des ciseaux ?

S'obligeant à la regarder, il vit ses yeux bleus le scruter.

— Je l'ai vu. Je suis allé lui rendre visite cette nuit-là, et je l'ai trouvée morte.

La gorge de Beth se noua.

— Vous n'êtes pas allé le dire à la police ?

— Non. Je l'ai laissée comme ça et j'ai pris le train pour Douvres.

— L'inspecteur Fellows prétend qu'un témoin vous a vu entrer dans cette maison.

— Je n'ai remarqué personne, mais je n'ai pas non plus observé les alentours. J'avais un train à prendre et je ne voulais pas qu'on établisse un lien entre moi, Lily et l'affaire de High Holborn.

— L'inspecteur l'a quand même établi.

— Je sais ! rugit Ian qui avait de plus en plus de mal à contrôler sa colère. J'ai essayé de la protéger. Je n'y suis pas arrivé !

— Elle a dû être tuée par un rôdeur ou un cambrioleur. Vous n'y êtes pour rien.

Lily ne s'était pas débattue. Elle connaissait la personne qui lui avait enfoncé les ciseaux dans la poitrine. Ses propres observations et celles de Curry le confirmaient.

— Je n'ai pas réussi à la protéger. Je ne pourrai pas vous protéger.

— Vous n'avez pas à me protéger, riposta-t-elle avec un petit sourire.

Seigneur, on ne pouvait être plus innocente !

— Fellows va vous utiliser pour nous atteindre. C'est sa méthode.

— Utilise-t-il Isabella ?

— Il a essayé. Et échoué.

Fellows avait pensé qu'après avoir quitté Mac, Isabella détesterait les Mackenzie en bloc et qu'elle lui rapporterait tous leurs secrets. Il s'était trompé. Isabella était la fille d'un comte, cent pour cent sang bleu, et bavasser à l'oreille d'un simple policier était hors de question. Sa loyauté était restée attachée à sa belle-famille.

— Eh bien, il échouera aussi avec moi, déclara Beth.

— Si votre nom est associé à nous, vous le regretterez.

— Je vous l'ai dit, il est trop tard. Je connais bien Isabella, maintenant, et je sais qu'elle ne parlerait pas de vous en termes aussi amicaux si elle vous pensait capables de meurtre.

Il était vrai qu'Isabella avait gardé de l'affection pour Ian, Hart et Cam, Dieu seul savait pourquoi. Ian l'avait tout de suite aimée lorsque Mac lui avait présenté la jeune fille avec laquelle il venait de s'enfuir. Elle était d'une innocence incroyable, mais avait survécu à ce plongeon dans l'univers masculin des Mackenzie.

— Isabella croit en nous.

— Si elle le fait, alors moi aussi.

Il sentit sa colère s'atténuer, et le désespoir s'éloigner. Beth avait confiance en lui. Bien sûr, elle était folle de le faire…

— Vous croyez sur parole un aliéné ? demanda-t-il.

— Vous n'êtes pas un aliéné.

— Si on m'a fourré dans un asile, il y avait une raison. J'ai comparu devant une commission et je n'ai pas pu convaincre ses membres que j'étais sain d'esprit.

Elle sourit.

— L'une des paroissiennes de mon mari croyait fermement qu'elle était la reine Victoria. Elle portait des robes noires, des broches de deuil et parlait constamment de son cher Albert. Je ne vous trouve pas aussi excentrique qu'elle.

Ian s'éloigna de quelques pas.

— Quand on m'a libéré de l'asile, je n'ai pas parlé pendant trois mois.

— Oh !

— Je n'avais pas oublié comment faire – je ne le voulais pas, tout simplement. Je ne me rendais pas compte que cela inquiétait énormément mes frères, je ne l'ai compris que lorsqu'ils me l'ont dit. Je ne peux pas déchiffrer les sous-entendus, les allusions. Il faut me dire les choses carrément.

Elle lui adressa un sourire tremblant.

— Voilà pourquoi vous ne riez pas à mes petites plaisanteries. J'ai cru que j'avais perdu la main.

— J'apprends ce qu'il faut faire en regardant les autres, par exemple pour applaudir à l'opéra au bon moment. Et je ne peux pas suivre une conversation quand il y a du monde autour de moi.

— C'est pour cela que vous n'avez pas dit grand-chose dans la loge de Mather à Covent Garden.

— Le tête-à-tête m'est plus facile.

C'était un fait. Il pouvait se concentrer sur ce que disait son interlocuteur, mais les interventions d'autres personnes l'embrouillaient complètement. Jeune garçon, il avait été puni pour ne pas répondre aux questions qu'on lui posait à table.

— *Vilain boudeur,* grondait son père. *Regarde-moi quand je te parle, mon garçon.*

Les yeux de Beth la brûlaient.

— Mon cher Ian, je vois que nous nous ressemblons. Mme Barrington a dû m'apprendre à me conduire en société en partant quasiment de zéro, et il y a toujours des règles que je ne comprends pas. Par exemple, savez-vous que manger de la glace avec une cuillère passe pour vulgaire ? On doit se servir d'une fourchette, ce qui me paraît plutôt ridicule. Le plus absurde est l'obligation de laisser quelques morceaux de nourriture sur l'assiette afin de ne pas paraître vorace. J'ai tellement souffert de la faim lorsque j'étais enfant que cela m'est vraiment difficile.

Ian laissait les mots l'envelopper sans se donner la peine de les comprendre. Il adorait la voix de Beth, lisse et fraîche comme un ruisseau de montagne, celui dans lequel il aimait pêcher en Écosse.

— Vous pouvez m'appeler Ian, dit-il.

— Ah bon ? fit-elle, surprise.

— Vous l'avez fait plusieurs fois depuis mon arrivée.

— Vous voyez ? Je nous considère déjà comme des amis.

Il voulait beaucoup plus que cela.

Beth lui jeta un coup d'œil de dessous ses cils.

— Ian, il y a quelque chose que je voulais vous demander.

Il attendit, mais elle recula d'un pas en jouant avec l'anneau argenté à sa main gauche. Il s'y connaissait suffisamment en joaillerie pour savoir que cette bague était dépourvue de valeur marchande. Elle avait rendu sans hésitation à Mather ses diamants, mais ce bijou-là lui était visiblement précieux.

— Ian, je me demandais si, peut-être…

Il fit un effort pour ramener son attention sur ses paroles. Il aurait préféré écouter sa voix s'écouler, regarder sa poitrine s'élever et s'abaisser, étudier le mouvement de ses lèvres.

— Puisque vous avez l'air de m'aimer un peu, reprit-elle, je me demandais si vous seriez intéressé… enfin, si vous aimeriez avoir une liaison avec moi.

Les derniers mots avaient jailli d'un coup, réveillant l'attention de Ian.

— Avoir des relations physiques, je veux dire, continuait Beth. À l'occasion, lorsque nous en aurons envie et que cela conviendra à l'un comme à l'autre…

7

— Des relations physiques, répéta Ian, abasourdi et déjà fou de désir.

— Oui, fit-elle d'une voix timide. Si cela vous intéresse.

Si cela *l'intéressait* ?

— Vous voulez dire, coucher ensemble ?

Les joues de la jeune femme avaient pris une vive couleur et ses doigts s'agitaient fébrilement autour de sa bague.

— Oui, c'est exactement ce que je veux dire. Pas comme une maîtresse, vous comprenez, mais comme deux personnes qui jouissent… de cet aspect de la vie. Nous nous apprécions, et je ne prévois pas de me remarier. Mais peut-être pourrions-nous être… amants, du moins tant que nous serons à Paris. Je parle trop, je sais, mais c'est plus fort que moi…

Savait-elle comme elle était belle ? Ses joues étaient rouges, son regard incertain.

Il la regarda dans les yeux un bref instant.

— Oui, dit-il.

Beth lâcha un petit rire étranglé.

— Merci de ne pas vous être sauvé de dégoût.

De dégoût ? Quel homme pourrait fuir avec dégoût une dame aussi jolie ?

Ian la contempla. Elle portait une robe mauve aux plis amples, qui s'arrêtait au-dessus des chevilles et laissait voir les volants d'un jupon. Une rangée de boutons en forme de mûres fermait le corsage de la taille au menton. Un col idiot, beaucoup trop haut, enfermait le cou ravissant.

— On commence tout de suite ? proposa-t-il.

Elle sursauta.

— Tout de suite ?

— Oui. Avant que vous ne changiez d'avis.

Beth plaqua une main sur sa bouche, comme pour retenir un sourire.

— Très bien, qu'avez-vous en tête ?

— Déboutonnez votre robe.

Il s'approcha et défit le bouton au creux de sa gorge. Il avait envie de le prendre entre les dents pour vérifier s'il avait un goût de mûre.

— Jusque-là.

— C'est tout ?

— Pour l'instant.

Elle lui jeta un regard surpris, mais commença à défaire les boutons. Sa gorge pâle apparut, le creux humide de transpiration. C'était une gorge splendide, longue et fine, d'une blancheur immaculée.

Ian glissa les mains autour de sa taille. Elle leva les yeux sur lui, lèvres entrouvertes, mais il s'inclina et lui embrassa le cou.

— Ian.

— Chut.

Il lécha le creux de sa gorge, puis aspira la peau douce entre ses lèvres.

— Que faites-vous ?

— Je vous fais un suçon.

— Un suçon...

Beth inspira un petit coup bref. Il téta tendrement. Il goûtait le sel de sa peau, sentait le pouls battre sous sa bouche.

Déshabillez-vous pour moi, eut-il envie de dire.

Ses seins auraient-ils le même goût que son cou ? Il voulait déboutonner le corsage et ôter ce fichu corset afin de se régaler de ses seins. Il voulait prendre l'un dans sa bouche et l'autre dans sa main.

Vas-y doucement avec cette dame. Savoure l'instant.

Ian leva la tête et la regarda, croisant brièvement l'éclair bleu de ses yeux avant de dériver sur le dessin des lèvres.

Des lèvres délicieuses. Légèrement incurvées, prêtes au sourire. Elle avait les yeux mi-clos, les cheveux ébouriffés, une marque sombre sur la gorge là où il l'avait tétée.

— À votre tour, maintenant, dit-il.

Ian laissa glisser sa redingote, ôta sa cravate et son col.

Beth s'approcha timidement. Ses boucles chatouillèrent le menton de Ian lorsqu'elle posa les mains sur ses épaules.

Ses lèvres effleurèrent d'abord la gorge chaude et ferme, puis la mordillèrent.

Il ne put retenir un gémissement quand elle aspira un pli de sa peau. Il ne pensa plus alors qu'à l'allonger sur le sol, écarter ses jambes, se répandre en elle. Jamais, depuis le jour où une servante avait entrepris de déniaiser le garçon de dix-sept ans qu'il était, il n'avait été aussi excité.

Il aurait voulu ouvrir sa chemise complètement afin que Beth embrasse sa poitrine. Puis qu'elle s'agenouille et continue à embrasser tout ce qui s'offrirait à elle. Tout.

— *Avoir des relations physiques*, avait-elle dit de sa voix douce. *À l'occasion, lorsque nous en aurons envie.*

Oh oui, il y aurait beaucoup d'occasions, et il veillerait à ce qu'ils en aient toujours envie.

Beth s'écarta et le regarda.

— Est-ce bien ?

Incapable de parler, il captura sa bouche dans un baiser sauvage.

Tant d'occasions, chaque jour, quel que soit l'endroit où ils seraient. Mille possibilités se présenteraient. Il aimait les jeux, et de celui-ci il ne se lasserait jamais.

Il dut faire appel à tout son courage pour la repousser. S'il ne s'arrêtait pas maintenant, il devrait la prendre sur le sol.

Toute la nuit.

Il l'embrassa sur le front, sans entendre ce qu'elle était en train de dire. Il regretta de ne pas savoir comme Mac trouver les mots justes pour la remercier, proposer un autre rendez-vous, achever cet intermède sur une note gaie. Au lieu de quoi, il prit le visage de Beth entre ses mains et l'embrassa de nouveau.

— Je disais : est-ce que vous m'enverrez un message par l'intermédiaire de votre très utile Curry ?

— Oui.

Que c'était facile d'être avec une femme qui offrait la réponse aux questions qu'elle posait, le dispensant de chercher ses mots !

— Très bien.

Il reprit sa redingote, fourra la cravate et le col dans l'une des poches, et se retourna pour un dernier regard.

Bcth se tenait au milieu de la pièce, là où elle était lorsqu'il y avait fait irruption. Maintenant, sa robe bâillait sur sa gorge, révélant le suçon. Ses paupières étaient lourdes, ses lèvres gonflées. Il n'avait jamais rien vu d'aussi beau.

— Bonne nuit, murmura-t-elle.

Il s'obligea à tourner les talons et à pousser la porte, ignorant le valet et Katie qui s'enfuirent devant lui. Il arracha son chapeau, ses gants et son écharpe du portemanteau et sortit précipitamment de la maison.

Il allait faire ce qu'il fallait pour qu'il n'ait plus à partir. Il allait tout simplement l'épouser, afin de l'avoir à son côté la nuit, le jour, l'après-midi, le matin, tout le temps. Il marchait à grands pas, dans une euphorie qui lui faisait tourner la tête.

Le brouillard étouffait le brouhaha de la grande ville, ce qui permit à Ian d'entendre les pas qui le suivaient.

Dormir était impossible. Enveloppée dans sa robe de chambre, Beth marcha dans la pièce jusque tard dans la nuit. Reprendre son journal ne lui était pas possible non plus. Les événements étaient trop frais pour être décrits et, chaque fois qu'elle essayait, sa main tremblante aspergeait d'encre la page.

De temps à autre, elle s'arrêtait devant le miroir et entrouvrait sa robe de chambre. La marque que Ian avait laissée tranchait sur sa peau blanche – presque un bleu, mais pas tout à fait. Quelques-unes des filles de joie qui venaient souper ou dormir à l'hospice portaient ce genre de trace, et se moquaient de l'innocence de Beth quand elle s'en inquiétait.

Passant les doigts sur le suçon, Beth se souvint du picotement chaud dans ses veines lorsque le souffle de Ian avait effleuré sa gorge, de l'émoi qui s'était emparé d'elle lorsque ses lèvres s'étaient refermées sur sa peau. Elle s'était enivrée de l'odeur fraîche des cheveux qui lui caressaient le menton.

Elle entendit Isabella rentrer, et espéra que son amie irait directement se coucher. Beth l'aimait beaucoup, mais elle craignait de ne pouvoir lui cacher son excitation.

Isabella suivit le couloir et referma sa porte sans s'arrêter. Beth perçut la voix grave de la servante qui aidait sa maîtresse à se déshabiller. Puis la porte s'ouvrit et se referma. Le silence tomba.

Beth ne parvenait toujours pas à trouver le repos. Son corps lui reprochait d'avoir interrompu ce qu'elle avait commencé avec Ian. Elle avait eu peur qu'il ne s'esclaffe de sa suggestion d'une liaison – elle avait partagé le lit d'un homme et savait ce qu'était l'orgasme, mais les frères Mackenzie étaient des libertins habitués à d'autres aventures, plus piquantes.

Il avait souri, puis brièvement croisé son regard et dit oui. La proposition ne l'avait pas fait rire, elle ne l'avait pas non plus mis mal à l'aise. Son sourire avait embrasé Beth.

Comme elle continuait à marcher de long en large, elle entendit un son étouffé de l'autre côté du mur. Elle connaissait ce son pour l'avoir souvent entendu s'échapper de ses lèvres après la mort de Thomas.

Resserrant la ceinture de sa robe de chambre, Beth se hâta d'aller frapper à la porte d'Isabella. N'obtenant pas de réponse, elle entra.

La lampe à gaz avait été baissée, plongeant la pièce dans la pénombre. Beth tourna la manette, et la lumière éclaira Isabella allongée sur une méridienne, la tête dans les mains, secouée de gros sanglots étranglés.

Beth se glissa à côté d'elle et posa la main sur ses cheveux satinés.

— Chérie, qu'y a-t-il ?

Isabella releva brusquement la tête. Son visage était marbré de rouge, luisant de larmes.

— Laissez-moi.

— Non, dit Beth en repoussant une boucle de sa joue humide. J'ai pleuré comme ça toute seule, autrefois. C'est affreux.

Isabella leva ses yeux verts et jeta les bras autour du cou de Beth, qui l'étreignit en caressant ses cheveux.

— Mac était au bal ce soir, sanglota-t-elle.

— Oh, mon Dieu.

— La comtesse nous avait invités tous les deux pour voir ce qui se passerait. La garce…

— Que s'est-il passé ?

Isabella hoqueta.

— Il m'a ignorée. Il a fait comme s'il ne me voyait pas, et j'ai fait comme si je ne le voyais pas.

Elle émit un gémissement de désespoir.

— Mais… oh, Beth, je l'aime tant !

— Je sais, très chère.

— J'aimerais pouvoir le haïr. Je m'y efforce, sans succès. D'ordinaire, je suis plutôt courageuse. Mais quand je l'ai vu ce soir…

Beth la berça.

— Je sais.

— Vous ne pouvez pas savoir. Votre mari est mort, ce n'est pas pareil. Vous savez qu'il vous aimait, et il est toujours dans votre cœur. Chaque fois que je vois Mac, le couteau se retourne dans la plaie. Il m'a aimée, avant que tout ne dérape.

Le dernier mot s'étira dans un sanglot. Beth la serra dans ses bras, la joue posée sur ses cheveux. Son cœur compatissait. Elle avait remarqué le chagrin dans les yeux d'Isabella, et la lassitude extrême dans ceux de Mac. Cela ne la regardait pas, mais elle aurait aimé les aider à retrouver le bonheur.

Isabella redressa la tête et s'essuya les yeux.

— Je voudrais vous montrer quelque chose.

— Un autre jour, Isabella. Il faut que vous vous reposiez.

— Non. Je veux que vous compreniez.

Isabella se leva et, repoussant ses cheveux, elle ouvrit son armoire et en sortit un petit tableau enveloppé d'un linge. Elle le déposa sur son lit et le découvrit.

Beth retint son souffle. La peinture montrait Isabella assise sur le bord d'un lit défait. Un drap s'écartait juste assez pour révéler un sein parfait et un friselis de poils entre les cuisses. Un nœud retenait ses cheveux roux sur la nuque. La très jeune femme ne regardait pas le peintre.

En dépit du sujet – une femme se levant du lit de son amant – le portrait n'était d'aucune manière obscène ou inconvenant. Une poignée de roses jaunes et les cheveux de la jeune femme tranchaient sur les couleurs pâles, tamisées, de l'ensemble de l'œuvre.

C'était le portrait d'une femme aimée, peint par un homme qui regardait son épouse comme une maîtresse. C'était aussi, si Beth pouvait en juger, une très bonne peinture. La lumière, les ombres, la composition, les couleurs : tout était charmant, émouvant. *Mac Mackenzie,* pouvait-on lire dans un coin.

— Vous voyez, fit Isabella. C'est vraiment un génie.

— Ce tableau est d'une beauté absolue, admit Beth.

— Il l'a peint le lendemain de notre mariage. Il a fait le dessin dans la chambre, puis l'a peint dans son atelier. Une pochade, a-t-il précisé. Réalisée d'une traite. Il ne pouvait pas s'interrompre.

— Vous avez raison. Il vous aimait.

Des larmes silencieuses glissèrent sur le visage d'Isabella.

— Vous auriez dû me voir à mon premier bal – j'étais une petite oie blanche, et lui l'homme le plus décadent du monde. Il n'était même pas invité ; il s'était introduit sur un pari. Il m'a invitée à danser, il m'a taquinée et s'est moqué de moi, à me donner envie de l'étrangler. Il le savait, maudit soit-il. Il jouait avec moi comme avec un poisson, sachant qu'il lui serait aisé de me ramasser dans son épuisette… Ce qu'il a fait, conclut-elle après un soupir. Je l'ai épousé cette nuit-là.

Beth regarda à nouveau le tableau. Cette nuit-là avait peut-être débuté comme une vilaine blague, mais elle avait fini tout à fait différemment. La peinture était l'œuvre d'un homme inspiré, toute de tendresse et d'émotion. L'œuvre d'un homme amoureux.

— Merci de me l'avoir montrée, dit Beth.

Isabella sourit.

— Vous avez besoin de comprendre qui sont les Mackenzie. Je suis heureuse que vous ayez capté l'attention de Ian, mais aimer un Mackenzie est fatigant et dangereux. On n'en sort pas indemne.

Le cœur de Beth palpita. Il était trop tard, songea-t-elle en contemplant la très jolie jeune femme peinte avec amour par Mac Mackenzie.

Durant une semaine, Beth attendit un message de Ian, mais rien ne vint. Elle s'efforçait de ne pas bondir chaque fois qu'elle entendait sonner à la porte, ou bien les pas d'un valet ou d'une servante se hâter dans l'escalier. Au fur et à mesure que les jours s'écoulaient, elle tentait de refouler sa déception grandissante.

Il y avait sûrement une centaine de raisons à cette attitude, la première étant qu'il avait sans doute beaucoup à faire. Selon Isabella, il servait de secrétaire à Hart qui lui faisait lire sa correspondance, ses projets de traités, ses brouillons de discours afin qu'il les enregistre dans sa mémoire et puisse en ressortir à tout moment un extrait ou un autre.

Ian était aussi très doué pour les chiffres, et il s'occupait des investissements des frères Mackenzie. Tel un joueur professionnel qui devine le jeu de ses adversaires, il devançait les hausses et les baisses du marché avec une étrange exactitude. Depuis qu'il avait quitté l'asile, la fortune déjà importante des Mackenzie avait presque doublé.

— Je ne serais pas surprise que ce soit la raison pour laquelle, dès la mort de leur père, Hart s'est empressé de faire sortir son frère de sa prison, avait dit Isabella. Il le fait beaucoup travailler. Rien d'étonnant à ce que Ian ait si souvent mal à tête.

Beth avait été indignée. Mais, songeait-elle, peut-être que Ian aimait travailler pour son frère. En tout cas, il ne lui en avait jamais parlé.

Le samedi, Isabella l'emmena au bal époustouflant que donnait une duchesse dans son hôtel particulier. Beth dansa avec des messieurs qui la regardaient avec des yeux de prédateurs. Si elle avait été vaniteuse, elle aurait pu les croire éblouis par sa beauté, mais elle savait ce qu'il en était. Beaucoup des amis d'Isabella vivaient au-dessus de leurs moyens, et une veuve dotée d'un solide compte en banque était exactement ce dont ils avaient besoin.

Beth s'éventait dans un coin après une valse lorsqu'un serviteur lui apporta un message. Elle déplia la feuille de papier.

Il est urgent que je vous voie. Dernier étage, première porte. Ian.

Le pouls de Beth fit un bond. Elle fourra le papier dans la poche minuscule de sa robe, sortit de la salle de bal et se hâta vers le vestibule d'où s'élevait l'escalier. Arrivée au dernier étage, elle buta sur une porte ornée de moulures dorées. Elle l'ouvrit. Planté au milieu d'une petite pièce joliment décorée, Ian Mackenzie regardait sa montre.

— Ian ? Qu'y a-t-il ? Quel est le problème ?

Il referma sa montre et la remit dans son gilet.

— Fermez la porte. Nous n'avons pas beaucoup de temps.

8

Beth ferma la porte et s'y adossa.

— Du temps pour quoi ?

— Venez là.

Elle avança délicatement vers lui. Délicatement, parce que des souliers trop étroits comprimaient ses pieds, et grimper à toute allure les quatre étages n'avait pas arrangé les choses.

Ian prit sa main et l'attira à lui. Elle se laissa aller contre sa poitrine ferme et des bras puissants l'enlacèrent.

— Qu'est-ce...

Il l'interrompit d'un baiser. Sa langue caressa la sienne, remuant des braises qui ne s'étaient pas éteintes depuis leur dernière rencontre. Cet homme savait embrasser.

Beth eut du mal à se dégager.

— Si nous n'avons pas beaucoup de temps, vous feriez mieux de me dire tout de suite ce qui ne va pas.

— De quoi parlez-vous ?

— Le message, précisa-t-elle en le sortant de sa poche. Vous ne m'avez pas envoyé de message ?

Ian lui jeta un coup d'œil, ses yeux ambrés ne croisant qu'une fraction de seconde ceux de Beth.

— Si.

— Pourquoi ?
— Pour que vous veniez.
— Êtes-vous en train de me dire que vous m'avez appelée d'urgence, juste pour m'embrasser ?
— Oui. Pour poursuivre notre liaison.
— Ici ? *Maintenant ?*
— Pourquoi pas ?
Il se pencha pour l'embrasser de nouveau, et elle tenta de s'écarter. Son talon accrocha le tapis, et il la rattrapa.
Ian sourit. C'était un sourire sauvage, le sourire d'un prédateur qui s'est emparé de sa proie. Le cœur battant, Beth songea qu'elle ne s'en alarmait pas trop.
— Nous sommes chez quelqu'un, argumenta-t-elle.
— Oui, dit-il d'un ton qui signifiait : et alors ?
Beth avait imaginé des rencontres discrètes dans sa chambre, après s'être assuré qu'il ne restait plus personne dans la maison.
— Quelqu'un pourrait entrer, expliqua-t-elle. Et il n'y a pas de lit.
Ian eut un petit rire. Elle ne l'avait jamais entendu rire auparavant, et elle en aima le son, un rire de gorge, ample et contagieux.
Il alla donner un tour de clef à la porte puis, se plantant dans le dos de Beth, il replia les bras sur elle.
— Nous n'avons pas besoin de lit. Vous n'avez pas l'habitude de ça.
Il embrassa son cou tout en remontant les mains de sa taille jusqu'à ses seins. Fermant les paupières, Beth appuya sa poitrine sur les paumes chaudes.
— Vous avez raison, murmura-t-elle. Je n'ai pas du tout l'habitude de ça. Que désirez-vous faire ?

— Vous toucher, chuchota-t-il à son oreille. Vous découvrir. Et que vous me touchiez.

Le cœur de Beth fit un bond.

— Vous avez dit que nous n'avions pas beaucoup de temps.

— En effet.

— Alors, dites-moi ce que je dois faire.

Ian lécha son cou que découvrait l'échancrure de la robe.

— Retroussez vos jupes.

Comptait-il faire cela debout ? Beth n'était pas sûre d'arriver à quoi que ce soit d'intéressant, surtout avec ce corset qui lui retombait sur les hanches. Qui donc avait décrété que les femmes devaient s'emprisonner dans des sous-vêtements aussi contraignants ? Un mari jaloux, assurément.

Ian s'empara des jupes et commença à les relever. Beth entreprit de l'aider. C'était une tâche ardue et elle songea que, si elle avait connu ses intentions, elle aurait porté moins de jupons.

Mais la créature frivole qu'elle était, avait souhaité que sa robe tombe bien. Avec cette tenue faite pour danser, elle avait pu se dispenser de tournure.

Tandis qu'elle retenait jupes et jupons en paquet autour de sa taille, Ian tira un fauteuil devant elle et s'assit. Ce qui le mit au niveau du pantalon. Un nouveau, en soie ivoire, très fin, orné de ravissantes petites fleurs brodées qu'Isabella l'avait quasiment obligée à acheter.

Ian dénoua les rubans. Les mains occupées à retenir ses jupes, Beth était dans l'incapacité de l'arrêter. Lorsque tout tomba à ses pieds, elle lâcha un petit cri de confusion.

— Magnifique, murmura-t-il.

Beth pouvait à peine respirer.

— Je suis heureuse de ne pas vous décevoir.

— Vous ne pourrez pas me décevoir, jamais, affirma-t-il d'un ton solennel.

Il se pencha en avant et approcha les lèvres.

— Vous êtes prête pour moi, je le vois.

Le souffle de Ian la caressa, là où aucun souffle d'homme n'était censé l'atteindre, et surtout pas dans le salon d'autrui.

— Toute prête.

Sa langue pointa et alla vérifier.

Je vais tomber raide morte sur place, songea-t-elle.

Mme Barrington l'accueillerait aux portes du ciel et se moquerait de sa sottise.

— *Voilà ce qui arrive quand on cède à ses bas instincts,* dirait-elle.

Mais, si Beth mourait d'avoir cédé à ses bas instincts, les portes du ciel s'ouvriraient-elles pour elle ?

— *Je suis désolée, saint Pierre, mais cela faisait si longtemps que je n'avais pas senti un homme me caresser. Vous m'avez enlevé mon Thomas ; ne pouvais-je avoir quelque plaisir sensuel pour compenser cette perte ?*

Agrippant sa cheville droite, il libéra son pied du pantalon enroulé sur le sol et le posa sur le fauteuil à côté de lui, ce qui ouvrit devant lui les jambes de Beth. Les mains plaquées sur les fesses de la jeune femme, il se pencha en avant et pressa la langue sur sa fente.

Elle eut envie de crier. Il y avait vraiment *trop* longtemps. Sachant quelle joie ce pouvait être, elle avait toujours plaint les femmes pour qui coucher avec leur mari était une corvée. Mais le savoir avait un envers : durant cinq longues années, elle avait su ce dont elle était privée. La langue habile de Ian la libérait enfin.

Cette position permettait à Ian de lui écarter les cuisses autant qu'il le voulait. Et il semblait aimer cela. Ses pouces la massaient tandis que sa langue tâtait ses profondeurs.

Il la tortura ainsi un long moment, lapant, buvant, léchant, jusqu'à ce qu'elle ne puisse plus retenir ses cris. Beth sentit ses hanches se cambrer et ses mains se crisper sur ses jupes. Un sanglot lui échappa, la manifestation du plaisir féminin dont elle avait été si longtemps privée. Des larmes roulèrent sur son visage.

Ian se recula pour darder sur elle des yeux brûlants. Elle se sentit tomber, mais il la rattrapa et l'attira sur ses genoux, en sécurité dans ses bras solides.

— Je vous ai fait mal ?

Beth enfouit le visage contre son épaule.

— Non. C'était merveilleux.

— Vous pleurez.

Elle souleva la tête.

— Parce que je n'avais pas pensé que j'éprouverais de nouveau une telle joie.

Plaçant une main sur la joue de Ian, elle tenta de l'obliger à la regarder dans les yeux, mais n'y parvint pas.

— Merci.

Il hocha la tête, puis son sourire sauvage revint.

— Vous aimeriez éprouver encore une telle joie ?

Beth pinça les lèvres, mais sans pouvoir retenir son sourire.

— Oui, s'il vous plaît.

Il la fit s'asseoir sur le fauteuil et tomba à genoux devant elle. Il lui écarta les jambes, se pencha en avant et lui montra qu'il ne lui avait fait que la moitié de ce dont était capable sa bouche talentueuse.

— Où étiez-vous donc passée, chérie ? demanda Isabella en entraînant Beth dans la salle de bal. Vous avez un drôle d'air. Que faisiez-vous ?

Apercevant Ian dans le salon voisin, Beth rougit. Isabella s'en rendit compte et poussa un petit cri de joie.

— Vous étiez en train d'embrasser Ian, n'est-ce pas ? Ma chérie, comme c'est merveilleux !

Beth ne répondit pas. Si elle parlait, elle risquait d'exploser.

Est-ce vraiment moi, Beth Ackerley ? Vêtue de satin et couverte de diamants, menant une liaison avec l'homme le plus décadent de Paris ?

Elle pensa aux jours difficiles de son enfance, aux rues crasseuses de l'East End et aux enfants affamés qui y traînaient, aux hommes ivres qui battaient leurs femmes, à celles-ci désespérées et épuisées. Elle n'avait pas imaginé que sa vie puisse changer aussi radicalement.

Ian s'arrêta pour parler à un autre gentleman, puis s'éloigna avec lui vers le vestibule moins éclairé. Il n'entrerait pas dans la salle de bal, bien sûr. Il détestait la foule.

La jeune femme ravala sa déception. Elle ne pouvait espérer qu'il assiste au bal. Ou bien se conformait-il tout simplement à ce qu'il lui avait expliqué, à savoir qu'il ne pouvait engager son cœur ? Sotte de Beth !

Elle continua à bavarder avec Isabella et ses amis, mais son attention ne cessait de s'égarer vers le vestibule. Ian ne réapparut pas.

Le brouillard tombait lorsque, beaucoup plus tard, Beth et Isabella sortirent. Comme elles se dirigeaient vers la voiture, Beth aperçut un homme dans l'ombre entre deux réverbères. Il s'éloigna quand il se devina remarqué, et la lumière d'un réverbère éclaira brièvement son épaisse moustache.

— Madame Ackerley.

Beth se retourna. Elle faisait sa promenade matinale dans le jardin des Tuileries. Les ruines noircies par les flammes du palais rappelaient la violence qui s'était déchaînée durant la Commune de Paris.

Katie marchait à côté d'elle, boudeuse parce que, malgré un coucher tardif, Beth avait tenu à sortir de bonne heure.

— Les dames à la mode ne se lèvent jamais avant midi, avait grommelé Katie. Je croyais que nous avions décidé de suivre la mode, nous aussi…

Beth lui ordonna de marcher devant et attendit que l'homme vêtu de noir la rattrape.

— Eh bien ? fit-elle lorsque Katie fut hors de portée de voix. Je sais que vous m'avez suivie, inspecteur. Je vous en prie, dites-moi pourquoi.

— Je fais juste mon devoir.

Le vent se leva du fleuve, charriant la puanteur de l'eau et le son des cloches de Notre-Dame.

— Scotland Yard sait que vous êtes à Paris ? demanda-t-elle. Que vous enquêtez sur des affaires de meurtres dont on vous a dessaisi ?

— J'ai pris un congé.

— Alors, j'en conclus que vous ne m'arrêterez pas.

Fellows secoua la tête, mais son regard noisette resta dur.

— Si je trouve nécessaire de procéder à une arrestation, j'utiliserai les canaux appropriés. J'assisterai les policiers parisiens de mon mieux.

Beth lui jeta un regard froid.

— Je vous ai déjà dit que je n'épierai pas mes amis.

— Je ne suis pas venu réitérer cette suggestion.

— Parce que vous savez que c'est inutile ?

— Parce que je me rends compte que vous êtes une femme intègre, madame Ackerley. Ce qui est surprenant, vu votre passé.

— Ma mère a reçu une bonne éducation, même si elle a fait un mauvais mariage.

— Oui, j'ai fait des investigations et j'ai trouvé un gentilhomme du Surrey nommé Hilton Yardley. Très respectable, cent pour cent anglais. Après que sa fille a épousé un mangeur de grenouilles au passé suspect, il est mort de chagrin.

— Non, il est mort d'une maladie du foie quatre ans plus tard, rectifia Beth. Vous direz que c'est dû sans aucun doute au choc subi quand sa fille a épousé mon père.

— Sans aucun doute, opina sèchement Fellows.

Beth pivota et s'éloigna à grands pas, mais l'inspecteur ne se laissa pas distancer.

— C'est pour une affaire très différente que je vous ai approchée, madame Ackerley.

— Cela ne m'intéresse pas, inspecteur.

— Si, si.

Beth s'arrêta si brusquement que ses jupes tournoyèrent. Tenant fermement son ombrelle, elle fusilla le policier du regard.

— Eh bien, qu'est-ce ?

Il la regarda de haut en bas, son regard noisette l'épluchant de la manière la plus insultante. Sa moustache se tordit.

— Madame Ackerley, je veux que vous m'épousiez.

9

Beth fixa l'inspecteur Fellows et comprit qu'il ne s'agissait pas d'une plaisanterie.

— Je vous demande pardon ?

— Épousez-moi, madame Ackerley, répéta Fellows. Je suis un homme respectable, avec un travail décent et un revenu stable, même si je sais que vous n'avez plus à vous tracasser pour les questions d'argent. Mais vous vous êtes aventurée dans des eaux profondes, trop profondes pour votre bien.

— Vous craignez que je me noie ?

Fellows l'attrapa par le coude. Ses doigts étaient puissants, comme ceux de Ian.

— Les Mackenzie vont vous entraîner dans l'abîme. Regardez ce qu'ils ont fait de lady Isabella. C'était une débutante innocente, et maintenant sa famille ne veut plus la recevoir. Vous avez une position sociale moins élevée qu'elle, et une fois que vous aurez perdu le respect de la bonne société, il ne vous restera rien. Peu importe que vous ayez de l'argent ou non.

Fellows avait l'air sincère. Mais il y avait quelque chose derrière sa sincérité, qu'elle ne pouvait tout à fait situer.

— C'est la meilleure proposition que vous aurez, reprit-il. J'ai vu les gigolos d'ici courir derrière vous, la langue pendante en pensant à votre fortune. Ils vous ruineront. Je me fiche de votre argent – je suis heureux d'être policier et, que je sois riche ou non, je continuerai à faire mon chemin à Scotland Yard.

Beth serrait si fort le manche de son ombrelle que ses articulations blanchirent.

— Vous me sidérez. Pourquoi vous inquiétez-vous autant de ma réputation ?

La colère incendia ses yeux noisette.

— Parce que les Mackenzie détruisent tout ce qu'ils touchent. Toute dame approchant de cette famille tombe dans le malheur. J'aimerais en sauver une, au moins une.

— Une ? s'écria Beth. Il y en a eu d'autres ?

— Vous n'êtes pas au courant ?

Les yeux de Fellows scintillèrent. Il était visible qu'il avait très envie de lui répondre, et Beth avait follement envie de savoir.

Elle regarda les ruines tristes du palais, que les Parisiens avaient déjà commencé à abattre. Évacuant le passé, se débarrassant des fantômes.

— Expliquez-vous, inspecteur, dit-elle.

— Je parle des femmes de Hart et Cameron Mackenzie. Hart a épousé une gamine, la fille d'un marquis. Cela est survenu après qu'une autre jeune femme l'a plaqué – elle a dû reprendre ses esprits juste à temps. Mais, au dire de tous, la pauvre petite chose que monsieur le duc a épousée avait très peur de lui. Il l'a amenée dans la grande baraque qu'ils ont en Écosse et ne l'a jamais laissée en repartir. Elle est morte en tentant de lui donner l'héritier qu'il voulait. On raconte qu'il a pris cinq minutes pour l'enterrer dans le mausolée familial, avant de courir retrouver la maison où il entretenait ses poules de luxe.

— Vous êtes sûr de cette information ?

— J'ai mes sources. Depuis, le duc ne parle pas de sa femme et refuse que son nom soit mentionné.

— Il est peut-être accablé de chagrin.

Fellows émit un petit bruit de dénigrement.

— C'est peu probable. Avez-vous interdit à tout le monde de prononcer le nom de votre mari lorsqu'il est mort, madame Ackerley ?

— Non.

Elle se souvint comme sa vie était vide après le décès de Thomas.

— Vous avez raison. Je ne voulais pas que les gens l'oublient. Je voulais que son nom soit mentionné le plus souvent possible.

— Vous voyez ? L'épouse de lord Cameron est morte de façon aussi tragique. Après avoir accouché, elle est devenue folle et elle a tenté de tuer son bébé et son mari. Personne ne sait exactement ce qui s'est passé dans la chambre conjugale, mais, quand lord Cameron en est sorti, son visage était balafré et sa femme gisait morte sur le tapis.

Beth blêmit.

— C'est affreux.

Elle avait remarqué la cicatrice qui barrait la joue de Cameron.

— Oui, dit Fellows. S'ils avaient laissé ces dames tranquilles, elles seraient vivantes aujourd'hui.

— Étiez-vous ami avec l'une ou l'autre ? Vous persécutez la famille Mackenzie pour les venger ?

Fellows eut l'air surpris.

— Non, je ne les avais jamais vues. Ces dames étaient d'un milieu bien au-dessus du mien.

— Mais quelqu'un que vous avez aimé a souffert à cause des Mackenzie.

Le regard du policier lui indiqua qu'elle avait raison.

— Ils ont blessé tellement de gens qu'ils ne s'en souviennent sans doute pas.

— Et, à cause de cette offense, quelle qu'elle soit, vous voulez imputer à Ian le meurtre de High Holborn.

Fellows agrippa son coude.

— Ian est le coupable, madame Ackerley. Écoutez bien ce que je dis. Il n'aurait jamais dû être relâché – il est complètement fou, et j'ai l'intention de le démontrer. Je ferai tout ce qui est en mon pouvoir pour prouver qu'il a assassiné Sally Tate et Lily Martin, et pour le faire enfermer une fois pour toutes. Il le mérite.

Son visage était rouge de fureur, et sa bouche tremblait. La colère venait de loin, nourrie par des années de rancœur, et Beth fut soudain emplie de curiosité. Qu'avait donc pu faire la famille Mackenzie à un inspecteur de police pour le rendre aussi déterminé à détruire ses membres ?

Entendant hurler derrière elle, elle se retourna et avisa la haute silhouette de Ian Mackenzie qui courait vers eux. Il brandissait une canne, et sa rage semblait s'amplifier de foulée en foulée. Le vent emporta son chapeau et, lâchant sa canne, il écarta Fellows de Beth.

— Je vous avais dit de ne pas vous approcher d'elle.

— Ian, non !

Ses mains se refermèrent sur la gorge du policier.

— Si vous ne la laissez pas tranquille, je vous tuerai.

— J'essaie de la sauver de vous, espèce de dingue !

Ian émit un cri de rage si violent que Beth recula d'un pas.

— Ian ! cria Mac Mackenzie qui les avait rejoints.

Saisissant le bras de son frère, il appela :

— Curry ! Aide-moi, nom de Dieu !

Le valet s'accrocha au bras de Ian, image grotesque d'un roquet tentant de faire tomber un arbre. Le forcené ignorait superbement cris, supplications, gestes d'apaisement.

La foule commençait à se rassembler. Des Parisiens de la haute société qui étaient sortis faire leur promenade matinale, des nounous et des enfants, et des loqueteux se retrouvèrent, coude à coude, pour regarder un Anglais fou se bagarrer en plein milieu du parc.

Mac parvint à écarter les mains de son frère. Libéré, Fellows tomba à genoux, puis se releva, le pantalon taché par l'herbe humide. Sa gorge était rouge et son col déchiré.

— Je vous aurai, lança-t-il d'un ton haineux. Sacrebleu, je vous enverrai vous balancer au bout d'une corde !

L'écume aux lèvres, il était hors de lui.

— Je vous détruirai, et c'est à coups de talon dans la figure que je répondrai à votre frère lorsqu'il viendra implorer ma pitié.

— *Allez vous faire foutre !* hurla Ian.

Beth enfouit le visage dans ses mains. Katie regardait, bouche bée, Curry et Mac enlacer fermement Ian et l'éloigner de Fellows.

Le visage de Ian était écarlate et des larmes coulaient sur ses joues. Curry lui donna un coup de poing dans la poitrine qui le fit tousser.

— Arrêtez, patron ! gronda Curry. Vous devez arrêter, sinon vous ne respirerez plus jamais l'air frais du dehors. Vous vous retrouverez dans le trou à rats où vous avez passé une partie de votre enfance, et vous ne reverrez plus vos frères. Et le pire, c'est que je serai prisonnier avec vous.

Ian toussa de nouveau, mais il continuait à se débattre comme un animal sauvage qui a été capturé. Mac se planta devant lui.

— Ian, regarde-moi.

Ian tourna la tête, et ferma les yeux afin d'éviter le regard de son frère.

— Regarde-moi, bon sang !

Mac prit la tête de Ian entre ses mains, et les regards des deux hommes se rencontrèrent enfin.

Ian s'immobilisa. Haletant, le visage luisant de larmes, il fixait, fasciné, les yeux de Mac.

Les mains de Mac se desserrèrent, et Beth vit que lui aussi avait les yeux humides.

— Voilà. Tout va bien.

Se penchant en avant, il l'embrassa sur le front.

Ian respirait avec difficulté et bruyamment. Il détourna les yeux.

Curry lui tenait toujours le bras. Ian se libéra et se dirigea vers la voiture qui s'était arrêtée dans l'allée.

Beth se rendit compte alors que Mac et Ian étaient tous deux en tenue de soirée, Ian dans celle qu'il portait la veille au soir. S'ils étaient dehors de bon matin, ce n'était pas qu'ils s'étaient levés tôt mais qu'ils sortaient de fêtes nocturnes.

Ian ne lui adressa pas un regard. Curry ramassa le chapeau de son maître, l'épousseta et se dirigea lui aussi vers la voiture.

Mac darda sur Fellows un regard glacial.

— Rentrez à Londres. Si je vous revois, je vous rouerai de coups jusqu'à ce que vous ne puissiez plus tenir debout.

Fellows respirait difficilement et se frottait la gorge, mais il n'avait pas le moins du monde l'air effrayé.

— Vous ne pourrez pas cacher indéfiniment lord Ian. Un jour ou l'autre, je l'aurai. Cela vous terrifie, hein ?

Mac rugit. Beth se glissa entre eux.

— Faites ce que dit Mac, ordonna-t-elle à Fellows. Vous n'avez pas causé assez de problèmes ?

L'inspecteur planta sur elle son regard noisette.

— Un dernier avertissement, madame Ackerley. Évitez-les. Sinon, ne comptez pas sur ma pitié.

— Vous ne l'avez pas entendue ? s'écria Katie en plantant les poings sur les hanches. Taillez-vous, sinon j'appelle la police. Ça serait pas drôle, ça ? Un type de Scotland Yard arrêté par des Français ?

Mac posa la main sur l'épaule de Katie et la poussa vers Beth.

— Ramenez votre maîtresse à la maison et faites en sorte qu'elle y reste. Dites à ma... dites-*lui* qu'elle doit mieux veiller sur Mme Ackerley.

Katie ouvrit la bouche pour répliquer sèchement mais, croisant son regard, elle se ravisa.

— Il a raison, madame Ackerley, admit-elle docilement. On ferait mieux de rentrer.

— Je suis désolée, fit Beth, la gorge nouée, en suivant Katie vers la rue de Rivoli.

Elle sentit les yeux de Mac rivés sur son dos mais, lorsqu'elle jeta un coup d'œil derrière elle, Ian était monté dans la calèche sans lui avoir accordé un seul regard. Elle s'éloigna avec Katie, l'éclat du jardin brouillé par ses larmes.

— Je l'ai perdue, non ? gémit Ian.

Mac se laissa tomber à côté de lui dans la voiture et referma la portière.

— Tu ne l'as jamais eue, Ian.

Ian se frotta la tempe. Une migraine commençait à lui vriller le crâne.

Maudit soit le démon qui l'habitait. Voir Fellows tendre la main et toucher Beth – et, pire, voir que Beth ne s'écartait pas – avait libéré le fauve en lui. Il n'avait eu plus qu'une envie, saisir le policier à la gorge et le secouer. Exactement comme son père...

Mac soupira, interrompant ses souvenirs.

— Nous sommes les Mackenzie. Pour nous, il n'y a pas de dénouement heureux.

Ian s'essuya les yeux du dos de la main sans répondre.

Mac le regarda un instant.

— Je suis désolé. J'aurais dû faire renvoyer ce salopard à Londres dès que tu m'as dit qu'il était à Paris.

Ian se renfonça dans son siège, incapable de parler tant ses pensées tournoyaient. Il regarda dehors mais, au lieu de voir défiler les rues, c'est l'image de Beth qui lui revenait.

— Je suis désolé, répéta Mac avec lassitude. Vraiment désolé, Ian.

Il appuya le front contre l'épaule de son cadet. Ian percevait la détresse de Mac, mais ne pouvait ni bouger ni émettre un son pour le réconforter.

L'atelier de Mac ne ressemblait pas à ce à quoi Beth s'était attendue. Il avait loué un appartement miteux à Montmartre, deux pièces au rez-de-chaussée et un atelier au-dessus. Très loin de la résidence d'un aristocrate fortuné qu'elle avait imaginée.

Un homme bâti comme un pugiliste ouvrit la porte. Son regard n'avait rien d'aimable. Inquiète, Beth recula en serrant sa sacoche sur son sein. On imaginait aisément cet homme se battant sur un ring ou bien dans un bar.

Isabella lui avait raconté que les quatre frères trouvaient leurs serviteurs peu conventionnels dans les rues, ce qui leur épargnait le temps et l'argent de faire appel à une agence. Curry était un ancien pickpocket, Bellamy un pugiliste, le valet de Cameron et de Hart à Rome un escroc.

L'air méprisant quitta la figure de Bellamy lorsque Beth lui annonça qui elle était. Devenu presque poli, il lui fit monter trois volées de marches jusqu'à une porte en bois.

L'atelier occupait la totalité de l'étage, avec deux grandes lucarnes donnant sur le ciel de Paris. De l'autre côté, une large fenêtre offrait une vue à couper le souffle. Des toits qui dévalaient du village de Montmartre jusqu'à la plaine de Paris et, au loin, des collines couronnées de nuages.

Mac était perché sur une échelle devant une énorme toile, les cheveux recouverts d'un foulard rouge qui lui donnait l'air d'un Gitan. Un pinceau à la main, il examinait son travail. Ses mains, sa figure, sa blouse et le sol tout autour de lui étaient souillés de taches de peinture.

Sur la toile de plus de deux mètres, une femme nue un peu potelée s'appuyait à une colonne. Mac se concentrait sur les plis du linge qui cachait tout juste les parties intimes de la femme.

— Arrête de bouger, s'il te plaît.

Le modèle aperçut Beth et cessa de gigoter. Mac jeta un coup d'œil derrière lui et se figea à son tour.

Ian sortit de derrière la toile. Ses cheveux étaient ébouriffés comme s'il y avait fourragé pour se masser le crâne. Son regard doré bondit sur Beth, avant de dériver vers la fenêtre.

Elle s'éclaircit la gorge.

— Le portier de votre hôtel m'a dit où vous étiez, expliqua-t-elle au dos de Ian.

Il ne se retourna pas.

— Cybèle, va dire à Bellamy de faire du thé, jeta Mac.

Cybèle protesta avec un accent parigot :

— Je veux pas approcher de Bellamy. Il me fait trop peur. Il me regarde avec l'air de vouloir serrer ses mains autour de ma gorge.

— Je me demande bien pourquoi, marmonna Mac.

— Ne vous dérangez pas pour moi, intervint Beth. Je suis juste venue présenter mes excuses. À vous deux.

— De quoi diable devriez-vous vous excuser ? s'écria Mac. C'est Fellows, le coupable. On lui avait dit de ne pas s'approcher de vous.

Beth alla à la fenêtre et regarda le visage impavide de Ian que reflétait la vitre.

— Vous aviez raison, dit-elle doucement. J'aurais dû envoyer promener l'inspecteur. Je ne l'ai pas fait parce que j'étais curieuse de choses qui ne me regardaient pas. Mme Barrington disait toujours que la curiosité était mon plus grand défaut, et elle avait raison. Je n'avais pas à me mêler de vos histoires de famille, et c'est de cela que je m'excuse sincèrement.

— Charmant, ricana Cybèle.

Mac sauta de l'échelle, jeta une robe de chambre à Cybèle, la prit par l'oreille et l'entraîna avec lui hors de la pièce.

La femme peinte baissait les yeux sur le tub d'où elle venait probablement de sortir. Elle tenait un tissu en travers du dos comme si elle était en train de s'essuyer. C'était une peinture sensuelle, comme celle qu'Isabella lui avait montrée, mais la différence était énorme. La femme de ce tableau n'était que formes et couleurs. Elle n'était pas plus une personne que le tub à ses pieds ou la colonne derrière elle.

La femme de la pochade était Isabella. Mac avait peint son épouse, chaque coup de pinceau avait été posé avec amour, chaque ombre amoureusement étalée. N'importe quelle jolie femme aurait pu servir de modèle pour la baigneuse, mais seule Isabella pouvait être le personnage de son tableau.

Cessant de regarder la peinture, Beth fit face au mur rigide qu'était Ian.

— Je vous ai acheté un cadeau.

Il ne bougea pas. Elle ouvrit son sac et en sortit une petite boîte.

— Je l'ai vue alors que je faisais des courses avec Isabella. J'ai eu envie que vous l'ayez.

Ian continuait à regarder dans le vide. Ses larges épaules se reflétaient sur les vitres sales.

Beth posa la boîte sur le rebord de la fenêtre et tourna les talons. S'il ne voulait pas lui parler, il n'y avait rien qu'elle pût faire.

Ian appliqua la main sur la vitre, sans pivoter vers elle.

— Comment pouvez-vous avoir quelque chose à vous reprocher ?

— J'aurais dû refuser de parler à l'inspecteur Fellows dès le premier jour, chez Isabella, et hier dans le jardin des Tuileries, mais je suis trop curieuse. Les deux fois, j'ai voulu entendre ce qu'il avait à dire.

Ian tourna enfin son visage vers elle, laissant sa main sur la vitre.

— Ne me protégez pas. Tout le monde essaie de me protéger.

Beth revint vers lui.

— Comment pourrais-je vous protéger ? J'ai eu tort de fouiner, mais, je l'admets complètement, je voulais tout savoir de vous. Même les mensonges de Fellows.

— Dites-moi ce qu'il vous a dit. Tout.

Le regard de Ian se fixa sur sa bouche, guettant ses mots.

Elle lui rapporta les propos de Fellows, y compris l'abrupte demande en mariage.

Ian tressaillit.

— Vous avez accepté ?

— Non, bien sûr. Pourquoi diable épouserais-je l'inspecteur Fellows ?

— Parce qu'il vous perdra si vous refusez.

— Qu'il essaie ! riposta Beth, le regard noir. Je ne suis pas une fleur de serre qu'il faut protéger. Je ne suis pas une oie blanche, ignorante des choses du monde. Ma fortune récente et l'éducation que m'a offerte Mme Barrington ont changé ma situation – je ne suis plus la fille de l'hospice, ni même la veuve d'un pauvre pasteur. La richesse règle beaucoup de problèmes. C'est injuste, mais c'est comme ça.

Elle comprit soudain qu'elle avait parlé dans le vide, Ian n'ayant sûrement pas écouté un seul mot de sa tirade.

— Je vous demande pardon. Je parle, je parle... Cela m'arrive souvent quand je suis déconcertée. Mme Barrington me faisait nombre de remarques là-dessus.

— Et pourquoi ramenez-vous Mme Barrington dans la conversation ?

Beth sursauta. Il avait l'air d'être redevenu lui-même.

— Je ne sais pas. Elle a eu une grande influence sur moi.

Ian prit le paquet et défit le papier. Écarquillant les yeux, il sortit d'un écrin une épingle en or décorée de fleurs stylisées.

— Pour le revers de votre veste, précisa Beth. Vous en avez sûrement des douzaines, mais celle-ci m'a plu.

Ian continuait à fixer l'épingle comme s'il n'avait jamais vu un tel objet.

— J'ai fait graver quelque chose, au dos.

Il retourna l'épingle et, les yeux brillants, lut l'inscription que Beth avait dictée au bijoutier après mûre réflexion.

Pour Ian. En toute amitié. B.

— Mettez-la-moi, dit-il.

D'une main tremblante, elle planta l'épingle dans la veste en cachemire. Puis elle laissa ses doigts reposer un instant sur sa poitrine.

— Vous me pardonnez ? s'enquit-elle.

— Non.

Elle sentit son cœur s'affoler.

— Je suppose que je n'aurais pas dû l'espérer...

— Il n'y a rien à pardonner, déclara Ian en attrapant son poignet. Je pensais qu'après cette scène dans le jardin, vous quitteriez Paris.

— Je ne peux pas. Votre frère ne m'a pas encore donné de leçons de dessin.

Une ride se creusa entre les sourcils du jeune homme.

— Je plaisantais, s'empressa d'ajouter Beth.

— Pourquoi êtes-vous restée ? demanda-t-il, l'air soucieux.

— Je voulais être sûre que vous alliez bien.

Le regard de Ian la frôla.

— Vous avez vu.

Beth se rappela sa figure écarlate, ses jurons, ses poings serrés, et le mal qu'avaient eu son frère et Curry à lui faire lâcher prise.

— *Ça* reste tranquille la plupart du temps. Mais, quand je l'ai vu vous toucher, ma Beth, *ça* a bondi comme le départ d'un incendie. Je vous ai fait peur.

— Oui, en effet.

Mais pas comme il le pensait. Le père de Beth cédait à de violents accès de rage lorsqu'il était ivre. Elle courait se cacher jusqu'à ce que la porte de la maison claque derrière lui.

Avec Ian, elle ne chercherait pas à fuir. Il aurait pu blesser Fellows, mais pas elle. Elle avait surtout redouté qu'il se fasse du mal, ou bien qu'un policier français intervienne et l'envoie en prison.

Elle appuya la joue sur le plastron amidonné de sa chemise.

— Vous m'avez dit de ne pas vous protéger, mais je ne veux pas qu'il vous arrive quelque chose.

— Je ne veux pas que vous mentiez pour moi, dit-il à son oreille d'une voix grave qui couvrit les battements de son cœur. Hart ment pour moi. Mac et Curry mentent.

Elle s'écarta et leva les yeux.

— Je suis une personne très franche, Ian. Je le jure.

Il caressa sa joue du dos des doigts.

Beth sentit un besoin fou de continuer à parler.

— Ces nuages sont vraiment épais. Il va pleuvoir.

— Bien. Il fera trop sombre pour peindre, et Mac renverra cette maudite fille chez elle.

— Il n'est pas son amant, n'est-ce pas ?.... Oh, mon Dieu, reprit-elle en se mordant les lèvres. Je ne peux pas m'empêcher de poser des questions. Vous n'êtes pas obligé de répondre.

— Elle n'est pas sa maîtresse.

— Bien... Et *nous,* sommes-nous amants ? s'enquit-elle après une brève hésitation.

— L'épingle parle d'amitié.

— Seulement parce que j'étais trop embarrassée par la présence du marchand et d'Isabella pour demander que l'on grave « Avec amour ».

Ian resta silencieux un long moment. Elle vit ses yeux aller et venir, évitant de se poser.

— Je vous ai dit que je ne pouvais pas tomber amoureux, murmura-t-il. Mais vous l'avez fait.

Le cœur de Beth bondit.

— Je l'ai fait ?

— Vous étiez amoureuse de votre mari.

— Oui. Je... l'aimais énormément.

— Comment était-ce ? enchaîna-t-il d'une voix si basse qu'elle eut du mal à entendre. Expliquez-moi ce que l'on ressent lorsqu'on aime, Beth. Je voudrais comprendre.

10

Il attendait, ses yeux dorés étincelants, qu'elle lui révèle les mystères de la vie.

— C'est la chose la plus divine que l'on puisse imaginer, essaya-t-elle.

— Peu m'importe la divinité. Je veux entendre parler de chair, de muscle et d'os. Est-ce que l'amour est comme le désir ?

— Certaines personnes le pensent.

— Mais pas vous.

Un frisson courut le long du dos de Beth. Le problème était qu'elle n'avait pas de réponses à donner aux questions de Ian Mackenzie. Tout le monde était censé pouvoir parler de l'amour, mais c'était extrêmement difficile. On savait ce que c'était, tout simplement. Tout le monde *savait*. Tout le monde sauf Ian.

— Le désir en est une partie, énonça-t-elle lentement. C'est l'amour du corps de quelqu'un d'autre. Mais l'amour est plus grand, puisqu'on aime aussi le cœur de cette personne, ce qu'elle pense, toutes les choses qui la concernent, même les plus insignifiantes. La vie s'éclaire quand la personne aimée approche et s'obscurcit quand elle s'en va. On veut être avec l'être aimé pour le voir, le toucher, entendre sa voix, mais on veut aussi son bonheur. C'est un sentiment égoïste, mais pas complètement.

— Je peux éprouver le désir et le besoin de vous. Je vous trouve belle, et je vous veux.

Beth se sentit enveloppée d'une onde chaude.

— Vous faites du bien à mon amour-propre. Mais, dites-moi : si vous ne désirez pas une femme, vous n'éprouvez rien pour elle ?

— Rien du tout.

Beth lâcha un soupir.

— Voilà pourquoi, Ian Mackenzie, je pense que vous me briserez le cœur.

Le regard de Ian s'évada par la fenêtre sur la ville assombrie par un linceul de nuages.

— Désirer n'est pas suffisant ? Un désir si fort qu'on ferait tout pour le satisfaire ?

— C'est bien sur le moment mais, à long terme, non.

— À l'asile, j'ai appris à choisir le court terme.

Elle imagina l'adolescent efflanqué, souffrant de la solitude et ne comprenant rien à ce qui lui arrivait. Ce jeune garçon lui rappela la fille qui s'était retrouvée toute seule à quinze ans, entourée de prédateurs qui guettaient le bon moment pour lui sauter dessus. Même à présent, avec un nom respectable et de la fortune, Beth ne se sentait jamais en parfaite sécurité.

— Je reconnais que moi aussi, j'ai appris à vivre sur le court terme.

— Vous sentez le désir, dit Ian qui, entrelaçant ses doigts aux siens, pressa sa paume contre la sienne. Vous l'avez senti chez la duchesse.

— Bien sûr que je l'ai senti. Comment aurais-je pu ne pas le sentir, les jupes retroussées dans ce petit salon ?

— Vous voulez le sentir de nouveau ?

Elle sourit.

— Si j'étais une dame, je protesterais que je ne veux plus jamais sentir cela. Mais j'en ai très envie.

— Bien, parce que je veux voir votre corps.

Elle avala sa salive.

— Vous en avez déjà vu une bonne portion.

— Et c'était très joli, déclara-t-il posément. J'aimerais voir le reste.

Beth jeta un coup d'œil à la porte.

— Mac peut revenir.

— Il n'entrera pas tant que nous serons là.

— Comment le savez-vous ?

— Je connais Mac.

— La fenêtre…

— Trop haute pour que quelqu'un puisse voir à l'intérieur.

Beth dut admettre qu'il avait répondu aux questions élémentaires. Elle savait qu'elle aurait dû émettre d'autres objections, mais elle savait aussi que rien ne l'aurait fait quitter cette pièce.

— Je vais avoir besoin d'aide avec les boutons, dit-elle.

Les vêtements de Beth s'en allèrent, couche après couche, un dépouillement compliqué révélant une pure et simple beauté. L'une après l'autre, les pièces tombaient sur le canapé de l'atelier en taches multicolores : un corsage et une jupe de dessus bleue, une jupe de dessous d'un bleu plus vif, les deux dans un tissu léger pour l'été. Deux jupons en soie blanche, puis le couvre-corset et enfin le corset que Ian délaça lui-même.

Le désir le faisait trembler, tant il avait hâte de la voir entièrement nue. Il défit le cordon du pantalon, puis déboutonna la chemise. Les sous-vêtements glissèrent gracieusement sur le sol, et Beth fit un pas pour s'en dégager, offrant à Ian sa nudité complète. Elle tendit les bras mais il recula, et elle s'arrêta, confuse.

Le déshabillage avait ébouriffé ses cheveux, ses bras étaient doux et ronds, ses cuisses aussi, et sa taille avait été amincie par des années de corset.

De la taille, les hanches s'évasaient doucement vers des fesses lisses et fermes. Il avait vu son triangle de poils sombres l'autre soir, mais c'était encore plus charmant à la lumière du jour.

Gênée par son regard scrutateur, elle rougit et replia les bras sur les seins.

Appuyé sur le dos d'un fauteuil, Ian se délectait.

— Vous n'avez pas à vous cacher de moi.

Beth hésita, puis, lâchant un petit rire, elle tourna sur elle-même, bras tendus. Elle était si belle, avec ses boucles qui virevoltaient, sa bouche entrouverte, ses yeux bleus étincelants dans la lumière déclinante. Les nuages s'étaient épaissis et la pluie commença à tomber, mais la pièce rayonnait.

Beth rit de nouveau.

— Que la vie est étrange, vous ne trouvez pas ? Un jour, on est une dame de compagnie mal fagotée et sans un sou en poche ; le lendemain, on est riche et on mène la vie de bohème à Paris. Un jour, on est Cendrillon ; le lendemain, on achète des cadeaux à l'homme qu'on aime.

Les mots glissaient sur lui comme de l'eau. Il se souviendrait de tous dans l'ordre où ils avaient été prononcés, mais il ne les comprendrait pas mieux que maintenant.

Beth attrapa le tissu dont Cybèle avait été à moitié couverte. Les plis vaporeux soulignèrent ses hanches et ses seins, ne la cachant pas le moins du monde. Elle tourna sur elle-même encore et encore, en riant.

Ian attrapa le tissu au passage et s'en servit pour attirer à lui la jeune femme. Elle tomba dans ses bras, sans cesser de rire. D'un baiser, il la fit taire.

Beth l'avait vu manifester ce qu'il y avait de pire en lui, et cela ne l'avait pas retenue de lui apporter un cadeau. Apercevant l'éclat doré de l'épingle, il sentit son cœur s'émouvoir.

D'autres parties de son corps s'animaient. Il souleva Beth contre lui. Si elle avait été une courtisane, il l'aurait déjà fait se courber sur un fauteuil et l'aurait prise sans autre préambule. Mais, si Beth avait appris de son mari les plaisirs du lit, elle ignorait tout des accouplements grossiers des prostituées. Elle lui sourit avec confiance, telle une fleur qui s'ouvrait.

La foi de Beth était une chose fragile qu'il tenait entre ses mains. S'il ne voulait pas être protégé, il désirait fortement la protéger, elle. Beth était seule au monde, très vulnérable, et elle ne s'en rendait même pas compte.

Ian palpait ce corps tiède avec un mélange de plaisir et de terreur. L'idée que quelque chose pourrait lui arriver, le rendait fou.

— Embrassez-moi, dit-il.

Elle sourit et referma les bras sur lui, le tissu vaporeux s'enroulant autour du cou de Ian.

Elle avait un goût de miel, d'une incroyable douceur. Quelque chose réagit au fond de lui, une sensation étrange en laquelle il reconnut le désir… et autre chose.

Sans interrompre le baiser, il glissa un genou entre les siens puis, des deux mains plaquées sur ses fesses, il l'attira à lui jusqu'à ce qu'elle se retrouve à califourchon sur sa cuisse.

Relâchant un peu sa prise, il la fit glisser sur ses muscles durs comme du roc. Un petit cri de surprise échappa à Beth.

Encore et encore, il la berça sur sa cuisse, lui faisant découvrir une autre façon d'atteindre le plaisir. Enivré de son parfum, il l'embrassa, puis la laissa trouver la cadence nécessaire.

Le souffle de Beth s'accéléra, ses joues prirent des couleurs, la sueur perla sur sa lèvre. Elle ne s'était jamais fait plaisir, comprit-il. Pour elle, c'était nouveau, stupéfiant.

Elle rejeta la tête en arrière et ferma les paupières. De fines mèches se déroulèrent dans son cou.

— Ian, murmura-t-elle. Comment savez-vous si bien ce que… je veux ?

Il le savait parce que son corps le lui disait. Il aimait qu'une femme réagisse à son toucher comme le faisait Beth à présent, les yeux voilés de volupté. Les femmes étaient plus belles que jamais lorsqu'elles s'abandonnaient au plaisir. Il aimait leur odeur, le goût de leur peau, leurs soupirs haletants, leur chaleur.

Il pouvait rester complètement habillé et rendre Beth folle de plaisir. Il aimait jouir de ce pouvoir, il aimait voir les prunelles de la jeune femme s'écarquiller et entendre son premier râle se muer en cris frénétiques.

Ian captura une boucle entre ses lèvres. Il voulait cette femme, mais il aimait dérouler lentement tous les aspects de la séduction, l'amener à le vouloir, lui.

Une nuit, il la prendrait. Mais, à ce moment-là, Beth le voudrait si totalement qu'il pourrait la faire sienne pour toujours. De son propre aveu, il ne comprenait pas l'amour, mais il savait qu'avoir cette femme dans sa vie était quelque chose qui méritait qu'il se donne du mal. Elle avait refusé sa première demande en mariage ; elle avait expliqué courtoisement qu'elle n'avait pas envie de se remarier. Il la ferait changer d'avis. Ian Mackenzie avait appris à obtenir ce qu'il souhaitait.

Les cris de Beth ricochèrent contre le plafond de l'atelier. Elle cueillit le visage de Ian entre ses mains et l'embrassa avec force.

— Merci, murmura-t-elle.

La pressant contre lui tandis que l'orgasme déferlait, il lui rendit son baiser.

Je suis devenue une très vilaine fille, écrivit Beth dans son journal quelques jours plus tard. *J'en viens à attendre avec impatience la prochaine vilenie que Ian me proposera.*

Hier, il nous a escortées, Isabella et moi, chez Drouant, ce nouveau restaurant à la mode où tout le monde se presse pour voir qui est là et avec qui. Ian ne parle guère en présence d'autres personnes, mais ça ne le gêne pas qu'Isabella et moi papotions comme des pies – ou plutôt qu'Isabella me dise tout ce qu'elle sait des gens qu'elle reconnaît. Moi, j'écoute et j'absorbe.

Ian a tenu ma main sous la table durant tout le repas. Isabella le savait, bien sûr. L'intérêt que Ian me porte l'enchante visiblement. Mais peut-être n'aurait-elle pas été aussi contente si elle avait su comment il retenait ma main.

Il avait glissé le pouce sous mon gant et pressait sur des points connus de lui qui déclenchaient des éclairs brûlants à travers tout mon corps. Ensuite, il a caressé doucement ma paume, puis il a enlacé ses doigts aux miens et serré, comme pour me dire que la place de ma main est avec la sienne.

Il a mangé sans mot dire les plats exotiques qu'Isabella a tenu à nous faire goûter.

Ian et moi sommes amants – écrire ce mot me fait une étrange impression – et, cependant, nous n'avons pas consommé notre liaison de façon conjugale. Dans l'atelier de Mac, j'ai cru qu'il enlèverait ses habits et s'unirait à moi sur le divan. Mais non. Il n'a rien ôté, il n'a même pas desserré son col tandis que j'étais dans ses bras en tenue d'Ève. Très frustrant.

Néanmoins, la caresse du tissu de son pantalon sur ma peau nue m'a mise dans tous mes états. À ma grande surprise, je me suis comportée en femme débauchée. J'étais prête à faire tout ce qu'il m'aurait demandé, mais il a gentiment suggéré que je me rhabille et m'en aille, de peur qu'Isabella se demande où j'étais.

Je l'ai fait, mais la façon dont il m'a embrassée avant mon départ promettait d'autres aventures. Et, grâce au Ciel, une autre aventure, j'en ai eu une aujourd'hui…

Beth fit une pause et écouta la pluie cribler la fenêtre. Paris subissait une série d'orages d'été, accompagnés de rafales de pluie.

Ian avait dit qu'il nous emmènerait faire un tour au parc aujourd'hui. Il est arrivé à l'heure dite. Isabella a regardé le ciel gris ardoise et a refusé de sortir. Si nous avions tellement besoin de prendre l'air, nous pouvions sortir sans elle, a-t-elle proclamé, si bien que je me suis retrouvée dans la voiture seule avec lui.

Isabella s'est-elle trop facilement laissé décourager par le temps ? Était-elle déjà prête à presser une main sur sa tempe en déclarant qu'elle sentait pointer une migraine ? Elle semble vouloir que je perde toute décence – peut-être pour encourager Ian à me proposer le mariage.

Mais Ian et moi sommes des adultes – il a vingt-sept ans, m'a appris Isabella, c'est-à-dire qu'il est plus jeune que moi de deux ans. Je ne suis pas une vierge qui se cache derrière les jupes de sa maman, et lui n'est pas un voyou. Nous sommes simplement une veuve et un célibataire qui prennent plaisir à la compagnie de l'autre.

Lorsque la voiture a accéléré dans le parc, j'ai osé révéler à Ian combien j'avais aimé les sensations qu'il m'avait fait découvrir dans l'atelier de Mac. Il a souri et a proposé de recommencer, en me désignant son genou. L'idée m'a troublée et il s'en est rendu compte, bien sûr. Je crois qu'il adore me mettre dans cet état.

Je ne l'ai pas fait, parce que j'ai imaginé un accident et je me suis vue en train de m'extirper de la voiture avec le pantalon autour des chevilles. Paris est une ville plus tolérante que Londres, mais je pense que même ici je ne pourrais supporter une honte pareille.

Ces craintes ont fait rire Ian, qui m'a dit que la peur d'être pris en flagrant délit faisait partie du plaisir. J'ai répliqué en lui rappelant que, s'il avait vu tout de ma peau nue, moi je n'avais pas vu un bout de la sienne.

Il m'a demandé quel bout j'avais en tête.

Moi, bien sûr, je voulais tout voir de lui. Les muscles que je sentais sous ses habits suggéraient un corps bien bâti, et l'idée d'en découvrir la totalité me faisait vibrer d'excitation.

Malheureusement, nous étions dans une voiture qui roulait et il n'aurait pas été pratique que Ian ôte et remette tous ses vêtements. Aussi, il a proposé que je le dénude morceau après morceau. La créature dépravée que je suis a commencé par déboutonner le pantalon.

Ian s'est renversé sur le dossier de la banquette et m'a laissée faire, les yeux réduits en petites fentes dorées. Il a refusé de m'aider. Ce qui m'a ennuyée, car les vêtements masculins forment un assemblage compliqué. Je ne sais pas comment les hommes s'en sortent lorsqu'ils sont pressés. J'ai dû déboutonner, délacer, ôter plusieurs morceaux de tissu avant de trouver enfin ce que je cherchais.

Je suis contente de dire que je n'ai éprouvé ni embarras ni timidité lorsque j'ai refermé la main dessus.

Ian s'est laissé empoigner sans gêne aucune. Il est parfaitement équipé. Ma première caresse lui a arraché un gémissement d'affamé.

Comprenant qu'il aimait cela, j'ai déplacé le pouce sur l'extrémité dans un mouvement circulaire, jusqu'à ce qu'il gémisse de nouveau. J'ai joué avec lui de cette façon, jouissant de mon pouvoir et variant ma technique.

Ian a caché son visage d'une main et m'a étreinte de l'autre bras. J'ai posé la joue sur sa poitrine et ai continué mon petit jeu.

Puis j'ai eu envie de plus. La voiture roulait sans cahot, aussi me suis-je laissée tomber sur les genoux. J'ai regardé une seconde ce qui frémissait devant moi, en appréciant tout ce que je voyais, puis je me suis penchée et l'ai pris dans ma bouche.

Ian a sursauté. J'ai eu peur de l'avoir blessé, mais, quand j'ai fait mine de m'écarter, il a plongé les doigts dans mes cheveux et m'a attirée de nouveau à lui.

C'était la première fois que je faisais ça, aussi j'ai pris mon temps. Je me suis demandé si je pouvais lui faire un suçon à cet endroit et, lorsque j'ai commencé à essayer, il a gémi fort et a écarté un peu plus les jambes. Je l'ai entendu murmurer mon nom, mais je n'ai pu répondre car j'avais la bouche pleine de lui.

Un suçon, je n'y suis pas arrivée, alors j'ai essayé de l'engloutir autant que j'ai pu.

Je sais qu'il a aimé cela, parce qu'il a replié ses jambes autour de ma taille, et les sons qui sortaient de sa bouche étaient incohérents. Ses hanches se soulevaient et ses fesses se décollaient du siège. Je jubilais de le tourmenter comme lui m'avait tourmentée. Je savais à présent comment lui donner un plaisir tel qu'il ne puisse rester immobile.

À force de jouer et de partir à la découverte, il s'est passé ce qui devait se passer. Je l'ai senti frissonner, j'ai perçu un élan en lui, il a lâché un gémissement sourd et sa semence a rempli ma bouche.

La surprise a failli me faire reculer, mais j'ai tenu bon. Je n'entrerai pas dans une description des saveurs et des consistances. Il me suffit de dire que j'ai été follement heureuse de l'accueillir en moi de cette façon.

Sans se soucier de refermer son pantalon, Ian m'a prise dans ses bras et m'a embrassée. Et ensuite, j'ai vu son regard essayer de rencontrer le mien. En vain, hélas.

Il m'a tenue ainsi, me caressant les cheveux, jusqu'à ce que la voiture s'arrête devant la maison d'Isabella.

Ian a refusé d'entrer. J'espérais qu'il me dirait quand nous nous reverrions et reprendrions nos activités de dépravés, mais il est resté silencieux.

La chambre était chaude et étouffante, malgré la fenêtre ouverte. Au plafond, un ventilateur tournait paresseusement, grâce à du gaz comprimé. Mais il marchait par à-coups et demeurait inefficace contre la canicule qui sévissait en Italie.

— En voici un autre, Votre Grâce.

Le valet du duc de Kilmorgan posa un journal sur la table à écrire de son maître. Hart jeta un œil sur l'article. Un dessinateur avait croqué Ian Mackenzie en compagnie d'une ravissante jeune femme aux cheveux bruns. Derrière elle, Isabella, la femme de Mac, avait l'air aux anges. Des caractères gras, assortis de points d'exclamation, claironnaient en français :

Un nouvel amour pour le frère d'un duc ? La mystérieuse héritière anglaise, Mme A, accompagne lady I M. et son beau-frère à une représentation de La Bonne Femme, *la dernière et la plus scandaleuse comédie musicale de Paris. Quelles intentions la coquine Mme A nourrit-elle ?*

— Qui diable est cette femme ? grommela Hart.

C'était la première fois qu'il en entendait parler.

— Lord Ian est riche, Votre Grâce, ricana Wilfred de sa voix grinçante. Elle cherche peut-être à doubler sa fortune.

— Je ne trouve pas ça drôle, Wilfred.

Hart appuya sur sa plume jusqu'à ce qu'elle se brise. L'encre aspergea le journal.

— Non, bien sûr, Votre Grâce.

— Nom de nom ! Et Isabella, à quoi joue-t-elle ?

— Votre Grâce croit qu'elle y est pour quelque chose ?

— Bien sûr. Damnation !

— Est-ce vraiment dangereux ?

Le regard fulminant de son maître fit rougir Wilfred.

— Je veux dire, monsieur le duc, que si lady Isabella aime cette Mme Ackerley, si elle lui trouve des qualités, peut-être que c'est pour le mieux. Le frère de Votre Grâce est… eh bien, il est en âge de se caser.

Le regard glacial de Hart le fit taire.

— Tu es à mon service depuis dix ans, Wilfred. Tu connais Ian, et tu sais ce dont il est capable.

— Oui, Votre Grâce.

— Isabella ignore certains faits. Toi aussi.

— Oui, Votre Grâce.

— Crois-moi quand je te dis que Ian doit être maintenu loin de cette femme, qu'elle soit parfaite ou non.

Hart examina le dessin, le joli visage et les boucles brunes. Elle paraissait inoffensive, mais Hart savait mieux que quiconque combien l'aspect physique peut être trompeur. C'était la cinquième fois qu'un journal parisien avait choisi d'imprimer un potin sur Ian et cette Mme Ackerley.

— Quels que soient ses motifs, ils ne peuvent être bons.

— Non, Votre Grâce.

— Veille à ce que j'aie une valise prête en permanence. Je veux pouvoir partir à tout moment.

— Entendu, Votre Grâce. Dois-je reprendre le journal ?

— Pas encore, dit Hart en posant la main dessus.

Wilfred s'inclina et sortit. Hart examina de nouveau l'image et nota la façon dont Ian se tournait à moitié vers Mme Ackerley. Une interprétation de l'artiste, certes, mais qui n'était probablement pas loin de la réalité. La veuve devait connaître le passé de Ian à présent, ses excentricités, ses maux de tête, ses cauchemars. Ce dernier point, seulement si elle avait déjà pu se faufiler dans son lit.

Hart serra les poings. Ian n'était même pas censé être à Paris. Il aurait dû être en train d'attendre son aîné à Londres, avant de regagner l'Écosse avec lui.

— Je ne vous connais pas, dit Hart en suivant du doigt le décolleté de la riante Mme Ackerley, mais vous avez fait un pas de trop.

Sa main se referma sur la page, qu'il déchira en morceaux.

Durant la semaine qui s'écoula entre son intéressante balade en voiture avec Beth et leur rencontre suivante, Ian ne vit plus l'inspecteur Fellows. Curry, à qui il avait demandé de surveiller le policier, n'avait pu le localiser.

— Il a dû rentrer tout droit à la maison, la queue entre les jambes.

Ian ne le pensait pas. Fellows était un homme intelligent et rusé que les menaces ne feraient pas fuir. S'il avait réellement regagné Londres, ce ne pouvait être que pour une bonne raison. Que diable mijotait-il ?

Le soir du mercredi suivant, Isabella lui demanda de les accompagner, Beth et elle, bien qu'un autre orage d'été se soit déversé sur Paris.

— Je vous emmène dans un repaire d'iniquités, chérie, dit-elle à Beth comme ils descendaient tous les trois devant une maison à l'aspect tout à fait anodin.

Ian y était déjà venu en compagnie de Mac, mais y entrer avec Beth à son bras était beaucoup plus satisfaisant. Elle était vêtue de taffetas noir avec des rosettes sur le sein. Une tenue à la fois scintillante et bruissante.

— Un repaire d'iniquités ? répéta Beth en examinant la boutique poussiéreuse dans laquelle ils avaient pénétré. C'est une blague ?

— Par ici, chérie, répliqua Isabella en riant. C'est un lieu secret.

Elle traversa la boutique et ouvrit une porte au fond. Remontant un escalier, un flot de lumière, un brouhaha et des effluves de tabac et de parfums divers les assaillirent.

Pas si secret que cela, songea Ian en laissant Beth descendre devant lui. La police parisienne connaissait l'existence de ce tripot mais, tant qu'elle pouvait en tirer de l'argent, elle fermait les yeux. Les riches Parisiens imaginaient commettre quelque crime au nez et à la barbe des autorités. Cela ajoutait au plaisir.

Les dernières marches de l'escalier les projetèrent dans une grande salle violemment éclairée par une suite de lustres. Un tapis rouge couvrait le sol, et les murs étaient couverts de boiseries. Penchés au-dessus de plusieurs tables, des individus d'âges et de sexes divers parlaient, riaient, grondaient. Le tintement des dés et le vrombissement d'une roulette se discernaient distinctement.

Ian n'aimait pas la foule. Bousculé, assourdi, gêné par les regards curieux qui s'attachaient brièvement à lui, il chercha des yeux l'issue la plus proche.

— Ian ? fit Beth en le regardant.

Pourquoi fuirait-il ? songea-t-il. Sa main étreignit celle de la jeune femme.

— Je n'aime pas la foule, dit-il.

— Vous voulez que nous partions ?

— Pas encore, fit Isabella.

Les yeux brillants, elle s'arrêta à la table de la roulette dont le fleuron en cuivre tournait. Des piles de jetons recouvraient certains chiffres sur le tapis vert.

Ian regarda la boule filer dans le sens inverse de la rotation. La roulette ralentissant, il tenta d'estimer combien de tours il restait avant que la boule ne tombe dans une encoche. Quinze, prédit-il. Ou bien vingt.

La boule dansa à travers la double rangée d'encoches avant de s'arrêter définitivement.

— 15 rouge, annonça la dame à moitié nue assise en bout de table.

Il y eut des grommellements et des soupirs. Le joli croupier ratissa les jetons, et des mains se tendirent pour récupérer des gains.

— J'adore la roulette, avoua Isabella avec un soupir. En France, elle est interdite, mais quand on connaît les bons endroits, on n'est pas obligé de faire le voyage jusqu'à Monte-Carlo. Donnez-moi votre argent, je vais le changer en plaques.

Beth interrogea Ian du regard. Il fit oui de la tête. Sa gorge s'était desserrée et il respirait plus facilement.

Isabella donna ses plaques à Beth qui, tout de suite, tendit le bras pour en placer une petite pile sur l'un des chiffres.

— Pas là, décréta aussitôt Ian.

— Quelle importance cela a-t-il ? répliqua-t-elle en interrompant son geste.

Ian lui prit les plaques et les posa.

— Les chances sont meilleures ici.

Beth parut sceptique, mais elle ne protesta pas. Le croupier lança la roulette, et tout le monde put admirer le joli travail des muscles de ses épaules nues.

La roulette tournoya, sous les regards des joueurs. La boule fila, dérapa, glissa et tinta doucement dans une encoche.

— 19 noir.

Beth tapota sur la table de frustration tandis que le croupier ratissait ses plaques.

— Le même endroit, dit Ian.

— Mais j'ai perdu !

— Le même.

— J'espère que vous savez ce que vous faites.

Elle posa docilement ses plaques au même endroit. La roulette tourna, la boule tomba.

— 21 rouge.

Beth poussa un petit cri de victoire.

— J'ai gagné ! Mon Dieu, est-ce que je dois recommencer ?

La grande main de Ian ramassa les gains de Beth.

— La roulette est un jeu idiot. Venez avec moi.

Isabella souriait.

— C'est amusant, non ? Vous avez beaucoup de chance, chérie. Je le savais.

Gardant la main de Beth dans la sienne, Ian l'entraîna vers une longue table au-dessus de laquelle un homme corpulent secouait des dés dans un récipient. Les parieurs criaient des encouragements. La figure du gentilhomme luisait de sueur. Une femme vêtue de façon extravagante se pendait à son bras en sautillant d'excitation.

— Elle va le gêner, chuchota Beth.

— C'est possible, si elle est payée par la maison, répondit Ian sur le même ton.

— Est-ce que ce n'est pas tricher ?

Il haussa les épaules.

— C'est le risque quand on vient dans ce genre d'endroit.

— Isabella a l'air enthousiaste.

— Elle aime le danger.

Après tout, elle avait épousé Mac, songea Beth.

— Que vais-je parier ? demanda-t-elle, rose d'excitation.

Ian se frotta le front du pouce, les nombres flottant dans son cerveau avec une précision mathématique.

— Ici et ici, dit-il en désignant des carrés sur la table.

L'homme lança enfin un dé. Puis un autre en visant le chiffre déjà atteint.

— J'ai perdu, constata Beth, déçue.

— Vous avez gagné, fit Ian en ramassant les jetons. Vous avez parié qu'il dépasserait son premier lancer.

— Ah bon ?

Beth regarda la table.

— Je ne devrais pas parier puisque je ne comprends pas le jeu.

— Vous êtes une femme riche, dit Ian en glissant les jetons dans sa main. Vous avez de l'argent à perdre.

— Je ne serai pas riche longtemps si je parie sur le hasard. Que serait-il arrivé si vous n'aviez pas été là ?

— Si je n'avais pas été là, vous ne seriez pas venue.

— Non ?

Elle haussa les sourcils, et on eût dit des ailes de tourterelle en travers de son visage. Ian eut envie de s'incliner pour les embrasser, ici, au milieu de la foule. Beth, son amante, sa maîtresse. Il voulait que tout le monde sache qu'elle était sienne.

— Ian ?

Elle lui avait posé une question.

— Hmm ?

— J'ai dit : d'où tenez-vous que je ne serais pas venue sans vous ?

Prenant son coude, Ian l'emmena dans une partie moins bondée de la salle.

— Je ne vous aurais pas laissée venir.

— Ah bon ? Vous comptez me suivre partout, comme l'inspecteur Fellows ?

— C'est un lieu dangereux, insista-t-il, l'air sévère. Isabella le sait, et en tient compte. Pas vous.

Le sein de Beth se souleva.

— Vous êtes très protecteur… Je croyais que, d'un commun accord, nos relations se limitaient à une activité particulière que nous aimons pratiquer tous les deux, et rien d'autre.

Ian ne se souvenait pas de cet accord. Elle avait dit :

— *Nous nous apprécions, et je ne prévois pas de me remarier.*

Point. Ce à quoi il n'avait rien répondu. Il ne répondit pas davantage, à présent.

Avoir une liaison ne serait jamais suffisant. Il voulait plus que jouer avec elle dans l'atelier de Mac ou l'avoir à ses pieds dans la voiture. Il voulait cela, oui, mais encore et encore. Il la voulait de façon durable, définitive. Non pas comme une maîtresse, qu'il quitterait en même temps que Paris. Il voulait Beth pour toujours.

Le problème était de trouver comment y arriver. Beth ne voulait pas se remarier, elle l'avait dit. Ses fiançailles avec le perfide Mather l'avaient laissée craintive, et elle avait déjà décliné une fois la proposition de Ian. Eh bien, il trouverait un autre moyen. Se concentrer sur un problème jusqu'à l'avoir réglé en négligeant tout le reste, ne l'ennuyait pas du tout.

Un individu blond se planta devant lui, l'extirpant de ses réflexions.

— Je pensais bien que c'était toi, lança le jeune homme en tendant la main. Ian Mackenzie, sans blague ! Comment vas-tu, mon vieux ? On ne s'est pas revus depuis qu'ils t'ont jeté hors de notre prison.

11

Beth regarda l'homme avec curiosité. Environ trente ans, accent distingué, ongles manucurés. Sans cesser de sourire, il continuait à tendre la main.

— Heureux de te revoir.

Ian hésita, puis finit par prendre la main tendue comme s'il se souvenait tout d'un coup de la réaction appropriée.

Un gentleman brun s'approcha et jeta un regard peu aimable à Ian.

— Qui est-ce, Arden ?

— C'est lord Ian Mackenzie, répondit le garçon blond. Sois gentil avec lui. Il m'a sauvé la vie.

Lâchant la main de Ian, Arden le prit par le bras.

— Tu as l'air en pleine forme, Mackenzie. Cela fait combien de temps, sept ans ?

— Sept ans, confirma Ian. Et deux mois.

Arden éclata de rire.

— Il a toujours tenu à être précis. Très, très précis. Ils m'ont laissé sortir, moi aussi. Mon paternel a clamsé quelques années après que tu as quitté notre heureux foyer, et mon salaud de frère a fait la même chose ensuite. Il a bu à en perdre conscience et s'est noyé dans son bain.

Merci, mon Dieu ! Je n'en voudrais pas du tout à sa femme si j'apprenais qu'elle lui avait maintenu la tête sous l'eau.

Beth retint un petit cri, mais Ian acquiesça.

— Je suis content.

— Pas autant que moi. Et, du coup, je me suis retrouvé unique héritier de la fortune de mon père. Le bon Dr Edwards se frottait les mains, mais ma sœur a fait admettre que je n'étais pas fou, bénie soit-elle jusqu'à ses mules ornées de rosettes. Après quoi, elle et moi avons fui le climat malsain de l'Angleterre et nous habitons une maison pleine de courants d'air dans la campagne française. Voici Graves. Il vit là, lui aussi.

L'homme aux cheveux bruns s'inclina sans chaleur. Arden gloussa.

— Il est jaloux. Ne fais pas attention à lui. C'est ton épouse ?

— Mme Ackerley, corrigea Ian.

— Une amie, précisa Beth en tendant la main.

Arden parut aussi impressionné que si on le présentait à la reine.

— Enchanté de vous rencontrer, madame Ackerley. Lord Ian est un homme de qualité, et je ne l'oublierai jamais.

Ses mots étaient désinvoltes, mais ses yeux brillaient d'émotion. Il jeta un œil à son ami hostile et pouffa de rire.

— Ne t'inquiète pas, Graves. Je suis tout à toi. On y va ?

Graves tourna les talons aussitôt, mais Arden s'attarda.

— Je suis vraiment enchanté de t'avoir revu, Mackenzie. Si jamais tu te trouves près de Fontainebleau, viens nous voir.

Il lui adressa un dernier sourire et s'éloigna.

— Les jeux de cartes sont plus lucratifs, déclara Ian, le visage imperturbable. Je vais vous apprendre à jouer. Venez.

— Ian Mackenzie, dit Beth en le retenant. Qu'est-ce que cela signifie ? Vous lui avez sauvé la vie ? Vous ne pouvez pas changer de sujet sans me raconter d'abord l'histoire.

— Je ne lui ai pas sauvé la vie.

— *Ian.*

Elle se dirigea vers un coin de la pièce où des sièges avaient été disposés pour les joueurs fatigués. Elle se laissa tomber dans un fauteuil et croisa les bras.

Ian s'assit à côté d'elle, ses yeux dorés indéchiffrables.

— Arden était à l'asile avec moi.

— Ça, j'avais compris. Il n'a pas l'air fou.

— Son père l'avait fait déclarer fou, il voulait que les docteurs le guérissent coûte que coûte de ses tendances.

Beth jeta un œil à Arden, qui parlait avec Graves près d'une table de jeu. Leurs têtes étaient réunies, le nez d'Arden presque sur la joue de Graves. Celui-ci agrippa le coude d'Arden, puis sa main remonta sur le dos du jeune homme.

— M. Arden préfère la compagnie des messieurs, conclut Beth.

— Oui.

Beth examina les deux hommes avec intérêt. Elle avait connu dans l'East End des jeunes garçons qui se prostituaient, mais elle n'avait jamais vu deux hommes épris l'un de l'autre. Et qui l'admettaient.

— Alors, son père l'a envoyé à l'asile, devina-t-elle. C'est affreux.

— Arden n'aurait pas dû s'y retrouver. C'était très dur pour lui.

— Il affirme que vous lui avez sauvé la vie.

— Il veut dire que j'ai été puni à sa place.

Beth haussa les sourcils.

— Puni ?

— Il a été pris avec un livre de dessins érotiques. Des hommes avec des hommes. Il avait terriblement peur, aussi ai-je dit que c'était à moi.

Beth en resta bouche bée.

— C'était courageux de votre part. Pouvaient-ils le croire ?

— Mon frère Cam m'apportait parfois des livres érotiques. J'ai dit aux surveillants que celui-ci faisait partie du dernier lot.

— Très malin. Mais, attendez une minute ! Vous m'avez assuré que vous ne saviez pas mentir.

Ian caressait machinalement du pouce la main de la jeune femme.

— J'ai du mal à dire des choses fausses ; je les ai laissés poser des questions, et j'ai hoché la tête à celles que je voulais qu'ils croient.

Elle ne put s'empêcher de sourire.

— Quel petit rusé !

— Ils ont relâché Arden et m'ont infligé le traitement.

Le sourire de Beth s'effaça.

— Quel traitement ?

— Un bain glacé, d'abord. Pour calmer l'excitation de mes sens pervertis, disaient-ils. Puis des chocs électriques… Beaucoup, acheva-t-il en désignant ses tempes.

Beth eut une soudaine vision du jeune Ian aux côtes saillantes, assis dans un tub d'eau glacée, les lèvres bleues et tremblant de tous ses membres. Puis ligoté sur un lit, relié par un réseau de fils entortillés à une machine infernale dont elle avait vu un dessin dans un journal.

Les merveilles de la médecine moderne, prétendait la légende. *Les patients sont traités par de nouveaux moyens électriques.*

Ils avaient soumis le corps de Ian à des chocs électriques. N'était-ce pas la cause de ses fréquentes migraines ?

Elle étreignit ses mains, les yeux pleins de larmes.

— Oh, Ian, vous imaginer ainsi est odieux.

— C'était il y a longtemps.

Elle regarda de nouveau Arden, avec colère cette fois-ci.

— Le lâche. Pourquoi diable vous a-t-il laissé subir ça à sa place ?

— Arden était frêle. Le traitement aurait pu le tuer. J'étais assez fort pour le supporter.

— Ce n'était quand même pas à vous de subir ça.

Ian lui caressa les doigts.

— Je pouvais le supporter. J'en avais l'habitude.

Entendant les échos des cris du jeune garçon dans sa tête, Beth enfouit le front dans les grandes mains chaudes du jeune homme. Oui, il était fort. Au jardin des Tuileries, il avait fallu les efforts réunis de Mac et Curry pour l'écarter de Fellows.

Cela ne voulait pas dire que l'on avait le droit d'anéantir cette force – ce que les médecins avaient tenté de faire, ce à quoi s'escrimait aujourd'hui l'inspecteur Fellows.

Je suis en train de tomber amoureuse de vous, eut-elle envie de confier à leurs mains jointes. Cela vous ennuie-t-il beaucoup ?

Elle sentit le corps de Ian se crisper. Elle releva la tête.

Ian regardait la porte par laquelle ils étaient entrés. Il se leva lentement, tel un animal pressentant le danger ; la porte s'ouvrit d'un coup, et des cris jaillirent.

— Tonnerre ! grommela Ian.

Tirant Beth, il la fit se lever et l'entraîna vers le fond de la salle. Autour d'eux, la foule s'égaillait tandis que les femmes fourraient l'argent dans l'échancrure de leur corset.

— Attendez, dit Beth. Nous ne pouvons pas laisser Isabella.

— Mac est là. Il veillera sur elle.

Scrutant la foule en ébullition, Beth repéra la haute silhouette de Mac qui se frayait un chemin jusqu'à la tête rousse d'Isabella, laquelle parut stupéfaite.

— Pourquoi ne lui avez-vous pas dit qu'il serait là ?

— Il m'a fait jurer de me taire.

— Mac voulait avoir un œil sur elle, c'est ça ? demanda-t-elle, pleine d'espoir. Il est venu pour la protéger.

— Oui. C'est dangereux.

— C'est une descente de police, non ? C'est drôle qu'ils aient choisi justement cette nuit.

— Cela n'a rien de drôle. C'est Fellows.

Ian poussa Beth derrière un rideau noir, ouvrit une porte qui se fondait dans la boiserie et l'entraîna dans un escalier étroit qui puait la fumée de cigare. L'escalier menait à une petite entrée lugubre et une cour minuscule. Il y faisait un noir d'encre et la pluie tombait à verse.

— Quel dommage que nos capes soient restées à l'intérieur, marmonna Beth en frissonnant. Je doute que la police ait la politesse de nous les rendre.

Gardant le silence, Ian lui fit franchir un portail ouvert sur une impasse.

Des éclairs jaillirent au-dessus d'eux, illuminant les murs aveugles et le sol couvert d'immondices. Percevant un mouvement au bout de la ruelle, Ian bifurqua dans un passage encore plus sombre.

— La sortie, c'était là-bas, dit Beth dont les dents commençaient à claquer.

— Fellows et la police ont dû la bloquer.

— J'espère que vous savez où vous allez.

— Je sais.

Beth se tut. C'était bien de Ian, de connaître par cœur le dédale des ruelles de Montmartre. Elle se demanda s'il les avait explorées ou bien s'il avait seulement étudié un plan.

— Ce Fellows est vraiment une épine dans le pied, reprit-elle par-dessus le crépitement de la pluie. Qu'il aille au diable ! C'était ma plus belle robe.

Le passage donnait dans une autre ruelle. Le tonnerre gronda au-dessus de leurs têtes, un éclair déchira le ciel.

Ian savait qu'ils se trouvaient de l'autre côté du village de Montmartre par rapport à l'atelier de Mac, où Fellows irait sûrement les chercher. Comme ils passaient devant une porte vitrée, le mot *Auberge* attira son attention. Il saisit la poignée et entra, tirant Beth derrière lui.

— Monsieur, madame…

Un homme aux longs cheveux bruns examina Ian et Beth des pieds à la tête et, remarquant leurs habits élégants, il se redressa. Dans un torrent de français, il leur proposa sa meilleure chambre, superbe et très confortable selon lui.

Lâchant quelques pièces d'or dans la main du tenancier, Ian demanda la chambre en question, plus un bain chaud pour la dame. Le tonnerre ébranla la maison tandis qu'ils montaient l'escalier.

L'auberge n'étant pas éclairée au gaz, une servante se hâta d'allumer des chandelles, pointes d'épingles jaunes dans la pénombre de la petite chambre. Beth se frotta les mains devant le poêle.

La voyant frissonner, Ian rappela à la servante de préparer un bain. Deux hommes apportèrent un tub dans lequel des jeunes filles vidèrent des brocs d'eau bouillante.

Dès qu'ils furent seuls, Ian déboutonna le corsage trempé de Beth et dégrafa ses jupes.

La dévêtir était un plaisir, même s'il avait hâte qu'elle se réchauffe. Elle tenta de l'aider, mais ses doigts tremblaient trop.

Ian se mit sur un genou pour dénouer le pantalon et le laisser glisser le long de ses jambes. Les bas suivirent, en flaque de soie sur le sol. Puis il se leva et prit les seins en coupe avant de les embrasser, l'un après l'autre.

La pluie s'abattait avec violence sur les vitres, recouvrant le verre d'une couche fluide. Un éclair illumina la chambre.

Ian souleva Beth sans cesser de l'embrasser et la déposa dans le bain fumant. Elle ferma les yeux de soulagement alors qu'il se débarrassait prestement de ses vêtements.

Lorsque Beth rouvrit les yeux, il la rejoignait dans le tub et calait ses jambes de part et d'autre des siennes.

Enfant, il n'aimait pas les bains chauds – il hurlait que l'eau le brûlait, même quand elle était tiède. Son père ne le croyait pas et ordonnait au valet de plonger l'enfant dans l'eau, quoi qu'il dise.

— Il n'y a pas de place pour deux, fit Beth avec un sourire malicieux.

— J'ai juste besoin de me réchauffer les pieds.

Ian s'essuya les cheveux, et Beth s'appuya sur l'extrémité incurvée du tub en cuivre pour le contempler. Il leur faudrait envoyer un mot à Curry pour qu'il leur apporte des vêtements propres, mais pas maintenant. Il pleuvait trop fort pour demander à une servante de courir porter un message.

— Cette auberge est plutôt miteuse, murmura Beth qui dessinait des huit dans l'eau et regardait les ondulations s'étendre. Pas le genre où les dames et les messieurs respectables séjournent.

— Cela a de l'importance ?

Une chambre en valait bien une autre, en ce qui concernait Ian.

— Pas vraiment. C'est juste une autre vilenie dans une nuit de folies. J'ignorais que j'aimais autant les vilenies, Ian. Merci de me l'avoir fait découvrir.

Son regard parcourut le corps de Ian et s'arrêta sur ce qui pointait hors de l'eau. Comment le contraire eût-il été possible ? songea-t-il. Beth était très belle. Le blanc de sa peau tranchait sur le cuivre de la baignoire, le froid et le désir avaient érigé ses seins. Ses boucles brunes flottaient autour de ses épaules.

La chaleur colorait ses joues, ses lèvres rouges souriaient et ses yeux bleus brillaient. Elle rattrapa de la langue une goutte sur sa lèvre inférieure.

L'orage tonnait comme un canon au-dessus de Montmartre. Personne, pas même Curry, ne savait où ils étaient. Cette nuit, enfin, Beth était toute à lui.

La vie de Ian était dictée par les autres – les événements et les conversations tourbillonnaient autour de lui et filaient avant qu'il ait pu les saisir ; ses frères décidaient s'il devait vivre dans un asile ou en sortir, s'il devait aller à Rome ou attendre à Londres. Tant que ces obligations ne l'empêchaient pas de faire ce qui l'intéressait vraiment, comme dénicher des bols Ming, il ne s'y opposait pas.

Beth avait atterri dans sa vie, et elle restait là tel un rocher au milieu du courant. Tout s'écoulait autour de lui, mais Beth restait.

Il avait besoin qu'elle reste toujours.

Il l'aida à se mettre debout. Son corps ruisselant glissait de façon agréable contre le sien.

— Vous avez encore froid, dit-elle.

— Vous me réchaufferez.

Il prit une serviette et en enveloppa la jeune femme de peur qu'elle ne se remette à frissonner. Puis il la souleva, sortit prudemment du tub et la transporta jusqu'au lit étroit. La servante avait glissé sous le drap des briques chaudes enveloppées d'un linge.

Elle le regarda tandis qu'il s'allongeait à côté d'elle. Il tira le drap et la couverture sur eux, s'enfermant avec elle dans un cocon bien chaud, et se tourna sur le côté pour lui faire face.

— Quelle vilenie allez-vous m'apprendre aujourd'hui ? demanda-t-elle en souriant.

— Pas de jeu ce soir.

— Oh, fit-elle, déçue.

Lissant ses cheveux humides, il se pencha, s'enivrant de son souffle parfumé.

— Promettez-moi, dit-il.

— Promettre quoi ?

— Promettez-moi que vous me direz d'arrêter.

Elle haussa les sourcils.

— Tout dépend de ce que vous aurez commencé.

Beth pensait qu'il jouait.

— Promettez-moi.

— Très bien, acquiesça-t-elle sans cesser de sourire.

Ian lui ferma les yeux d'une caresse de ses lèvres, avant d'embrasser son nez et sa bouche.

— Je vous veux, chuchota Beth en rougissant. Mais peut-être que je ne saurai plus faire ce qu'il faut ? Il s'est passé tellement de temps depuis...

— Si, vous saurez, affirma Ian dont la main s'insérait entre ses cuisses.

— Comment pouvez-vous en être certain ?

Partager le lit d'un époux pondéré et s'accoupler avec fièvre avec un amant étaient deux choses différentes. L'une était l'exercice d'un devoir, l'autre tenait... de la sauvagerie. Peut-être que le mari avait rendu le devoir agréable, mais ce que Ian voulait, ce n'était pas une épouse docile.

Il voulait faire découvrir à Beth toutes les nuances du plaisir, depuis l'incroyable douceur jusqu'à la passion éperdue. Il voulait qu'ils s'écroulent ensuite sur le lit, meurtris et épuisés, repus.

— Laissez-moi faire, murmura-t-il contre sa bouche tout en insérant deux doigts en elle.

Beth lâcha un petit cri, et ses hanches se soulevèrent. Ian caressa sa touffe de poils humides ; elle était prête.

Prêt, lui l'était depuis des semaines. Il immisça un genou entre les siens et approcha son membre.

— S'il vous plaît, Ian, gémit Beth.

— Vous voulez que j'arrête ?

— Non.

— S'il vous plaît, quoi ? Que voulez-vous que je fasse ?

— Vous me taquinez.

Ian lécha sa bouche.

— Vous aimez être taquinée. Vous aimez vous cacher dans les salons d'autrui et retrousser vos jupes pour moi.

— Est-ce ce que vous appelez « taquiner » ?

— Vous aimez la fellation et le cunnilingus.

— Oui, c'est vrai. Je n'avais jamais fait ça avant.

— Non ? s'étonna-t-il. Je vous croyais une femme expérimentée.

— Je me suis trouvée plutôt empotée.

— Vous étiez belle. Vous l'êtes en ce moment.

Elle se mordit la lèvre, la rendant plus rouge et plus tentante.

— S'il vous plaît, Ian. Je vous veux à l'intérieur de moi.
— Oui.

Il était trop grand. Il s'était écoulé neuf ans depuis la dernière fois où un homme l'avait pénétrée et elle s'était resserrée.

Ian grogna doucement tout en s'introduisant. Il inspira longuement, sa poitrine pressant celle de Beth. La tête tournée de côté, il ne la regardait pas et elle ne pouvait voir que son profil.

— Je vous fais mal ? demanda-t-il.

— Non.

— Bien, fit-il en repartant à l'assaut.

Beth ferma les yeux pour se préparer au nouvel élan. Il la pénétra si profondément qu'elle craignit de se déchirer en deux.

Mais la sensation s'avéra *exquise*.

— Ian, gémit-elle. Je suis une pécheresse, une vilaine femme qui vous supplie de ne pas cesser.

Ian ne répondit pas. Il allait et venait, lentement.

— Oui, je vous en prie, implora-t-elle en se cambrant.

Il se soutenait d'une main tandis que l'autre agrippait ses cheveux. Il en chatouilla ses seins, qui s'érigèrent.

S'inclinant, il lécha une aréole, aspira l'extrémité. Elle le regarda faire. Il avait fermé les yeux comme s'il savourait un plat divin.

Beth souffrait un peu. Cela faisait si longtemps… Elle était redevenue une jeune fille. La friction incendiait les pétales de son sexe.

— Serrez-moi encore plus, amour, murmura-t-il. C'est délicieux.

— Délicieux, répéta-t-elle en l'étreignant de muscles qui redécouvraient leur pouvoir, ce qui le fit gémir.

— Je vous ai désirée dès le premier jour, dès cette soirée à Covent Garden, dit-il. J'avais envie que vous vous asseyiez à califourchon sur moi.

— En plein opéra ?

— Je vous aurais prise, je vous aurais faite mienne.

Il posa la main sur le cou de Beth, là où il lui avait fait un suçon.

— Je vous ai marquée.

Elle sourit.

— Moi aussi, je vous ai marqué.

Il entrelaça ses doigts aux siens et plaqua leurs mains sur le lit.

— Soyez mienne.

— C'est déjà acquis, il me semble.

— Toujours mienne, je veux dire. Toujours, Beth.

Des assauts ponctuèrent ces mots.

Toujours. Le corps de Beth dansait en rythme avec celui de Ian, et le lit accompagnait leurs efforts de grincements allègres. C'était un lit solide, en acajou épais, fait pour que des hommes comme Ian rendent leurs femmes heureuses.

Elle était son amante. Voilà qui était décidément peu respectable. Beth laissa échapper un rire. Elle se sentait plus libre que jamais.

Les yeux de Ian étaient fermés. Ses assauts s'accélérèrent, il la martelait comme si c'était la dernière étreinte qu'il lui serait permis de connaître.

Il l'enfonçait dans le matelas de son corps lourd, la sueur perlait sur sa peau. La pluie ruisselait sur les fenêtres, et un coup de tonnerre engloutit le cri d'extase de Beth.

Ian cria aussi. Des éclairs baignèrent la chambre d'une étrange lumière blanche qui souligna son corps, son visage aux traits durs, ses cheveux fauves.

Et, soudain, il ouvrit les yeux et regarda franchement Beth.

12

Beth s'arrêta de respirer. Pour la première fois depuis leur rencontre, le regard de Ian se connectait directement au sien.

Ses yeux étaient dorés, elle le savait, mais elle découvrait que la pupille noire était entourée d'un anneau vert. Son corps se figea tandis qu'il l'examinait, comme si la regarder retenait toute son attention. Il ne cillait pas, ne bougeait plus, laissant juste son regard s'unir au sien.

Elle toucha son visage, émerveillée.

— Ian.

Il sursauta et détourna la tête, et lorsqu'il la ramena vers elle, son regard dériva sur le côté, évitant de nouveau celui de Beth.

Le cœur de la jeune femme se serra.

— Non, je vous en prie, ne regardez pas ailleurs.

Ian ferma les paupières et se pencha pour l'embrasser.

— Pourquoi ne voulez-vous pas me regarder ? insista-t-elle. Qu'est-ce qui ne va pas chez moi ?

Il rouvrit les yeux, mais son regard évita le sien.

— Rien. Vous êtes parfaite.

— Alors, pourquoi ?

— Je ne peux pas expliquer. Ne me demandez pas d'expliquer.

— Je suis désolée, murmura-t-elle, les larmes aux yeux.

— Ne pleurez pas, dit-il en embrassant sa joue. C'est le moment de se réjouir.

— Je sais.

Il était toujours en elle, épais et dur, l'emplissant merveilleusement.

Ne désire pas ce que tu ne peux avoir, s'admonesta-t-elle. Contente-toi de ce que tu as.

De telles pensées lui avaient fait franchir les pires moments de sa vie.

Elle voulait tout de Ian, son corps et son âme, mais il lui donnait ce qu'il pouvait : le plaisir physique et une joie momentanée. Ne lui avait-elle pas précisé qu'elle ne désirait que des rapports physiques ? Si maintenant elle était malheureuse de ne pas avoir davantage, elle seule était responsable.

— Ian, vous me rendez folle, dit-elle.

Il lui adressa un demi-sourire.

— Je suis le Mackenzie fou.

Beth pressa les mains sur son visage.

— C'est l'explication des autres gens, parce qu'ils ne vous comprennent pas.

— Vous vous efforcez toujours d'être gentille avec moi.

— Ce n'est pas de la gentillesse. C'est la vérité.

— Chut, fit Ian en l'embrassant de nouveau. Trop de paroles.

Beth acquiesça.

Il recommença à se mouvoir en elle. C'est ça, le bonheur, songea-t-elle tandis qu'il l'emmenait de vagues en vagues sur le chemin du plaisir. Elle jouit et gémit jusqu'à ce que les vagues s'apaisent.

Un coup de tonnerre ébranla la maison. Beth se réveilla en sursaut. Ian était accoudé à côté d'elle et la regardait.

— Bonjour, murmura-t-elle.

Il lui adressa un sourire indolent. Elle ne pouvait dire s'il avait dormi ou non, mais il n'avait pas du tout l'air fatigué.

— Je pensais que l'orage serait fini, souffla-t-elle. Quelle heure est-il ?

— Je ne sais pas. Tôt le matin.

Beth fit la grimace.

— Isabella va s'inquiéter.

— Elle sait que je prends soin de vous.

— Et elle est peut-être avec Mac, dit Beth en lui souriant. Il a dû rentrer avec elle.

L'expression de Ian lui fit comprendre que c'était peu probable.

— Ce soir, c'était la première fois qu'il lui parlait depuis trois ans. Il était très en colère quand je lui ai annoncé qu'elle voulait aller dans ce tripot. Je ne pense pas qu'ils auront eu plaisir à se retrouver.

— Vous êtes un pessimiste, Ian. Isabella est une amie pour moi, je voudrais la voir heureuse.

— Elle a choisi de quitter Mac, souligna Ian.

— Je sais. Mais elle le regrette.

Le corps de Ian était comme un mur chaud, au contact étonnamment doux.

— Lorsqu'ils vivaient ensemble, ils étaient ou bien follement amoureux ou bien comme chien et chat. Pas de milieu.

— Je suppose qu'on se fatigue à vivre continuellement dans le drame.

Beth s'imaginait qu'avec Ian, elle pourrait être follement heureuse. Ou bien très malheureuse. Tout était possible.

Il lui caressa les cheveux et elle ferma les yeux. Quel délice ce serait de rester toujours ici, dans une bulle de bonheur !

— Je dois rentrer, déclara-t-elle d'une voix plus triste qu'elle ne l'aurait voulu.

— Il faut d'abord que Curry nous apporte d'autres vêtements. Ceux-ci sont fichus.

— Est-ce qu'il sait où nous sommes ?

— Non.

Personne ne le savait, songea Beth. Ian et elle étaient complètement seuls.

— Il va s'inquiéter, non ?

— Il a l'habitude que je disparaisse. Je reviens toujours. Il le sait.

Beth l'examina.

— Pourquoi disparaissez-vous ?

— Parfois, la vie est trop difficile pour moi. Suivre les conversations, me rappeler ce que je suis censé faire pour que les gens me pensent normal, respecter les règles… Alors, je m'en vais.

Beth suivit du doigt son bras musclé.

— Où allez-vous ?

— La plupart du temps, dans les étendues sauvages qui entourent Kilmorgan. Vous aimerez cet endroit.

Elle ignora cette remarque.

— Et les autres fois ?

— Chez des courtisanes. Du moment que je paie, elles m'acceptent. Là, je n'ai pas à me soucier de la conversation.

Beth s'était habituée au franc-parler de Ian, mais cela ne signifiait pas qu'elle aimait l'entendre évoquer ses fréquentations féminines. Les prostituées devaient l'accueillir avec joie. Il était riche, il était beau et il avait du charme, surtout quand il souriait. Même ses regards en coin qui lui donnaient l'air canaille étaient séduisants. Si elle avait été une courtisane, elle lui aurait fait un prix.

— Ailleurs, encore ?

— Parfois, je prends le train pour un endroit que je ne connais pas. Ou bien je loue un cheval et galope dans la campagne. Jusqu'à ce que je trouve un endroit isolé.

— Votre famille doit être folle d'inquiétude.

Ian se redressa sur un bras et glissa un doigt entre ses seins.

— Au début, oui. Hart ne voulait pas que je sorte.

— Et puis, il a accepté, manifestement.

— Il piquait des colères quand je partais, et menaçait de me ramener à l'asile.

— Sa Grâce le duc m'a l'air d'un tyran, remarqua Beth, agacée.

Un coin de la bouche de Ian se retroussa.

— Il a compris que cette menace ne me retiendrait pas. Curry a pris mon parti. Il a dit à Hart d'aller se faire voir.

Beth écarquilla les yeux.

— Et Curry est toujours vivant ?

— Comme vous voyez.

— Tant mieux. Et bravo à Curry.

— Hart s'inquiète, c'est tout.

— Il vous a sorti de l'asile et a fait annuler le diagnostic de démence pour que vous puissiez améliorer ses investissements.

— Peu m'importe pourquoi il l'a fait. Ce qui compte, c'est qu'il l'a fait.

— Ce n'est pas juste, protesta vivement Beth. Il ne devrait pas vous utiliser comme ça.

— Cela m'est égal.

— Mais…

Ian posa les doigts sur ses lèvres.

— Je ne suis pas son serviteur. Je le conseille dans ses placements, mais j'en profite aussi. Hart aurait pu me laisser pourrir dans cet asile. Sans lui, j'y serais encore. Cela ne me gêne pas de lire ses traités et de gérer ses biens.

Beth entrelaça ses doigts aux siens.

— Je suppose que je peux lui être reconnaissante de vous avoir libéré.

Ian caressait le dos de ses doigts, sans écouter. Son souffle la brûla lorsqu'il embrassa la raie de sa chevelure.

— Parlez-moi de votre mari, murmura-t-il.

— Maintenant ? Pourquoi ?

— Vous l'aimiez follement. Comment était-ce ?

Beth se rallongea sur le dos.

— Quand Thomas est mort, j'ai pensé mourir aussi.

— Vous ne le connaissiez pas depuis longtemps.

— Cela n'avait pas d'importance. Lorsqu'on aime vraiment, cela vous tombe dessus si brutalement qu'on n'a pas le temps de résister.

— Et puis il est mort, fit Ian. Et vous ne pourrez plus jamais aimer aussi profondément.

— Je ne sais pas.

Menteuse. Beth savait très bien qu'elle était en train de s'éprendre de Ian, que c'était stupide et qu'elle ignorait comment arrêter le processus.

Tant pis, songea-t-elle brièvement alors qu'il l'embrassait avec ardeur. Il était visible que Ian n'avait plus envie de bavarder. Il écarta ses jambes d'une main ferme et s'introduisit résolument en elle.

Mme Barrington aurait dit que seule une débauchée laisserait sans protester un homme se conduire de cette façon. Beth retomba sur les oreillers et écarta les cuisses, violant avec joie les interdits de la vieille dame.

Beth se rendormit. Quand elle se réveilla, la fenêtre n'était qu'un carré gris devant lequel se tenait Ian, tout nu, une main plaquée sur le mur, lui offrant la vue de son superbe dos.

La lumière faible jouait sur ses muscles. Il rappelait à Beth les statues qu'elle avait vues au Louvre.

L'entendant bouger, il posa un doigt sur ses lèvres.

— Il y a quelqu'un dehors ? s'inquiéta-t-elle.

Ils étaient au premier étage, dans la plus jolie chambre, selon le patron. Mais la fenêtre n'avait pas de rideaux, et Beth se sentait désagréablement exposée.

— L'inspecteur est là, annonça Ian. Il a amené quelques policiers avec lui.

Beth remonta le drap jusqu'à son menton.

— Oh, mon Dieu, comme c'est gênant !

— Je pense que c'est pire que cela.

— Comment cela peut-il être pire ? Ils ne peuvent pas nous arrêter pour avoir passé la nuit ensemble dans une auberge, quand même ! Si l'inconvenance est illégale, il leur faudra arrêter la moitié des Parisiens.

Les journaux allaient s'emparer de l'incident. L'histoire franchirait la Manche et parviendrait jusqu'à Londres. *Une héritière anglaise traînée devant les tribunaux français pour avoir forniqué dans une auberge douteuse après avoir joué à la roulette.*

Un petit coup à la porte la fit s'asseoir.

— C'est moi, patron, dit une voix à l'accent cockney.

Curry. Beth lâcha un soupir de soulagement.

Sans prendre la peine de se couvrir, Ian le fit entrer. Curry ne prêta aucune attention à la nudité de son maître, et déposa des habits sur le dossier d'un fauteuil. Tout aussi calmement, il ouvrit un sac en cuir et en sortit un rasoir, un bol et une brosse.

— On peut avoir de l'eau chaude dans ce bouge, patron ?

— Sonne la servante. Tu as apporté les affaires de Mme Ackerley ?

— Oui, répondit Curry qui, ignorant résolument Beth toujours dans son lit, gardait les yeux fixés sur Ian. Sa dame de compagnie voulait venir, mais je l'ai convaincue que ce n'était pas prudent.

Ian hocha la tête. Il enfila les vêtements que Curry lui tendait, et s'assit pour se faire raser.

Beth comprit que cette scène n'était pas une nouveauté pour Curry. S'introduire en catimini dans une maison pour apporter du linge propre et raser son maître tout juste sorti des bras d'une femme, ne le mettait absolument pas mal à l'aise. Cela tenait de la routine.

Elle se rembrunit. C'est ma faute si j'ai la sottise d'être jalouse, songea-t-elle.

— Ils t'ont vu ? demanda Ian à Curry.

— Non, je suis entré par-derrière, par la cuisine, répliqua celui-ci en aiguisant le rasoir sur le cuir. Le personnel n'a pas pipé mot. Ils n'ont pas plus envie que nous de voir la police.

— C'est absurde, intervint Beth. Pourquoi Fellows vous persécute-t-il comme ça ?

— C'est son idée, rétorqua Ian.

Ce n'était guère une réponse, mais elle comprit qu'elle n'en obtiendrait pas davantage. Il inclina la tête en arrière pendant que Curry le rasait. La servante de la veille au soir apporta une bassine d'eau fumante, et Curry lui demanda d'habiller Beth.

La fille fit une révérence et, tandis que Ian et Curry se tournaient de l'autre côté, elle aida Beth à enfiler les vêtements que Curry avait rapportés de chez Isabella.

Le regard de la soubrette brillait d'excitation.
— Il doit être très riche, madame, souffla-t-elle.
Beth ne répondit pas.
— J'imagine qu'il nous faudra nous sauver par la porte de derrière, dit-elle à Ian.
— Nous n'allons pas partir tout de suite.
— Tant mieux, il pleut de nouveau. J'espère que l'inspecteur et ses amis sont trempés.
— Tu l'as envoyé chercher ? demanda-t-il à Curry.
— J'ai fait ce que vous avez dit, monsieur. Maintenant, arrêtez de parler, que je ne vous tranche pas la gorge.
Une fois rasé, Ian pria la servante de lui apporter un journal et du café, et du thé pour Beth. Ce qu'elle fit prestement. Peu après, on frappa de nouveau à la porte. Curry ouvrit, et Mac entra.
— Fellows a l'air d'un rat en train de se noyer. Ne t'inquiète pas, Ian. Tout va bien.
— C'est gentil à vous de venir nous chercher, dit Beth en tentant de cacher son impatience. Comment va Isabella ?
— Comment le saurais-je ? répliqua Mac, le visage soudain fermé.
— Vous l'avez raccompagnée hier soir, non ?
Mac retourna une chaise et s'y assit à califourchon.
— Je l'ai mise dans sa voiture, et j'ai donné une pièce au cocher pour qu'il refuse de l'emmener ailleurs que chez elle.
Beth lui décocha un regard sévère.
— Vous ne l'avez pas raccompagnée ?
— Non.
Voilà qui était dommage, songea Beth.
— Elle m'a montré le charmant tableau que vous avez fait d'elle.
— Ah oui ? Cette babiole ? jeta-t-il d'un ton exagérément désinvolte.

— Ce n'est pas une babiole. Elle ne s'en sépare pas, m'a-t-elle assuré.

— Elle cherche le bon endroit où s'en débarrasser discrètement.

— Mais non, voyons !

Les mains de Mac étreignaient si fort le dossier de sa chaise qu'elle craignit de voir le bois se fendre.

— Peut-on changer de sujet ?

— Comme vous voudrez, soupira-t-elle.

Curry avait fini d'habiller Ian, et Beth avait bu une tasse de thé lorsque de nouveaux coups retentirent sur la porte.

Mac se hâta d'ouvrir, mais se glissa dehors avant que Beth ait pu voir qui était là. Elle entendit une brève conversation en français, puis Mac revint, suivi de son valet pugiliste, Bellamy, et d'un homme vêtu d'une soutane.

— Mon Dieu ! s'exclama-t-elle. C'est un bal déguisé que vous avez organisé ? Cela fait du monde pour se faufiler par la porte de derrière !

— Nous sortirons par la porte de devant, rétorqua Ian en lui faisant face. Que Fellows aille au diable !

— Vous avez pourtant dit qu'il était prêt à nous arrêter, non ?

— Pourquoi nous arrêterait-il ? s'écria-t-il en lui jetant un regard étrange. Il ne peut pas arrêter un homme qui a passé la nuit avec son épouse.

— Mais je ne suis pas votre…

Elle regarda le prêtre, examina l'expression de Mac, s'arrêta sur l'air innocent de Curry.

— Oh, non, fit-elle, consternée. Ian, non…

13

Ils la regardaient tous, Curry avec amusement, le prêtre avec inquiétude, Bellamy avec perplexité et Mac avec impatience. Seul Ian restait impavide.

— Pourquoi non, bon sang ? demanda Mac. Ian vous apprécie, vous vous entendez bien et il a besoin d'une épouse.

Beth se mordit la lèvre.

— Oui, mais peut-être que je n'ai pas besoin d'un mari !

— Un mari est exactement ce dont vous avez besoin, grommela Mac. Il vous empêchera de suivre ma femme dans les tripots de la ville.

— Mac, fit Ian d'une voix calme. Je voudrais parler à Beth en tête à tête.

Mac passa les doigts dans ses cheveux roux.

— Désolé, dit-il à Beth. Je suis un peu sur les nerfs. Épousez-le, je vous en prie. Nous avons besoin d'au moins une personne raisonnable dans la famille.

Sans attendre de réponse, il fit sortir le prêtre, la servante, Bellamy et Curry, et referma la porte derrière lui.

La pluie criblait la fenêtre. Elle sentait le regard de Ian sur elle, mais pour une fois c'était elle qui évitait de le regarder.

— Je suis déterminée à ne pas me marier, commença-t-elle. J'ai décidé de vivre en veuve fortunée, de voyager, de m'amuser, d'aider les autres.

Cette déclaration manquait de conviction, même à ses propres oreilles.

— Une fois que vous serez ma femme, Fellows ne pourra rien contre vous, dit Ian comme s'il ne l'avait pas entendue. Ses supérieurs lui ont donné l'ordre de rester à l'écart des Mackenzie, et lorsque vous m'aurez épousé, vous serez une Mackenzie. Il ne pourra ni vous harceler ni vous arrêter. Ma protection et celle de Hart s'étendront sur vous.

— Cela ne l'a guère empêché de vous embêter, il me semble ?

— Il n'est pas autorisé à pénétrer dans le domaine de Kilmorgan, et Hart veillera à ce qu'il soit puni s'il tente de vous approcher n'importe où ailleurs. Je vous le promets.

— Vous n'avez pas dit que Hart était à Rome ? Et s'il ne voulait pas étendre à moi sa protection ?

— Il le voudra. Il déteste Fellows et fera n'importe quoi pour contrarier ses projets.

— Mais…

La soudaineté de tout ceci la désemparait, et elle chercha d'autres arguments. Qu'elle ne trouva pas.

— Ian, il y a quelque chose que vous ne savez pas à mon sujet. Mon père n'a jamais été un aristocrate français. Lorsqu'il est arrivé en Angleterre, il s'est présenté comme un vicomte, et on l'a cru. Il était tout à fait capable de singer les manières de la noblesse, mais il était de basse extraction.

Le regard de Ian la frôla et s'éloigna.

— Je sais. C'était un escroc qui fuyait les prisons parisiennes.

— Vous le saviez ? souffla Beth, éberluée.

— Quand je décide de me renseigner sur quelqu'un, rien ne m'échappe.

La gorge de Beth se serra.
— Vos frères savent ?
— Je n'ai trouvé aucune raison de le leur dire.
— Et vous voulez toujours m'épouser ?
— Oui, pourquoi pas ?
— Parce que je ne suis pas le genre de femme qu'un fils de duc devrait épouser ! s'écria-t-elle. Mes origines sont sordides – et, pendant neuf ans, j'ai été à peine plus qu'une servante. Par ma faute, votre réputation souffrira.
Il eut un haussement d'épaules.
— Tout le monde vous croit la fille d'un aristocrate. Cela suffira pour l'Angleterre vieux jeu.
— Mais c'est un mensonge !
— Peu importe.
— Ian, vous allez faire de moi une menteuse comme mon père. Finalement, je ne suis pas meilleure que lui.
— Vous êtes meilleure. Vous êtes cent fois meilleure.
— Mais si quelqu'un l'apprenait… Ian, cela pourrait être horrible. Les journaux…
Il n'écoutait pas.
— Vous et moi ne sommes nulle part à notre place, dit-il. Nous sommes tous deux des excentriques dont personne ne sait que faire. Nous sommes bien assortis.
Il prit sa main et entrelaça ses doigts aux siens.
— Nous allons bien ensemble.
Il disait : « Nous sommes à la dérive et personne ne veut de nous. Pourquoi ne pas dériver ensemble ? » Mais il ne disait pas : « Je vous en prie, épousez-moi, Beth. Je vous aime. »
Il n'était pas capable d'amour, il le lui avait révélé dès leur première rencontre. Pourquoi espérer sottement le contraire ?

D'un autre côté, ils s'entendaient bien, et Beth avait appris à ne pas sursauter lorsque Ian lâchait des propos incongrus, à ne pas s'offenser s'il n'écoutait pas ce qu'elle disait.

— Le prêtre est catholique, déclara-t-elle d'une voix faible. Je fais partie de l'Église d'Angleterre.

— Le mariage sera légal. Mac s'en est occupé. Et nous pourrons avoir une autre cérémonie en Écosse.

— L'Écosse, pas l'Angleterre.

— Nous irons à Kilmorgan. Vous y serez chez vous.

— Arrêtez d'essayer de me faire croire que tout est pour le mieux, Ian.

Il fronça les sourcils, car il prenait toujours ses propos littéralement.

Elle reprit :

— Une dame aime être un peu courtisée avant de se lancer dans la grande aventure du mariage. Recevoir une bague avec un diamant, diverses babioles…

— Je vous achèterai la plus grosse bague que vous avez jamais vue, avec des saphirs assortis à vos yeux.

Le cœur de Beth s'affola. Il avait un regard intense, même lorsqu'il évitait le sien.

Elle se souvint du moment extraordinaire où, après avoir fait l'amour, il l'avait vraiment regardée. Mon Dieu, que ses yeux étaient beaux, fixés sur elle comme si elle était la seule personne au monde !

Que ne donnerait-elle pour qu'il la regarde de nouveau ainsi ?

On frappa à la porte, et Curry passa la tête.

— La pluie tombe moins dru, et notre cher inspecteur s'impatiente.

— Beth, fit Ian en pressant sa main.

Fermant les yeux, elle se cramponna à lui comme s'il était la seule chose qui se tînt entre elle et la noyade.

— Très bien, très bien, dit-elle d'une voix qui tremblait autant que son corps. Faisons cela, avant que l'inspecteur ne sonne la charge.

Et ce fut fait. Les yeux de Beth étaient d'un bleu émouvant quand elle répéta le serment. Puis le mariage fut conclu par le prêtre, avec pour témoins Curry, Mac et Bellamy. Ian glissa au doigt de Beth une alliance toute simple qu'il avait fait acheter par son zélé serviteur, en attendant les joyaux promis.

Ils sortirent ensemble, Ian tenant un parapluie au-dessus d'elle, ignorant délibérément Fellows et la petite foule de badauds, de policiers et de journalistes qui attendaient de l'autre côté de la rue.

La voiture s'avança, obligeant Fellows à la contourner tandis que Ian aidait Beth à s'installer.

Les yeux de l'inspecteur étaient haineux, et sa moustache dégoulinait de pluie. Son expression était celle du chasseur qui, après une nuit de guet, voit sa proie tenter de lui échapper.

— Ian Mackenzie, énonça-t-il solennellement. Mes amis de la police parisienne sont venus vous arrêter pour avoir enlevé Mme Beth Ackerley et l'avoir retenue en otage dans cette auberge.

À l'abri dans la voiture, Beth s'esclaffa.

— Oh, ne soyez pas ridicule, inspecteur ! Il ne m'a pas enlevée.

— J'ai des témoins qui l'ont vu vous tirer hors d'un tripot et vous entraîner jusqu'ici.

Ian secoua son parapluie et le replia calmement.

— Il n'y a plus de Mme Ackerley, répliqua-t-il. C'est lady Ian Mackenzie que vous voyez là.

Il se hissa dans la voiture alors que Fellows restait incapable d'émettre autre chose que des sons incohérents. Mac sortit de l'auberge, un grand sourire aux lèvres, suivi de Curry chargé d'une valise, et de Bellamy qui portait un panier de vin et de pain que Ian avait achetés à l'aubergiste.

— Vous avez perdu ce round, Fellows, dit Mac en assenant une claque sur l'épaule trempée de l'inspecteur. Courage, vous aurez peut-être plus de chance la prochaine fois.

Il monta dans la voiture et se laissa tomber en face de Ian et Beth. Bellamy se hissa à côté du cocher. Curry bondit à l'intérieur et claqua la portière au nez de Fellows.

Les yeux de l'inspecteur étaient durs comme des agates, et Ian savait que, si la bataille avait été gagnée, la guerre continuerait à faire rage.

Ian ayant hâte de quitter Paris, Beth n'eut que quelques heures pour rassembler ses affaires et dire au revoir à Isabella.

— Oh, chérie, je suis si heureuse, dit celle-ci en l'embrassant. J'ai toujours regretté de ne pas avoir de sœur, et vous êtes celle que j'aurais aimé avoir… Rendez-le heureux, ajouta-t-elle en tenant Beth à bout de bras. Il le mérite.

— J'essaierai, promit Beth.

Les fossettes d'Isabella apparurent.

— Quand je rentrerai à Londres, vous viendrez chez moi et nous nous amuserons comme des folles.

Beth pressa ses mains.

— Vous êtes sûre de ne pas vouloir venir avec nous maintenant ? Vous allez me manquer.

— Vous me manquerez aussi, chérie, mais je reste ici. Ian et vous avez besoin d'être seuls, et Kilmorgan…

Elle s'interrompit, les yeux emplis de tristesse.

— J'y ai trop de souvenirs, acheva-t-elle. Plus tard, peut-être.

Elles s'étreignirent de nouveau. Beth ne s'était pas rendu compte à quel point elle s'était attachée à Isabella, qui l'avait prise sous son aile et lui avait fait découvrir un monde nouveau.

Isabella embrassa aussi Ian et déclara qu'elle était très heureuse pour lui.

Puis Beth et Ian partirent pour la gare, avec Curry et Katie, suivis d'une seconde voiture remplie de caisses et de sacs. Curry se chargea des bagages, des billets et de Katie, tandis que leurs maîtres s'installaient dans un compartiment de première classe.

Beth compara ce départ avec le sien à Victoria Station : le vieux majordome de Mme Barrington, suant et soufflant, qui essayait d'aider mais lâchait tout ce qu'il prenait, Katie convaincue qu'on allait leur voler des bagages, et la femme de chambre que Beth avait embauchée piquant une crise d'hystérie à l'idée d'aller « chez les étrangers » et désertant à la dernière minute.

Curry surgit à la porte du compartiment pour signaler qu'il avait acheté les billets et commandé du thé, et leur demander s'ils voulaient autre chose. Très efficace, très calme, comme si son maître ne venait pas de se jeter dans l'aventure du mariage et un voyage de plusieurs milliers de kilomètres.

Beth découvrit, tandis que le train traversait la France imprégnée de pluie, combien Ian était fébrile. Au bout d'une demi-heure, il sortit de leur compartiment privé pour arpenter le train, dans un sens puis dans l'autre, encore et encore. Arrivés à Calais, c'est le pont du bateau qu'il arpenta alors que Beth dormait seule dans leur cabine.

Si bien que lorsqu'elle le vit se lever dans le train qui les emmenait de Douvres à Victoria Station, Beth se rebiffa.

— Il y a quelque chose qui ne va pas ? Pourquoi ne voulez-vous pas rester assis ?

— Je n'aime pas être enfermé, répliqua Ian dont la lèvre supérieure luisait de sueur.

— En voiture, cela ne vous gêne pas.

— Je peux l'arrêter. Le train et le bateau, ce n'est pas possible.

— C'est vrai, admit-elle. Tâchons de trouver quelque chose à faire qui vous empêchera d'y penser.

Ian referma brusquement la porte.

— L'autre raison qui me fait partir est que ne pas vous toucher tient de la torture.

— Nous avons encore un bon moment à passer dans ce train, répondit Beth. Et je suis sûre que Curry veillera à ce que nous ne soyons pas dérangés.

Il tira les rideaux.

Beth n'avait pas imaginé qu'on pût faire grand-chose dans un petit compartiment, mais Ian se révéla plein de ressources. Elle se retrouva à moitié dévêtue avec les jambes autour de son nouveau mari, lequel était à genoux devant elle. Ils étaient face à face et elle espérait capter à nouveau son regard. Mais cette fois-ci, quand l'orgasme le frappa, Ian ferma les yeux et détourna la tête.

Quelques minutes plus tard, il sortit arpenter le train.

Lorsque Beth faisait l'amour avec Thomas, ils étaient moins exubérants et plus conventionnels, mais cela s'achevait par de tendres baisers et des « Je vous aime » murmurés. Le nouveau mari de Beth déambulait dans le train et, seule dans son compartiment, elle regardait la verte campagne d'Angleterre.

— Je n'attendrai pas d'amour de votre part, car je ne pourrai pas vous le rendre.

Eh bien, voilà.

Les bagages parvinrent à Victoria Station sans perte ni anicroche, mais l'élégante voiture louée par Curry dans laquelle ils montèrent prit la direction du Strand au lieu d'Euston Station.

— Nous restons à Londres ? s'étonna-t-elle.

Ian répondit par un bref hochement de tête. Beth contemplait par la fenêtre la ville qui avait l'air encore plus sombre et ennuyeuse, maintenant qu'elle avait vu les boutiques animées de Paris.

— Où allons-nous ?

— Chez un marchand.

La lumière se fit dans la tête de Beth quand Ian la fit entrer dans une petite boutique du Strand, remplie du sol au plafond de curiosités orientales.

— Oh, vous achetez d'autres porcelaines Ming, dit-elle. Un vase ?

— Un bol. Je ne connais rien aux vases Ming.

— Ce n'est pas la même chose ?

Il la regarda comme si elle avait perdu la tête, si bien qu'elle ferma la bouche et garda le silence.

Le marchand, un homme corpulent aux cheveux jaunes ternes et à la moustache avachie, tenta vainement d'intéresser son client à un vase qui coûtait dix fois plus que le petit bol ébréché qu'avait demandé à voir Ian.

Beth regarda avec fascination son mari tenir le bol du bout des doigts et l'examiner soigneusement. Rien ne lui échappait, fissure ou anomalie. Il le humait ; il le léchait ; les yeux clos, il le pressait contre sa joue.

— Six cents guinées, décréta-t-il.

— Voyons, monsieur, vous vous ruinez pour rien, protesta le commerçant, stupéfait. J'allais en demander trois cents. Je tiens à être honnête. Il est ébréché.

— Il est unique, précisa Ian. Il en vaut six cents.

— Bon, fit le marchand. Entendu pour six cents. Tant mieux pour moi. Vous ne voudriez pas évaluer le reste de ma collection, par hasard ?

Ian posa le bol avec révérence sur le sac en velours que le marchand avait placé sur le comptoir.

— Je n'ai pas le temps. Je viens de me marier et j'emmène ma femme en Écosse dès ce soir.

— Oh, fit le marchand en regardant Beth avec curiosité. Je vous demande pardon, madame. Je n'avais pas compris. Toutes mes félicitations.

Il jeta un coup d'œil à Ian qui passait amoureusement les doigts sur le bol.

— Je suis content que vous ayez eu le temps de vous arrêter pour regarder ma marchandise.

— Nous avons eu de la chance de vous trouver, répliqua Beth. Et que ce bol soit là.

Le marchand eut de nouveau l'air surpris.

— Ce n'est pas de la chance, madame. Lord Ian m'a envoyé un télégramme de Paris pour que je le lui garde.

— Oh, fit Beth en rougissant. Oui, bien sûr…

L'employé du marchand emballa le bol sous l'œil vigilant de Ian. Celui-ci annonça que son homme d'affaires viendrait payer, et le marchand s'inclina.

— Évidemment, milord. Félicitations de nouveau, milady.

L'employé leur tint la porte ouverte, mais ils n'avaient pas fait deux pas que Lyndon Mather descendait d'une voiture devant eux. Le bel homme blond s'arrêta net.

Ian attira si brusquement Beth à lui qu'elle faillit tomber.

Mather fixa la boîte que Ian tenait sous son bras.

— Damnation, c'est mon bol ?

— Le prix aurait été trop élevé pour vous, rétorqua Ian.

La mâchoire de Mather se décrocha. Il regarda Beth, qui aurait aimé pouvoir sauter dans un fiacre et fuir à toute allure. Au lieu de quoi, elle redressa le menton.

— Madame Ackerley, dit Mather d'un ton raide. Prenez soin de votre réputation. En vous voyant ainsi, les gens pourraient en déduire que vous êtes sa maîtresse.

Avant qu'elle pût répondre, Ian annonça placidement :

— Beth est ma femme.

— Non ! s'écria Mather dont le visage vira au rouge brique. Oh, espèce de salaud ! Je vais vous traîner en justice tous les deux. Rupture de contrat, et tout ce qui s'ensuit !

Beth imagina l'humiliation d'un tel procès, la révélation de son passé et de l'horrible mésalliance qu'avait nouée Ian en l'épousant.

— Vous êtes venu vendre quelque chose, lança Ian.

— Que voulez-vous dire ?

— Le marchand a dit qu'un bol allait rentrer en même temps que celui-ci sortait. Vous vouliez échanger le vôtre contre celui-ci.

— Et alors ? C'est une boutique pour collectionneurs.

— Faites-moi voir.

L'hésitation de Mather fut presque comique. Il ouvrit et ferma la bouche plusieurs fois, mais Beth vit la cupidité l'emporter sur l'indignation. Le jeune homme claqua des doigts, et son valet sortit une sacoche de la voiture.

Ian désigna la boutique du menton et tous y rentrèrent.

Surpris de les voir revenir, le marchand envoya son employé chercher un autre carré de velours noir.

Mather ouvrit sa sacoche. Ce bol-ci était différent. Des camélias rouges dansaient sur les flancs. Il n'était pas aussi ébréché que l'autre, et le vernis brillait sous la lampe.

Ian l'examina aussi soigneusement que l'autre.

— Il vaut douze cents, décréta-t-il.

La bouche de Mather dessina un O.

— Oui, finit-il par lâcher. Oui, bien sûr…

Beth avala sa salive. Si elle ne se trompait pas, Mather s'apprêtait à échanger un bol de douze cents guinées contre un autre de six cents.

— Je vais vous l'acheter, dit Ian. Vous voulez bien vous charger de la transaction ? demanda-t-il au patron.

— Ian, murmura Beth. Est-ce que ce n'est pas une énorme somme d'argent ?

Ian ne répondit pas. Pinçant les lèvres, elle regarda son mari effectuer un achat de douze cents guinées, plus cent livres pour le marchand. Elle avait si longtemps vécu dans la frugalité que regarder quelqu'un se comporter de cette façon la faisait trembler. Ian, lui, ne manifesta pas la moindre émotion.

Il quitta la boutique sans dire au revoir et aida Beth à monter dans la voiture. Curry tendit les deux boîtes avec un sourire narquois.

— Eh bien, quelle aventure ! dit Beth. Vous venez de donner à Lyndon Mather douze cents guinées.

— Je voulais le bol.

— Comment diable saviez-vous que le premier bol était là ? Et que Mather apportait l'autre ? Vous avez passé plusieurs semaines à Paris.

Ian regarda par la fenêtre.

— J'ai un homme à Londres qui guette les pièces qui m'intéressent. Le soir où nous sommes allés au tripot, il m'a télégraphié qu'il y avait là un bol sur lequel Lyndon Mather avait l'œil.

Beth le fixa.

— Cela signifie que vous auriez quitté Paris le lendemain matin, que vous m'ayez épousée ou non.

Ian lui jeta un coup d'œil, avant de reporter son regard sur la rue.

— Je vous aurais emmenée avec moi. Je ne vous aurais pas laissée seule. Vous épouser était la meilleure façon de contrarier les projets de Fellows.

— Je vois, murmura-t-elle, glacée. Et contrarier ceux de Mather a été une satisfaction supplémentaire, n'est-ce pas ?

— J'ai l'intention de contrarier tous les projets de Mather.

Beth contempla son profil.

— Je ne suis pas un bol de porcelaine, Ian.

Il fronça les sourcils.

— Est-ce une plaisanterie ?

— Vous ne vouliez pas que Mather ait les bols, comme vous n'avez pas voulu qu'il m'ait, moi.

Il fixa le vide devant lui un instant, puis se pencha sur elle, l'air offensé.

— Quand je vous ai vue, j'ai su que je devais vous arracher à lui. Il ignorait complètement ce que vous valiez, tout comme il est incapable d'évaluer ces bols. C'est un philistin.

Son regard revint à la fenêtre, comme si la conversation était finie. Elle observa sa large poitrine, ses longues jambes qui occupaient tout l'espace de la voiture.

— Ce sera agréable de passer quelques nuits à Londres, dit-elle. Il faut que je fasse des courses pour l'Écosse – j'imagine que le temps est plutôt frais, là-bas.

— Nous ne restons pas à Londres. Nous prenons le train de nuit. Curry a acheté les billets.

Beth cligna des yeux.

— Oh...

— Il faut que nous arrivions vite à Kilmorgan.

— Je vois, souffla-t-elle, tandis qu'un nœud froid lui étreignait la poitrine. Et que ferons-nous, une fois à Kilmorgan ?

— Nous attendrons.

— Nous attendrons quoi ?

— Que le temps s'écoule.

Beth se figea, mais il n'y eut rien de plus.

— Vous me rendez folle, Ian.

Il ne répondit rien.

— Eh bien, reprit-elle en se renversant contre son dossier. Je vois que ce mariage sera différent que celui que j'ai connu.

— Vous serez en sécurité. Le nom des Mackenzie vous protégera. C'est pour cela que Mac n'a pas voulu divorcer d'Isabella : pour qu'elle puisse garder argent et sécurité.

Beth se rappela la joyeuse et sociable Isabella, et le chagrin qui assombrissait parfois ses yeux.

— C'est vraiment attentionné de sa part.

— Jamais je ne voudrais vous nuire.

— Même si nous en venons à ne plus communiquer que par l'intermédiaire de Curry et de petits mots ?

Le voyant froncer les sourcils, Beth lui saisit la main.

— Laissez tomber, je plaisantais. Je n'ai jamais pris le train de nuit pour l'Écosse – ni aucun train pour l'Écosse, d'ailleurs. Ce sera une nouvelle aventure. Les couchettes seront-elles aussi intéressantes que la banquette du train de Douvres ?

Au petit matin, le train s'arrêta à Glasgow, puis continua vers Édimbourg. Lorsqu'ils y arrivèrent, Beth regarda autour d'elle. Malgré le brouillard et la fumée de charbon, la ville ne manquait pas de beauté.

Elle eut à peine le temps de repérer le château sur la colline et la grande avenue qui menait au palais, avant de se retrouver dans un autre train qui partit en ahanant vers le nord.

Enfin, des milliers de kilomètres et d'heures après leur départ de Paris, le train s'immobilisa devant une petite gare. Tel un mur, une chaîne de montagnes bordait au nord et à l'ouest la plaine ondulée. Un air frais, pas du tout estival, en dévalait.

Ian aida Beth à mettre pied à terre. Personne d'autre ne descendit. Le chef de gare sortit du minuscule bâtiment, juste le temps d'agiter son drapeau. Le train s'ébranla lourdement et s'éloigna dans un nuage de fumée. Ian prit le bras de Beth et l'entraîna de l'autre côté de la gare. Une voiture les attendait là, un cabriolet luxueux dont la capote repliée laissait voir les sièges recouverts de velours prune. Les chevaux étaient des bais à la robe soyeuse dont le harnachement rutilait. Le cocher, vêtu d'une livrée rouge et coiffé d'un chapeau orné d'une plume, sauta de son siège et jeta les rênes à un garçon.

— Vous voilà enfin arrivé, milord, dit-il avec un solide accent écossais. Milady, ajouta-t-il en s'inclinant.

Il ouvrit la portière et Ian aida Beth à monter. Un tel luxe au bout du monde la laissait sans voix.

Mais, se rappela-t-elle, Kilmorgan était la résidence d'un duc qui, selon Isabella, venait juste après le duc de Norfolk et l'archevêque de Canterbury. Il était donc peu surprenant que sa voiture soit somptueuse.

— Je suppose que c'est encore Curry qui a organisé notre accueil, commenta-t-elle comme le cocher remontait sur son siège.

— Nous avons le télégraphe à Kilmorgan, répondit Ian avec le plus grand sérieux.

Beth éclata de rire.

— Vous avez fait une plaisanterie, Ian Mackenzie.

Il ne répondit pas.

Ils traversèrent un village de maisons blanchies à la chaux, avec l'inévitable pub et un long bâtiment bas qui était soit l'école, soit la mairie, ou bien les deux. Une église en pierre, dotée d'un toit tout neuf et d'un clocher pointu, se dressait un peu à l'écart du village au bout d'un chemin pentu.

Après le village, la route descendit dans une vallée, franchit un torrent et remonta sur une colline. Ensuite, le paysage ondulait en vagues vertes et pourpres jusqu'aux montagnes abruptes de l'arrière-plan. Le soleil brillait et l'air était doux.

La voiture quitta la route pour tourner dans une allée large et rectiligne, bordée d'arbres. Beth se renversa sur son dossier et inspira à fond. L'allure que Ian lui imposait depuis Paris l'avait épuisée. Maintenant, dans cette contrée éloignée de tout où l'on n'entendait que le chant des oiseaux, elle allait pouvoir se reposer.

Le cocher franchit un grand portail et l'allée continua dans un vaste parc. Un autre portail se présenta un peu plus loin, flanqué d'un corps de garde au-dessus duquel flottait un pavillon – deux lions et un ours sur fond rouge. L'allée effectuait ensuite un large virage qui ouvrait sur la maison. Beth se souleva à moitié, les mains pressées sur la poitrine.

— Seigneur !

En fait de maison, c'était un château énorme de trois étages, troués de fenêtres étroites. Des ailes rajoutées partaient à droite et à gauche du rectangle central, comme des bras essayant d'englober la vallée entière.

C'était la plus grande maison que Beth ait jamais vue, seulement comparable au Louvre. Sauf qu'ici, en principe, elle était chez elle. Le cocher lui désigna l'édifice du fouet.

— Construit juste avant l'époque de Bonnie Prince Charlie, qui a bien failli être notre roi il y a un peu plus de cent ans. Le duc d'alors ne voulait plus d'un château plein de courants d'air. Il a embauché tous les paysans des alentours pour en construire un nouveau. Ces maudits Anglais l'ont brûlé après qu'on a été battu à Culloden, mais le duc l'a reconstruit, et son fils aussi quand il a de nouveau été incendié. Rien n'abat un Mackenzie.

Le garçon à côté de lui ricana :

— Il est du clan Mackenzie, lui aussi. À croire qu'il était là chaque fois qu'on l'a brûlé, ce château.

— Tais-toi, mon gars, grommela le cocher.

Ian ne dit rien, se contentant d'incliner son chapeau sur les yeux comme s'il avait l'intention de dormir. L'agitation qui l'avait fait arpenter trains et bateaux avait disparu.

Agrippée à l'accoudoir de la banquette, Beth regardait, bouche bée, la maison dont ils approchaient. Elle reconnaissait des éléments palladiens – fenêtres ovales ornées de fioritures en pierre, frontons voûtés, symétrie des ouvertures sur l'énorme façade. Les générations ultérieures y avaient laissé leurs marques, comme la balustrade en pierre du perron et le marteau moderne sur l'un des battants de la porte principale.

Non que Beth eût à frapper pour entrer. Comme Ian l'aidait à mettre pied à terre, les portes s'écartèrent sur un grand et solide majordome qui s'effaça pour les laisser passer. Environ vingt domestiques se tenaient debout sur les dalles de marbre du vestibule. Des rouquins solidement bâtis, des jeunes filles aux joues roses, qui les accueillaient avec un sourire visiblement sincère.

À peine Beth et Ian eurent-ils franchi le seuil que, d'un seul mouvement, les servantes firent la révérence et les valets s'inclinèrent. L'effet en fut gâté par cinq chiens de tailles différentes qui déboulèrent d'un couloir et se ruèrent sur Ian.

N'ayant pas l'habitude des chiens, Beth recula, puis éclata de rire en les voyant se dresser sur leurs pattes arrière et s'appuyer sur Ian tandis que leurs queues battaient frénétiquement. Et, à sa grande surprise, elle constata que son mari n'avait pas peur de regarder en face l'un puis l'autre.

— Comment allez-vous, mes amis ? leur demanda-t-il.

Le majordome restait imperturbable, comme si ces retrouvailles étaient chose ordinaire.

— Milady, fit-il en s'inclinant. Si je puis m'exprimer de la part de tout le personnel, nous sommes très contents de l'arrivée de milady chez nous.

Vu les sourires rayonnants qu'on lui adressait, le personnel était parfaitement d'accord. C'était la première fois qu'on accueillait aussi joyeusement Beth Ackerley.

Lady Mackenzie, corrigea-t-elle. Dès qu'elle avait vu Ian Mackenzie, elle avait eu l'impression que leurs vies seraient liées d'une façon ou d'une autre.

— Morag va conduire milady à ses appartements, poursuivit le majordome.

Il était grand et solidement bâti comme les autres, mais ses cheveux blonds commençaient à grisonner.

— Nous avons préparé un bain et le lit est fait, afin que milady puisse se reposer de ce long voyage.

Il s'inclina devant Ian.

— Sa Grâce attend milord dans le petit salon du rez-de-chaussée. Elle a demandé que vous alliez le voir dès votre arrivée.

Beth, qui avait déjà fait deux pas en compagnie de la dénommée Morag, s'arrêta, inquiète.

— Sa Grâce ?

— Le duc de Kilmorgan, milady, expliqua patiemment le majordome.

Beth jeta un regard à Ian.

— Je croyais qu'il était à Rome.

— Non, il est ici.

— Mais vous m'avez dit… Attendez, pourquoi ne m'avez-vous pas prévenue ?

— Je ne l'ai su que lorsque nous avons franchi le portail. Le pavillon était dressé. Le pavillon ducal flotte toujours quand Hart est à la maison.

— Oh, bien sûr…

Il lui tendit la main.

— Venez avec moi. Il voudra vous rencontrer.

Ian, comme d'habitude, ne montrait pas ce qu'il pensait, mais Beth devina que la tournure des événements ne l'enchantait pas.

Elle glissa ses doigts glacés dans sa main.

— Très bien, mieux vaut en finir tout de suite.

Ian lui adressa un léger sourire puis, serrant sa main, l'emmena dans les entrailles de la maison. Les cinq chiens suivirent, leurs queues fouettant l'air avec enthousiasme.

14

Hart Mackenzie, duc de Kilmorgan, ressemblait à ses frères tout en étant très différent.

Assis près du feu devant un grand bureau sculpté, il écrivait avec concentration. Le bruit de la porte qui se refermait ne lui fit pas lever les yeux.

La vaste pièce dans laquelle Ian et Beth attendaient que Sa Grâce leur prête attention, semblait avoir formé jadis trois pièces dont on avait abattu les cloisons. Le plafond était couvert de fresques représentant des dieux et des déesses en train de batifoler.

Les murs aussi étaient couverts de peintures. Cela allait de tableaux représentant Kilmorgan depuis divers endroits jusqu'à des portraits de dames et de messieurs vêtus les uns en costumes écossais, les autres selon le style d'époques révolues.

Combien de temps Hart allait-il les obliger à rester debout comme des écoliers qui attendaient d'être châtiés ? se demanda Beth, agacée.

— Votre Grâce, dit-elle.

Le duc leva les yeux. Des yeux du même doré que ceux de Ian, mais affreusement perçants – les yeux d'un aigle.

La plume de Hart tinta en tombant sur le plateau de l'encrier. Il se leva.

Il était grand et solidement bâti comme tous les Mackenzie, et ses cheveux étaient d'un roux plus brun. Il portait un kilt aux couleurs du clan, bleu et vert avec des fils rouges et blancs. Sa veste noire, probablement faite sur mesure par l'un des meilleurs tailleurs d'Édimbourg, lui allait comme une seconde peau.

Pourtant, il n'était pas un reflet des frères qu'elle avait déjà rencontrés. Le visage de Mac avait l'éclat inquiet de l'artiste obsédé par l'œuvre à faire. La figure de Cameron était plus lourde, plus rustre, ce que n'arrangeait pas sa cicatrice.

Une assurance émanait de Hart. C'était un homme qui ne doutait pas une seconde que toutes ses exigences seraient satisfaites. Ce n'était pas de la présomption mais de la certitude.

Hart écrasait tout dans cette pièce – tout sauf Ian, qui demeurait imperturbable.

Sa Grâce finit par détacher son regard acéré de Beth et le reporta sur son frère.

— Il n'y avait pas d'autre solution ? demanda-t-il comme s'ils étaient au milieu d'une conversation.

— Fellows aurait trouvé le moyen de se servir d'elle pour m'arrêter, expliqua Ian.

— Cet homme est un porc.

Le regard de Hart revint sur Beth.

— Elle a été dame de compagnie ? Comment se fait-il qu'Isabella se soit liée d'amitié avec elle ?

Beth s'écarta de Ian et, tendant la main, avança vers le duc.

— Je vais très bien, merci de vous en être inquiété. Le voyage a été fatigant mais sans incidents. Le train a roulé à bonne allure et les nationalistes irlandais n'ont pas posé de bombe sur la voie.

Hart jeta un regard interrogateur à son frère.

— Elle aime les plaisanteries, expliqua celui-ci.

— Vraiment ? fit Hart d'une voix glaciale.

— J'aime aussi le chocolat et les framboises, dit Beth en ramenant à elle sa main ignorée. Tout de suite, ce que j'aimerais, c'est un verre d'eau fraîche et un lit moelleux.

Cette fois-ci, Hart s'adressa directement à elle.

— Je ne me souviens pas de vous avoir convoquée, madame Ackerley. Vous seriez en ce moment allongée sur un lit moelleux si vous aviez suivi la servante qu'on vous a attribuée.

Le cœur de Beth se mit à cogner.

— La seule personne que j'ai autorisée à me convoquer, Votre Grâce, était Mme Barrington, et c'était en échange de gages.

Voyant son frère hausser les sourcils d'un air courroucé, Ian intervint :

— Laisse-la tranquille.

Hart lui jeta un bref coup d'œil, avant de se remettre à examiner Beth. Son regard disait qu'il ne savait que faire d'elle, ni ce qu'elle représentait pour Ian.

Beth ne savait pas non plus trop bien ce qu'elle était pour Ian. Il était visible en tout cas que le duc n'aimait pas rester dans l'ignorance. Il aurait souhaité l'évaluer rapidement et la ranger dans un coin.

— Maintenant que nous avons établi que vous êtes une femme indépendante, dit-il d'une voix toujours aussi froide, voulez-vous nous laisser un moment ? J'aimerais parler à Ian en tête à tête.

Beth ouvrait la bouche pour émettre un poli « Bien sûr » lorsque Ian décréta :

— Non.

Le regard d'aigle revint à lui.

— Comment ?

— Je veux accompagner Beth et l'installer moi-même. Nous pourrons parler après le souper.

— Nous avons des servantes pour l'aider.

— Je veux le faire.

Hart céda, à contrecœur visiblement.

— La cloche sonne à sept heures quarante-cinq et le repas est servi à huit heures. En tenue de soirée, madame Ackerley. Ne soyez pas en retard.

Beth glissa sa main dans celle de Ian.

— Appelez-moi Beth, s'il vous plaît. Je ne suis plus Mme Ackerley mais, j'en suis autant surprise que vous, votre sœur.

Hart se figea. Ian haussa les sourcils à son adresse, puis tourna les talons et entraîna la jeune femme. Comme ils sortaient, accueillis joyeusement par les chiens, elle jeta un coup d'œil inquiet à son mari et constata qu'il arborait le plus grand sourire qu'elle lui ait jamais vu.

Quelle femme merveilleuse, étonnante ! songea Ian en regardant Beth sortir du dressing-room, vêtue d'une ravissante robe en soie bleue. Autour de son cou scintillait la rivière de diamants qu'il venait de lui offrir. En proie à une émotion dont il n'avait pas l'habitude, il offrit son bras pour l'escorter jusqu'à la salle à manger.

Le collier avait appartenu à sa mère. Ian se rappelait combien son père avait été fier d'avoir une épouse aussi belle, et quelles crises de jalousie il piquait lorsqu'un autre homme se risquait à l'admirer. Son caractère emporté l'avait poussé à des excès incontrôlables, aux conséquences terribles.

Toute autre femme se serait écroulée de peur sous le regard de Hart. Sa propre femme fondait en larmes ou s'évanouissait. Beth avait tenu bon et avait dit à Hart ce qu'elle pensait.

Ian avait failli éclater de rire. Son aîné avait parfois besoin qu'on lui botte les fesses et, si Beth voulait s'en charger, il ne l'en empêcherait pas.

Le duc les attendait dans la salle à manger et il resta debout jusqu'à ce que Ian ait fait asseoir Beth. Ensuite, il s'installa entre eux.

Si Hart n'avait pas été là, Ian aurait fait servir le souper dans la petite salle à manger de l'aile qui lui était réservée, en toute intimité.

Il avait eu envie de l'aider à s'habiller mais Curry était venu, le kilt des Mackenzie sur le bras, pour lui faire prendre un bain, le raser et l'habiller.

Quand ils se retireraient pour la nuit, Ian renverrait les servantes et il déshabillerait Beth lui-même. Il était déterminé à s'endormir dans ses bras et se réveiller de même.

— Tu m'as entendu ? fit la voix aigre de Hart.

Ian continua à disséquer sa sole, tout en se remémorant les mots que son frère venait de prononcer alors qu'il ne pensait qu'à Beth.

— Le traité que tu as établi à Rome... Tu veux que je le lise et que je le mémorise. Je le ferai après le souper.

— La tête de Ian contient-elle beaucoup de traités avec des pays étrangers ? questionna Beth d'une voix innocente.

Hart lui jeta un coup d'œil agacé.

— Les traités ont tendance à être interprétés de façons différentes, une fois que les commissions de chaque pays s'en sont emparées. Mais Ian se souvient de chaque mot du texte original.

Beth décocha un clin d'œil à Ian.

— Je suis sûre que cela fait de fascinants sujets de conversation pour le thé.

Ian ne put retenir un sourire espiègle. Il y avait longtemps qu'il n'avait pas vu son frère aussi irrité.

— Vos bols ont-ils survécu sans dommage au voyage ? demanda-t-elle à son mari.

— Je les ai déballés et rangés à leurs places. Ils vont très bien avec les autres.

Hart l'interrompit :

— Tu as acheté d'autres bols ?

Ian restant silencieux, Beth acquiesça.

— Ils sont tous les deux ravissants. L'un est d'un blanc bleuté avec un entrelacs de fleurs. L'autre a des fleurs rouges et la matière est plus fine. La glaçure et la finesse de la porcelaine indiquent qu'elle pourrait provenir de la manufacture impériale. Je ne me suis pas trompée ?

— C'est parfaitement exact, approuva Ian.

— J'ai trouvé un livre à Paris, expliqua-t-elle en souriant.

Ian la contempla. Il était conscient du regard de Hart mais seulement à la périphérie, comme un insecte bourdonnant à proximité.

Comment Beth savait-elle de quels mots il avait besoin et quand précisément les prononcer ? Même Curry ne pouvait aussi bien anticiper ses besoins.

Pendant ce temps, la jeune femme prenait note de tout, la pièce luxueuse, la longue table, l'argenterie rutilante, les portraits des hommes Mackenzie, des territoires Mackenzie et des chiens Mackenzie, et les maîtres d'hôtel gantés de blanc qui attendaient de les servir.

— Je m'étonne de ne pas voir de joueur de cornemuse, dit-elle à Hart. Je m'attendais à ce que nous soupions en musique.

Il lui adressa un regard méprisant.

— Nous ne jouons pas de cornemuse à l'intérieur. C'est trop bruyant.

— Père le faisait, précisa Ian. Cela me donnait des maux de tête.

— C'est fini, répliqua son aîné. Nous ne sommes pas une famille écossaise cramponnée au passé, brandissant la claymore et regrettant l'époque de Bonnie Prince Charlie. Mais nous demeurons des Écossais. La reine a eu beau se faire construire un château à Balmoral et revêtir un kilt, cela ne fait pas d'elle une Écossaise.

— Qu'est-ce qui fait de quelqu'un un Écossais ?

— Le cœur, répondit le duc. Être né dans un clan et en rester membre.

— Aimer le porridge ne nuit pas, déclara Ian.

Il avait dit cela avec sérieux, uniquement pour empêcher Hart de pérorer, et en fut récompensé par un beau sourire de Beth. Bien que Hart parle anglais sans le moindre accent, qu'il ait étudié à Cambridge et siège à la Chambre des lords d'Angleterre, il avait des idées très arrêtées sur l'Écosse et ce qu'il projetait d'accomplir pour son pays. Il pouvait développer ces sujets pendant des heures.

Hart fronça les sourcils et reporta son attention sur son assiette. Beth adressa à Ian un autre sourire, qui fit danser son imagination.

Le repas se poursuivit en silence, accompagné du seul bruit du tintement de l'argenterie sur la porcelaine. La lumière des chandelles soulignait la beauté de Beth.

Le souper fini, ils se levèrent et Hart grommela quelque chose au sujet de son maudit traité.

— Très bien, fit Beth. J'ai envie de faire un tour dans le parc avant de me coucher. Je vous laisse travailler.

Ian l'accompagna jusqu'à la terrasse. Les chiens bondirent, queue battante, et s'élancèrent devant la jeune femme.

— Vous êtes une femme très intelligente.

La voix de Hart la fit se retourner. Escortée des chiens, elle avait descendu l'allée jusqu'à une fontaine qui cascadait joyeusement dans une vasque de marbre. Le ciel était encore lumineux, bien qu'il fût déjà neuf heures et demie.

Elle s'était promenée avec les chiens en les appelant successivement pour tenter de repérer qui était qui. Ruby et Ben étaient des bâtards, Achille était un setter noir dont une seule patte était blanche, McNab un épagneul, et Fergus un minuscule terrier.

Hart s'arrêta près de la fontaine, un cigare aux lèvres. Les chiens s'agglutinèrent gaiement autour de lui. Voyant qu'il ne réagissait pas, ils partirent explorer le jardin.

Beth, qui avait pensé que la nuit était chaude, regrettait de ne pas avoir emporté un châle.

— Je ne me trouve pas spécialement intelligente. Et je n'ai manifestement pas eu droit aux leçons pour les jeunes filles du beau monde.

— Arrêtez de plaisanter. Vous avez embobiné Mac et Isabella, mais je ne suis pas aussi facile à duper.

— Et Ian ? Êtes-vous en train de dire que, lui aussi, je l'ai embobiné ?

— C'est faux ? s'enquit Hart d'une voix calme.

— Je me souviens de lui avoir carrément dit que je ne tenais pas à me remarier. Puis je me suis retrouvée en train de signer au bas de je ne sais quel registre et jurer que je resterai avec lui jusqu'à ce que la mort nous sépare. Je crois que c'est Ian qui m'a embobinée.

— Ian est…

Hart s'interrompit et pivota pour regarder le ciel.

— Quoi ? Fou ?

— Non ! Il est… vulnérable.

— Il est têtu et intelligent, et il fait exactement ce qui lui plaît.

Hart se retourna pour l'épingler de son regard.

— Depuis combien de temps le connaissez-vous ? Quelques semaines ? Vous avez vu qu'il était riche et qu'il n'a pas toute sa tête, et vous n'avez pas pu résister à la tentation de vous emparer d'une proie aussi facile.

La colère de Beth l'emporta sur ses résolutions.

— Je possède une fortune personnelle. Une grosse fortune. Je n'ai pas besoin de celle de Ian.

— Oui, vous avez hérité de cent mille livres et d'une maison à Belgrave Square d'une certaine Mme Barrington, une veuve qui n'avait plus de famille. Très bien. Mais Ian pèse dix fois cela et, lorsque vous vous en êtes rendu compte, vous vous êtes débarrassée de Lyndon Mather et vous avez poussé mon pauvre frère vers l'autel.

Beth serra les poings.

— Non. Je suis partie à Paris, et Ian m'a suivie.

— Flagorner Isabella a été astucieux ; elle a le cœur trop tendre, elle a trouvé judicieux de vous pousser l'un vers l'autre. Mac l'a fait aussi. Je ne comprends pas quelle mouche l'a piqué, celui-là.

— *Flagorner ?* Je ne flagorne pas. Je ne suis même pas trop sûre de ce que le mot signifie.

— Je sais d'où vous venez, madame Ackerley. Je sais que votre père était une fripouille et que votre mère est tombée dans le piège qu'il lui a tendu. Sa folie l'a conduite tout droit à l'hospice. Je suis sûre que vous avez appris beaucoup de choses à cette école-là.

Le visage de Beth était embrasé.

— Mon Dieu, que de gens s'intéressent à mon passé ! Vous auriez dû interroger Curry. Apparemment, il a tout un dossier sur moi.

Hart laissa tomber son cigare et le piétina du talon. Se penchant sur Beth, il lui souffla au nez une haleine empuantie par le tabac.

— Je ne laisserai pas une croqueuse de diamants ruiner mon frère.

— Je vous assure, Votre Grâce, que jamais de ma vie je n'ai cherché à m'emparer de la fortune d'autrui.

— Ne vous moquez pas de moi. Je vais faire annuler ce mariage. Je peux le faire, vous savez. Vous partirez, et ce sera comme si rien n'avait eu lieu.

Beth rassembla son courage et regarda Hart dans les yeux.

— Il ne vous est pas venu à l'esprit que j'aie pu tomber amoureuse de lui ?

Profondément, follement amoureuse.

— Non.

— Pourquoi ?

Hart garda le silence. Un nerf battait sur sa joue.

— Je vois, fit Beth d'une voix douce. Vous croyez qu'il est fou et, qu'à cause de cette tare supposée, aucune femme ne peut l'aimer.

— Ian *est* fou. La commission l'a constaté. J'étais là.

— Alors pourquoi l'avez-vous retiré de l'asile ?

— Parce que je sais ce qu'on lui faisait.

À la lumière du crépuscule, le puissant duc de Kilmorgan parut soudain accablé.

— J'ai vu ce que ces charlatans lui faisaient. S'il n'avait pas été fou à son arrivée, cet endroit l'aurait rendu tel.

— Les bains glacés, dit Beth. Les chocs électriques.

— Pire encore. Mon Dieu, ils attachaient cet enfant de douze ans sur son lit, les fesses à l'air pour le fouetter plus commodément. Afin qu'il fasse des rêves plus tranquilles, prétendaient-ils. Mon père n'a pas protesté. Moi, je n'avais pas les moyens de m'y opposer. Le jour où mon père est tombé de cheval et s'est brisé le cou, je suis allé à l'asile et j'en ai retiré Ian.

Sa véhémence effrayait Beth, et en même temps le cœur de la jeune femme était touché.

— Et Ian vous en est reconnaissant. Très.

— Ian n'était plus capable de parler. Il ne levait pas les yeux lorsqu'on s'adressait à lui et ne répondait pas aux questions qu'on lui posait. C'était comme si son corps était avec nous et son cerveau très loin.

— Je l'ai vu faire ça.

— Il l'a fait pendant trois mois. Et puis, un jour que nous prenions le petit déjeuner, il a levé les yeux et demandé à Curry s'il y avait du pain grillé.

Hart se détourna, mais Beth avait eu le temps d'apercevoir ses yeux humides.

— Comme si tout allait bien, comme si c'était la chose la plus naturelle du monde de sortir du mutisme absolu pour demander s'il y a du pain grillé...

Beth était troublée de voir l'un des plus puissants personnages du pays cligner des yeux pour refouler ses larmes.

— Je vais envoyer chercher mon avocat demain matin, reprit-il abruptement. Nous trouverons le moyen d'annuler ce mariage. Vous n'y perdrez rien.

— Je sais que vous ne me croyez pas, mais j'insiste : jamais je ne ferai de mal à Ian.

— Vous avez raison, je ne vous crois pas.

Le vent fraîchissait, envoyant des gouttelettes d'eau de la fontaine sur le visage de Beth. Hart tourna les talons pour regagner la maison, et buta sur Ian qui se tenait sur son chemin, tel un mur.

— Je t'ai dit de la laisser tranquille, énonça-t-il posément.

Le dos de Hart se raidit.

— Ian, il ne faut pas lui faire confiance.

Ian fit un pas de plus vers Hart. On devinait sa colère à sa posture et à sa voix.

— C'est ma femme, elle est sous ma protection. Pour annuler ce mariage, tu n'as qu'une chose à faire : me faire déclarer fou une seconde fois.

— Ian, écoute-moi…

— Je la veux pour femme, et elle restera ma femme, déclara Ian. C'est une Mackenzie, maintenant. Traite-la comme telle.

Hart fixa Ian, puis Beth. Celle-ci s'efforça de demeurer impassible, mais son cœur battait la chamade.

Lorsque Ian l'avait informée qu'il comptait l'épouser, elle avait protesté. Mais à présent que Hart tentait de les séparer, elle était prête à tout pour l'en empêcher.

— Je suis l'épouse de Ian parce que j'ai choisi de l'être, lança-t-elle. Que nous vivions dans une grande demeure ou dans une minuscule pension de famille, c'est pareil.

— Ou un presbytère ? ricana Hart.

— Un presbytère de l'East End, cela me va très bien, Votre Grâce.

— Il y avait des rats, dit Ian.

Surprise, Beth le dévisagea. L'enquête de Curry avait été approfondie.

— C'est vrai, il y avait une famille de rats, acquiesça-t-elle. Nabuchodonosor, son épouse et leurs trois enfants.

Les deux hommes la regardèrent. Ce double regard doré la déconcerta, même si celui de Ian ne faisait que l'effleurer.

— C'était notre petite plaisanterie, vous voyez, balbutia-t-elle. Qu'ils aient des noms rendait leur présence plus supportable.

— Il n'y a pas de rats ici, déclara Ian. Vous n'aurez plus jamais à craindre les rats.

— Pas ceux qui ont quatre pattes, en tout cas, se moqua Beth. L'inspecteur Fellows me rappelle un peu Meshach - ses yeux brillaient et son nez se retroussait quand il avait jeté son dévolu sur un morceau de fromage.

Ian fronça les sourcils, et Hart était visiblement consterné.

— Mais j'imagine que vous avez des serpents, enchaîna-t-elle. C'est la campagne, après tout. Et des souris des champs et d'autres créatures. Je dois avouer que je n'ai pas l'habitude de la campagne. Ma mère était née à la campagne, mais j'ai vécu à Londres dès mon plus jeune âge et n'en suis sortie que lorsque Mme Barrington m'emmenait à Brighton.

Ian ferma à moitié les yeux. Elle savait qu'il n'écoutait plus, mais que sa mémoire prenait note et pourrait restituer ses propos dans une semaine ou un an, si besoin était. Elle s'obligea à se taire. Hart la regardait comme s'il s'apprêtait à convoquer une équipe de médecins pour la faire interner.

Sortant de sa torpeur, Ian lui tendit la main.

— Demain, je vous montrerai tout Kilmorgan. Ce soir, nous allons dormir dans notre chambre.

— Nous avons une chambre ?

— Curry l'a préparée pendant que nous soupions.

— Curry, l'homme plein de ressources. Que ferions-nous sans lui ?

Hart lui jeta un regard vif, comme si elle avait dit quelque chose de significatif. Ian glissa un bras autour de sa taille et la fit pivoter vers la maison. Sa chaleur isola Beth de la fraîcheur de la soirée.

Un havre. Dans le tourbillon de sa vie, elle en avait rencontré bien peu. À présent, Ian en était un, même si elle sentait le regard de Hart lui vriller le dos tandis qu'elle s'éloignait.

Tel un fauve, la maison engloutit Beth. Ian lui fit monter le vaste escalier de bois sculpté pour pénétrer profondément dans la gueule du fauve.

Parmi la multitude de tableaux qui cachaient le papier peint, Beth repéra des signatures célèbres – Stubbs, Ramsay, Reynolds. Quelques peintures de chevaux et de chiens étaient de Mac Mackenzie. Le portrait du duc actuel, Hart, dominait le palier du premier étage.

Sur le second palier, régnait un homme plus âgé au regard aussi hautain que Hart. Il serrait le poing sur un pli du plaid Mackenzie, et arborait une barbe, une moustache et des favoris touffus.

Beth l'avait déjà remarqué en descendant souper. Cette fois-ci, elle prit le temps de s'arrêter.

— Qui est-ce ?

— Notre père, répondit Ian sans même lever les yeux sur le tableau.

— Oh. Il est très... poilu.

— C'est pourquoi nous aimons tous être bien rasés.

Beth jeta un regard peu amène à l'homme qui avait rendu Ian si malheureux.

— S'il était horrible, pourquoi a-t-il une place d'honneur ? Cachez-le au grenier ou débarrassez-vous de lui.

— C'est la tradition. Le duc actuel sur le palier du premier étage, le précédent au second. Grand-père est au-dessus. Hart n'enfreindra pas les règles.

— Si bien que, lorsque vous montez l'escalier, à chaque virage il y a un duc de Kilmorgan qui vous fusille du regard.

Ian l'entraîna vers le grand-père Mackenzie.

— C'est l'une des raisons pour lesquelles nous avons chacun une autre maison. À Kilmorgan, j'ai une suite de dix pièces, mais il nous faudra plus d'intimité.

— Une suite de dix pièces ? répéta Beth, abasourdie. C'est tout ?

— Chacun de nous a une aile de la maison. Si nous recevons des invités, nous les logeons dans notre aile et nous nous occupons d'eux.

— Vous avez souvent des invités ?

— Non.

Ian ramena Beth dans la pièce appelée « dressing-room », où elle s'était changée pour le souper. Elle l'avait trouvée de bonnes dimensions, mais la chambre à coucher que lui montra ensuite Ian aurait pu loger le rez-de-chaussée de Mme Barrington.

— Vous êtes la première personne que j'invite.

Beth examina le plafond élevé, le lit énorme, les trois fenêtres munies de banquettes profondes.

— S'il faut vous épouser pour obtenir une invitation, je ne m'étonne pas que vous n'ayez pas eu plus d'invités.

Le regard doré de Ian la frôla, avant de revenir au lit.

— Êtes-vous en train de plaisanter ?

— Oui. Ne faites pas attention à ce que je dis.

— Je fais toujours attention à vous.

Le cœur de Beth bondit.

— C'est votre chambre ?

— C'est *notre* chambre.

Nerveuse, elle se dirigea vers le bois de lit en noyer sculpté.

— J'ai entendu dire que, chez les couples d'aristocrates, chacun a sa chambre. Ce que Mme Barrington désapprouvait en y voyant un gaspillage d'espace et d'argent.

Ian ouvrit une autre porte.

— Ce boudoir vous est réservé. Mais vous dormirez avec moi.

Beth regarda la pièce élégante, les fauteuils confortables et la banquette douillette accotée à la fenêtre.

— Mon Dieu… Ça ira, je suppose.

— Curry vous aidera à l'arranger selon vos désirs.

— Je commence à croire que Curry est un magicien.

Beth attendit une réponse qui ne vint pas.

— Je pense que vous prenez un gros risque, reprit-elle. J'ai lu quelque part que partager sa chambre avec une femme est dangereux pour un homme, parce qu'elle exhale des vapeurs nocives en dormant. Mensonge éhonté, a dit Mme Barrington quand je lui ai raconté cela. M. Barrington a dormi à côté d'elle pendant trente ans sans jamais être malade.

Ian l'entoura de ses bras, et la chaleur de son corps chassa toute autre pensée.

— Les charlatans disent n'importe quoi pour obtenir de quoi financer leurs recherches.

— C'est ce qu'ils faisaient à l'asile ?

— Ils ont tenté toutes sortes d'expériences pour guérir ma folie. Mais aucune n'a marché.

— C'était cruel.

— Ils pensaient aider.

— Ne soyez pas aussi indulgent ! protesta-t-elle avec véhémence. Votre père vous a fait enfermer, et ces gens vous ont torturé au nom de la science. Je les hais. J'aimerais me rendre dans cet asile et dire à votre médecin ce que je pense de lui.

Ian posa les doigts sur ses lèvres.

— Je ne veux pas que vous vous mêliez de cela.

— Comme vous n'avez pas voulu que je me mêle du crime de High Holborn.

Elle vit son regard se refroidir.

— Cela ne vous concerne pas. Je vous veux... à l'écart de ces histoires sordides. Je ne veux pas que mon passé souille ce que je sais de vous.

— Vous voulez vous créer des souvenirs différents ? s'enquit-elle, croyant comprendre.

— Ma mémoire est trop bonne, hélas. Je ne peux rien effacer. Mais je veux me souvenir de vous ici, seule avec moi, ou dans cette auberge à Paris. Vous et moi, sans Fellows ni Mather, ni mon frère, ni le drame de High Holborn...

Il s'interrompit et se frotta la tempe, l'air accablé. Beth posa la main sur la sienne.

— N'y pensez plus.

— Cela repasse dans ma tête, encore et encore, comme une mélodie qui ne veut pas s'arrêter.

Beth caressa doucement sa tempe. Il l'attira à lui.

— Votre présence me soulage. C'est comme les bols Ming : lorsque je les touche et que je les sens, tout ce qui me tracasse s'évanouit. Ça n'a plus d'importance. Avec vous, c'est pareil. C'est pourquoi je vous ai amenée ici, pour vous garder à mes côtés, pour que... ce supplice s'arrête.

15

Beth le regarda, ses beaux yeux bleus emplis de larmes.

— Dites-moi comment faire.

Il prit son visage entre ses mains, ce beau visage qui s'était imposé à lui à Covent Garden, la seule chose vraie parmi un univers de fausseté.

— Restez avec moi.

— Nous sommes mariés, chuchota-t-elle. Bien sûr que je resterai.

— Vous pourriez décider de me quitter.

Appuyant le front sur celui de la jeune femme, il se souvint du jour affreux où il avait apporté à Mac la lettre d'adieu d'Isabella. Il n'oublierait jamais le désespoir de son frère quand il avait compris qu'Isabella était bel et bien partie.

— Je ne m'en irai pas.

— Promettez-le-moi.

— J'ai promis. Je promets.

Sa voix était sincère, son regard franc. Mais Isabella avait quitté Mac alors qu'elle avait promis de rester.

— Restez avec moi, répéta-t-il.

Elle fit oui de la tête. Il l'attira à lui et ses doigts cherchèrent les boutons de son corsage. Sa poitrine apparut, il se pencha et l'embrassa. Elle soupira, et il téta sa peau, la marquant à nouveau.

Il sentit les mains de la jeune femme écarter ses vêtements, franchissant les barrières de tissu. Elle posa la bouche sur sa poitrine, et il inhala l'odeur de ses cheveux.

Ian l'embrassa. Elle était sa femme, et il la voulait. Maintenant, demain, toujours.

Il déboutonna prestement le reste du corsage, puis délaça le corset à petits coups secs. Ensuite, il défit l'agrafe de la chemise pour cueillir ses seins à pleines mains. Elle se cambra et les pressa contre les paumes de Ian.

Dénouer, délacer, dégrafer, écarter jupe de dessus, jupe de dessous, tournure et jupons prenait du temps. Il s'impatienta et déchira quelque chose, ce qui la fit protester. Il la souleva pour la transporter sur le lit, et se débarrassa de ses propres vêtements avec la même fébrilité. Il la rejoignit, sans se soucier d'ouvrir le lit. Lorsqu'elle voulut parler, il la fit taire d'un profond baiser.

Il écarta ses jambes, la pénétra et la chevaucha sauvagement.

Une fois sa frénésie apaisée, il devint plus doux, plus joueur. Il se drapa des longs cheveux de Beth, les caressant, y plongeant le nez, les doigts, s'enivrant de leur parfum.

Rien n'existait plus en dehors de cette chambre éclairée par le crépuscule, où il possédait Beth. Ni Hart, ni Fellows, ni Londres et les meurtres.

Il sentit qu'elle essayait de capter son regard. Il résista. La regarder dans les yeux était trop dangereux. Il se perdrait. Il ne voulait pas se distraire de la réalité physique de leur union.

Il l'aima jusqu'à ce que le ciel s'éclaire, la nuit s'achevant. Un bras glissé autour du ventre chaud de la jeune femme, il attira son dos à lui. Son arrière-train charmant se nicha parfaitement sur son ventre, lui donnant d'autres idées pour le prochain épisode…

Il regarda sa grande et forte main sur la taille fine, son bras brun sur la peau blanche. Il la garderait ici, avec lui, et elle se sentirait tellement en sécurité qu'elle ne voudrait jamais partir.

Quand Beth ouvrit les yeux, ce fut sur le sourire de prédateur de Ian. Il lui fit l'amour encore une fois.

— Nous devrions nous lever, maintenant, murmura-t-elle comme il reposait, repu, sur elle et lui embrassait le cou.

— Pourquoi ?

— Votre frère ne nous attend pas pour le petit déjeuner ?

— J'ai dit à Curry de nous servir ici.

Beth lui caressa la joue.

— J'espère que vous donnez de bons gages à Curry.

— Il ne se plaint pas.

— Il est resté à l'asile avec vous ?

— Cameron l'a envoyé veiller sur moi lorsque j'ai eu quinze ans. Cameron trouvait qu'il me fallait quelqu'un pour me raser et s'occuper de mes vêtements. Il avait raison. J'étais répugnant.

Curry entra à cet instant, avec un plateau. Ian s'assura que Beth était bien couverte tandis que le valet déposait son fardeau sur une petite table qu'il approcha du lit.

Comme il l'avait fait à Paris, Curry feignit de ne pas voir Beth alors qu'il versait un thé odorant dans les tasses. Il avait même apporté des journaux de Londres et d'Édimbourg, et quelques lettres.

Beth eut l'impression d'être une dame décadente, que l'on servait au lit. Mme Barrington n'avait jamais pris de repas au lit, sauf durant ses derniers jours.

Ian lui donna la becquée, petits morceaux de pain beurré et bouchées d'œuf. Elle voulut prendre la fourchette, qu'il lui ôta, et elle éclata de rire.

Toute la journée s'écoula ainsi – Ian lui faisant l'amour, puis chacun lisant un journal, tandis que Curry apportait nourriture et boisson, et remportait les reliefs de la collation précédente.

— Finalement, ça me plaît bien d'être une dame de l'aristocratie, déclara Beth alors que l'après-midi s'achevait. Je ne suis pas encore habituée à ne pas me lever à l'aube pour accourir au service de quelqu'un.

— Mes gens vous serviront, désormais.

— Cela a l'air de les rendre joyeux.

La rouquine qui était venue rallumer le feu et ranger un peu la chambre avait eu un grand sourire quand Beth l'avait remerciée. Des sourires francs, pas de ricanements ni de grimaces obséquieuses.

— Ils vous aiment bien, dit Ian.

— Ils ne me connaissent pas. Je pourrais me révéler une mégère qui les harcèlerait du matin au soir.

— Le feriez-vous ?

— Non, bien sûr, mais qu'en savent-ils ?

— Ils se fient à l'opinion de Curry.

— Tout le monde le fait, il me semble.

Ian la fit taire d'un baiser ardent.

Plus tard, Ian l'emmena dans la pièce où il gardait sa collection.

Beth eut l'impression d'être introduite à l'intérieur d'un sanctuaire. Des vitrines avaient été construites le long des murs de la vaste pièce, et d'autres se dressaient au milieu. Des bols Ming de toutes tailles et toutes couleurs reposaient sur de petits piédestaux, étiquetés avec l'époque de leur fabrication, le nom du fabricant et d'autres précisions. Des rayonnages vides attendaient que la collection s'agrandisse.

— C'est comme un musée, dit Beth, émerveillée. Où sont ceux que vous avez achetés à Londres ?

Les vitrines lui semblaient identiques, mais Ian en ouvrit une sans hésitation et en sortit le bol rouge qu'il avait acheté à Mather.

Il reposa la pièce, s'approcha d'une autre vitrine et prit un bol gris-vert sur les flancs duquel trois dragons de la même couleur mais un peu plus soutenue se poursuivaient.

— Comme il est joli ! s'écria Beth.

— Il est à vous.

— Comment ?

— Je vous le donne. Un cadeau de mariage.

Beth regarda cette pièce venue d'un passé très lointain, dont la délicatesse était encore plus flagrante entre les grands doigts de Ian.

— Vous êtes sûr ?

— Oui, je suis sûr. Vous n'en voulez pas ? demanda-t-il, inquiet.

— Si, si, assura-t-elle en tendant les mains. Je suis très flattée.

Le front de Ian se dérida et ses lèvres se retroussèrent sur un petit sourire espiègle.

— C'est mieux qu'une voiture neuve, des chevaux et une douzaine de robes, non ?

— De quoi parlez-vous ? C'est cent fois mieux !

— Ce n'est qu'un bol.

— Pour vous, il est précieux et vous me le donnez, répliqua Beth en souriant. C'est le plus beau cadeau du monde.

Ian le lui reprit et le reposa doucement à son emplacement. C'était raisonnable. Là, il serait en sécurité et ne risquerait pas d'être brisé.

— Cam est là, annonça Ian.

Debout devant la fenêtre de sa chambre, il boutonnait sa chemise pendant que Curry préparait le reste de ses habits et que, enveloppée dans une robe de chambre en soie rouge, Beth buvait son thé du matin à la petite table.

Cela faisait trois jours que Beth et Ian étaient à Kilmorgan, et trois jours qu'ils faisaient l'amour, avec de brèves interruptions pour se reposer. Ian savait qu'ils devraient à un moment retrouver Hart et le monde réel, mais il n'oublierait jamais les instants de bonheur parfait que ce cocon lui avait fait éprouver. Chaque fois qu'il irait mal – et cela arriverait forcément –, il pourrait se rappeler ces journées-là.

Lorsqu'ils le rejoignirent, Cameron était en train de surveiller le déchargement d'une pouliche. L'animal s'énervant, il renvoya les palefreniers et monta dans le van.

— Je n'avais jamais vu un cheval conduit ainsi dans une voiture, dit Beth comme la jument émergeait.

Délicatement bâtie, avec une robe baie et une crinière noire, elle tourna un regard intrigué sur Beth.

— Ce n'est pas un cheval de trait, répliqua Cameron en lui caressant affectueusement les naseaux. C'est une beauté qui gagnera des douzaines de courses, n'est-ce pas, mon cœur ? Avant de mettre au monde d'autres champions.

— Pourquoi est-ce que vous ne l'épousez pas, père ? se moqua Daniel qui l'accompagnait. Il n'a pas arrêté de roucouler à son sujet tout le long du voyage. Répugnant.

Ignorant son fils, Cameron alla embrasser Beth sur la joue et claquer l'épaule de Ian. Une forte odeur de sueur et de cheval émanait de lui.

— Bienvenue dans la famille, Beth. N'hésitez pas à battre mon fils quand il est grossier. Il n'a aucune éducation.

— C'est parce que c'est vous qui m'avez élevé, père.

— Tout va bien avec Hart ? demanda Cameron. Il n'était pas furieux du mariage ?

— Il s'en remettra, répondit Ian.

— Nous n'avons pas beaucoup vu Hart ces derniers jours, révéla Beth.

— Ah bon ? Vous vous cachez ?

— Non, nous…

Beth s'interrompit et rougit. Le regard de Cam passa d'elle à Ian, lequel ne put retenir un sourire de jubilation. Cam éclata d'un rire tonitruant. Effrayée, la jument sursauta.

— De quoi riez-vous ? s'étonna Daniel en fronçant les sourcils. Oh, vous voulez dire que vous étiez au lit… Bravo, Ian. J'aurai bientôt un petit cousin, alors ?

— Sale gosse, grommela Cameron. On ne dit pas ce genre de choses devant les dames.

— Mais en rire est permis ? rétorqua Daniel.

— Vous voyez ce que je veux dire ? lança Cameron à Beth. Il est insolent et grossier, et c'est ma faute. Ignorez-le. Tu as fait monter ta femme, Ian ? Tu lui as trouvé un bon cheval ?

Le visage de Beth perdit toute couleur.

— Oh, je ne monte pas.

Les trois Mackenzie la fixèrent.

— Vous ne montez pas ? demanda Daniel, sidéré.

Beth glissa sa main dans celle de Ian.

— En tant qu'épouse d'un pauvre pasteur, je n'ai guère eu l'occasion de me promener sur Rotten Row. Et Mme Barrington n'avait plus l'âge de monter. À Paris, j'ai loué une voiture et un poney.

Cameron secoua la tête.

— Vous avez de la chance d'avoir épousé un Mackenzie dont le frère est le meilleur maître d'équitation des îles Britanniques, annonça-t-il. Je vais vous choisir un cheval et commencer votre instruction dès demain.

Beth pressa les doigts de Ian.

— Un vieux canasson très placide, s'il vous plaît. Et, en fait, je n'ai pas besoin de savoir monter. Je suis très heureuse sur mes deux pieds.

— Dis-lui, Ian.

Beth leva sur son nouvel époux de grands yeux bleus terrifiés. Il en oublia tout. D'ailleurs, cela lui était bien égal qu'elle sache monter ou non. Il voulait seulement l'enlacer, et reprendre ce qu'ils étaient en train de faire avant l'arrivée de Cameron. Il l'embrassa.

— Je ne le laisserai pas vous faire du mal, promit-il.

— Voilà qui me rassure beaucoup, acquiesça-t-elle sans conviction.

Le cheval que Cameron lui choisit n'était pas précisément un vieux canasson, mais c'était une jument douce. Beaucoup plus grande que le poney que Beth avait imaginé, elle dominait Cameron lui-même et ses sabots étaient larges comme des plateaux.

— Elle est aussi bonne pour le saut que pour l'endurance, dit Cameron. En tout cas, c'est une gentille fille. Allez-y, montez.

La selle évoquait un napperon posé sur le vaste dos de l'animal. Elle n'avait qu'un seul étrier et une fourche pour soutenir la jambe droite de Beth.

— Pourquoi les dames ne peuvent-elles pas monter comme les hommes ? gémit-elle comme Cameron la poussait.

Perdant l'équilibre, elle émit un petit cri et bascula de l'autre côté… dans les bras de Ian.

— Avec un cheval entre les jambes ? s'écria Cameron en plaquant les doigts sur sa bouche comme une vieille dame choquée. Quel genre de femme as-tu épousée, Ian ?

— Une femme pragmatique, rétorqua l'intéressée qui, retroussant la jupe de sa tenue d'équitation toute neuve, levait de nouveau le pied vers l'étrier tandis que la main puissante de Ian soutenait son dos.

Cameron attrapa sa cheville et introduisit son pied dans l'étrier.

— Voilà. Prête ? demanda-t-il comme elle atterrissait sur la selle.

— Oh, bien sûr. En route pour le derby, marmonna-t-elle en tendant les mains pour attraper les rênes.

— Non, pas de rênes aujourd'hui, dit Cameron. C'est moi qui vous guiderai.

Beth lui jeta un regard terrifié.

— Sans rênes, je vais tomber, protesta-t-elle.

— On ne doit pas se maintenir en selle en tirant sur la bouche du cheval, expliqua Ian. Il faut garder son équilibre.

— Ce que je n'ai jamais su faire.

— Vous saurez, décréta Cameron.

Sans autre commentaire, il fit marcher la jument au pas. Beth glissa immédiatement sur le flanc. Ian la repoussa sur la selle en souriant de toutes ses dents. L'odieux personnage se moquait de son épouse !

Les palefreniers et une partie du personnel de maison trouvèrent un prétexte pour sortir. Les uns feignant d'avoir à faire un peu plus loin s'arrêtaient au passage, les autres s'accoudaient sans vergogne à la barrière qui séparait le parc de la cour des écuries. Ils n'hésitèrent pas à prodiguer leurs conseils ou à applaudir la nouvelle lady Mackenzie, qui parvint à rester en selle lorsque la jument se mit à trotter.

À la fin de la leçon, Beth avait au moins appris à garder l'équilibre et à prendre appui sur ses jambes. Les domestiques l'applaudirent quand Ian la déposa à terre.

Leurs encouragements chaleureux contrastèrent avec l'atmosphère glaciale qui régna pendant le repas du soir. Hart se taisait résolument. Les valets qui avaient encouragé Beth avec un enthousiasme typiquement écossais affichaient un air contrit d'enfants réprimandés.

Les muscles de Beth n'avaient pas l'habitude d'être autant sollicités. Lorsqu'elle s'assit sur la chaise que Ian lui avait tirée, elle se releva avec un petit cri.

Les mains de Ian se refermèrent sur ses épaules.

— Vous souffrez ?

— Non, ça va. Mais Cameron devra me trouver un cheval un peu plus moelleux.

Ian sourit, puis éclata de rire.

— Cessez de vous moquer de moi, Ian Mackenzie, déclara-t-elle en se rasseyant précautionneusement. C'était ma première leçon.

— Vous avez déjà acquis une bonne assiette, ma chérie.

— Vous parlez de la façon dont je me tiens à cheval ?

Tout en s'essuyant les yeux du dos de la main, Ian alla s'asseoir.

— Beth aime plaisanter, dit-il sans regarder les autres.

La jeune femme sentit le regard fixe de Hart. Daniel était bouche bée de surprise et Cameron demeurait figé. Quelque chose avait eu lieu, Beth ignorait quoi.

Le repas se déroula dans une atmosphère tendue, ce dont Ian ne semblait pas se rendre compte. Il mangeait calmement, inconscient du reste. De temps à autre, il lançait un coup d'œil à Beth avec un chaud sourire et, une fois, profitant de ce que personne ne regardait, il lui tira la langue. Beth vira au rouge betterave et baissa les yeux sur son assiette.

Le dernier plat avalé, Hart se leva et jeta sa serviette sur la table.

— Ian, j'ai besoin de toi, décréta-t-il en sortant à grands pas de la pièce.

Cameron tendit la main vers la boîte de cigares sur la console. Ni lui ni Daniel ne paraissait surpris du départ abrupt de Hart. Beth bondit et se rua à sa suite.

— Beth… appela Ian.

Mais elle avait déjà parcouru le couloir et déboulait dans le cabinet de travail de Hart. Lequel se retourna brusquement.

— Ian n'est pas votre domestique, lâcha-t-elle.

Le regard d'aigle de Hart la transperça.

— Qu'est-ce qui vous prend ?

— Vous convoquez Ian comme vous le feriez avec un valet.

Un nerf palpita sur la mâchoire de Hart.

— Madame Ackerley, cela ne fait qu'une semaine que vous êtes entrée dans cette famille. Ian et moi avons mis au point une façon de procéder longtemps avant que vous n'ayez apparu à l'horizon.

— Il est votre frère, pas votre secrétaire.

— Ne mettez pas ma patience à l'épreuve.

— Vous l'aimez. Pourquoi ne le lui montrez-vous pas ?

Hart s'approcha d'elle, lèvres pincées, et empoigna ses épaules. Sa force était impressionnante.

— Madame Ackerley…

— Je m'appelle Beth.

La porte s'ouvrit bruyamment derrière elle et Ian fit irruption.

— Ne la touche pas ! cria-t-il en se jetant sur son frère.

— Qu'est-ce qui t'arrive ? gronda Hart en se dégageant.

— Beth, recule. Éloigne-toi de lui.

Le cœur de la jeune femme s'affola.

— Ian, je suis désolée, je voulais juste…

Il se tourna vers elle, mais sans la regarder.

— Tout de suite !

Beth en resta pétrifiée une fraction de seconde, avant de se sauver en courant.

Cameron la regarda passer dans le couloir.

— Enfer ! grogna-t-il avant de pénétrer dans le cabinet de travail.

Le claquement de la porte résonna dans le couloir.

Arrivée au pied du grand escalier, Beth s'assit sur la première marche, les poumons en feu. Son corset trop serré l'empêchait de respirer.

Quelqu'un s'accroupit à côté d'elle.

— Ça ne va pas, tante Beth ? Vous voulez un verre ou autre chose ?

Le « tante Beth » faillit la faire éclater d'un rire hystérique. Elle parvint à se retenir.

— Oui, merci, Daniel. Un verre me ferait du bien.

— Holà ! cria le garçon. Angus ! Apporte un verre de whisky.

Le valet, qui traversait le vestibule, pivota et retourna dans la salle à manger.

— Ils sont toujours comme ça ? demanda Beth en respirant précautionneusement.

— Toujours à se disputer ? Oh, oui. Ils sont toujours à crier sur une chose ou une autre. Vous vous y habituerez.

— Tu crois ?

— Il faudra bien. Mais ils ont été malheureux.

Beth cligna des yeux pour chasser les larmes qui menaçaient.

— Et toi ? Tu es malheureux ?

Daniel haussa ses épaules maigres.

— Vous voulez dire, parce que ma maman a essayé de nous tuer, papa et moi, et qu'ensuite elle s'est suicidée ? Je ne l'ai pas connue, et papa a fait de son mieux.

La résignation avec laquelle il acceptait la violence de sa mère déchira le cœur de Beth. Elle avait constaté la même réaction dans l'East End : des fillettes de dix ans dont les mères prostituées étaient rouées de coups et laissées pour mortes par l'un de leurs clients, haussaient les épaules et déclaraient placidement :

— C'était une putain. Qu'est-ce qu'elle espérait d'autre ?

Daniel prit le verre en cristal qu'Angus apportait et le mit dans sa main. Elle but une gorgée, et le goût du whisky s'enroula agréablement autour de sa langue.

— Dis-moi quelque chose, Daniel, fit Beth d'un ton las. Dans la salle à manger, quand Ian a ri, vous avez tous eu l'air sidérés comme si le plafond s'était écroulé. Pourquoi ?

Daniel plissa le front.

— C'était justement parce qu'il riait. Personne ne l'avait jamais entendu rire aussi fort. En tout cas, pas depuis qu'il est sorti de l'asile.

Beth fit des progrès d'équitation et, à la fin de la semaine, elle put monter sans aide. Elle avait appris à utiliser ses jambes pour guider le cheval et à ne pas agripper ou agiter les rênes pour retrouver son équilibre.

Les courbatures s'atténuèrent au fur et à mesure que ses muscles s'habituaient à l'exercice. Au début de la seconde semaine, monter dans son lit ne provoquait plus qu'un léger gémissement de douleur. Ian s'avéra incroyablement doué pour la masser et la débarrasser de toute raideur.

Beth s'attacha à la vieille jument qu'elle montait. L'animal avait un nom de pedigree long d'un kilomètre, mais les palefreniers l'appelaient Emmie. Pendant que Beth et Emmie cheminaient sur les vastes territoires de Kilmorgan, Ian et Cameron faisaient la course ou bien sautaient les clôtures. Ian montait bien, mais Cameron et sa monture étaient littéralement soudés l'un à l'autre. Lorsqu'il ne donnait pas de leçon à Beth, il faisait travailler à la longe la pouliche qu'il avait amenée.

— Il a un don, commenta Ian tandis qu'ils le regardaient travailler un matin. Il peut tout obtenir des chevaux. Ils l'aiment.

Avec les gens, Cameron était brutal et son vocabulaire était parfois horriblement grossier. Beth se rappela que, selon Isabella, les frères Mackenzie avaient longtemps vécu entre eux, si bien qu'ils n'avaient pas pris l'habitude d'adoucir leurs manières en présence des dames. Beth, habituée aux usages peu raffinés de l'East End, décida qu'elle pouvait le supporter. Comme elle l'avait dit à l'inspecteur Fellows, elle n'était pas une fleur de serre.

Les deux semaines suivantes, elle ne vit son mari qu'au lit, car Hart et lui s'enfermaient dans le cabinet de travail ou bien partaient à cheval tous les deux.

Cameron continua à lui donner ses leçons, sans manifester de surprise sur cet état de fait. Lorsque Beth demanda à Ian ce que Hart et lui faisaient toute la sainte journée, il répondit laconiquement:

— On parle affaires.

Ne pas comprendre l'horripilait mais, en même temps, elle détestait insister et fouiner. Hart avait dit vrai: elle connaissait à peine Ian. Peut-être les deux frères se comportaient-ils toujours ainsi.

Je ne peux pas espérer qu'il change complètement sa vie pour moi, se gronda-t-elle. Une autre partie d'elle protestait: Mais il est mon mari...

Un après-midi, Cameron l'emmena monter hors du parc dans les collines. C'était une belle journée, avec une légère brise d'été qui dansait dans les arbres. Des taches de neige s'attardaient sur les crêtes les plus élevées des montagnes.

— Il y a une folie dans les bois, par là-bas, indiqua Cameron.

Son cheval était un étalon noir que les palefreniers craignaient, mais qui obéissait docilement à son maître.

— Mon père l'a fait construire pour ma mère. Il n'y avait pas assez de châteaux en ruine dans les Highlands à son goût.

Les frères parlaient peu de leurs parents. Leur père barbu la fusillait du regard tous les jours depuis le palier du second étage, mais elle n'avait jamais vu de portrait de leur mère.

Entendant le cheval de Cameron trébucher derrière elle, elle se retourna. Cameron avait déjà mis pied à terre et examinait le sabot de son étalon.

— Il s'est blessé ? s'enquit-elle.

— Non, il n'a rien. Tu as perdu un fer, dis donc, vieux ? fit-il en caressant l'encolure de l'animal. Montez voir la folie. Emmie connaît le chemin.

Beth avala sa salive. Ce serait la première fois qu'elle s'aventurerait toute seule. Elle pressa la jument, qui suivit le chemin menant au sommet de la colline.

La journée était chaude et l'air circulait mal entre les arbres. Beth s'essuya le visage. Vivement le sommet où devait souffler une brise fraîche, songea-t-elle.

Elle aperçut enfin un pittoresque bâtiment moussu, percé de minuscules fenêtres, et dont les briques s'écroulaient avec art. La raison pour laquelle cette folie avait été construite en cet endroit était évidente. La vue était à couper le souffle. La terre rejoignait, pli après pli, la mer grise au loin. Un ruisseau s'écoulait en cascade du haut de la colline.

La voix de Hart perça le bruit de l'eau.

— Tu es certain que Fellows n'a rien trouvé de nouveau ?

Il devait être dans la folie, comprit Beth en se pétrifiant.

— Je te l'ai dit, répondit Ian.

— Tu n'as rien dit du tout. Pourquoi ne m'as-tu pas parlé de Lily Martin ?

— Je voulais la mettre à l'abri, la protéger… Et j'ai échoué, acheva-t-il après un silence.

Lily Martin était le nom de la femme assassinée à Covent Garden, la nuit où Ian était parti pour Paris. Fellows était convaincu que Ian l'avait tuée.

— Pourquoi tu ne m'as rien dit ? répéta Hart.

— Pour la protéger.

— De Fellows ?

— En partie.

— De celui qui a tué Sally Tate ? questionna Hart d'un ton sec.

Il y eut un autre silence, durant lequel on n'entendit plus que le son joyeux du ruisseau.

— Ian, tu sais qui c'est ? fit la voix de Hart, plus calme, plus posée.

— Je sais ce que j'ai vu.

— Et c'était quoi ? insista Hart avec impatience.

— Du sang. Elle était couverte de sang. J'en avais plein les mains. J'ai essayé de m'essuyer sur le mur, sur le lit. C'était comme de la peinture…

— Ian. Regarde-moi.

— Je sais ce que j'ai vu, répéta Ian.

— Mais est-ce que Fellows sait ?

Ian marqua une nouvelle pause avant de répondre :

— Non.

— Alors, pourquoi veut-il Beth ?

— Je ne sais pas. Mais il la veut, et je ne la lui laisserai pas.

— C'est très noble de ta part, jeta Hart.

— Maintenant qu'elle m'a épousé, ton nom la protège. La famille du duc de Kilmorgan ne se laissera pas harceler par un vulgaire Lloyd Fellows.

— Eh oui…

— Il a essayé de la convaincre de m'espionner, poursuivit Ian.

— Vraiment ?

— Beth a refusé, enchaîna Ian avec un plaisir audible. Elle l'a envoyé paître. Ma Beth n'a pas peur de lui.

— Tu es sûr qu'elle lui a dit non ?

— J'étais là. Mais juste au cas où…

Un autre silence. Beth retint son souffle.

— Au cas où ? souffla Hart.

— Une femme ne peut pas témoigner contre son mari, il me semble ?

Hart se tut une seconde.

— Je m'excuse, Ian, déclara-t-il enfin. Parfois, j'oublie combien tu es intelligent.

Ian ne répondit pas.

Hart reprit :

— Tu as raison, Ian. Il est préférable qu'elle soit de notre côté. Mais, si jamais elle te rend malheureux, on fera annuler le mariage et on obtiendra son silence en échange d'une bonne somme d'argent. Tout le monde a son prix.

Beth eut soudain l'impression que le monde ondulait autour d'elle. Elle fit pivoter Emmie et la poussa dans la descente. Les feuilles humides amortirent le bruit des pas de la jument.

L'estomac nauséeux, elle empoigna la crinière brun-rouge et laissa l'animal retrouver le chemin de la maison. Beth s'en souvenait à peine. Le long bâtiment accroupi dans la vallée surgit bientôt, avec ses fenêtres scintillantes comme des yeux aux aguets.

Heureusement, Cameron n'était pas dans la cour. Un palefrenier prit les rênes d'Emmie, et Beth s'entendit le remercier poliment. Les chiens accoururent, mais, ne recevant pas de caresse, ils regagnèrent les écuries.

Beth monta dans la chambre qu'elle partageait avec Ian et ferma la porte au nez de la servante qui s'était précipitée pour l'aider. Elle se dévêtit à moitié et s'allongea sur le lit. Quelques larmes coulèrent sur son visage, et séchèrent, laissant ses yeux en feu. Elle crut entendre le gloussement railleur de Mme Barrington. Puis ce furent les pas de Ian qu'elle perçut. Alors, elle baissa les paupières. Elle ne voulait plus le voir.

16

Beth reposait dans la pénombre du baldaquin, ses boucles répandues sur l'oreiller. Le regard de Ian s'égara sur le dessin que formait leur entrelacs noir.

La jupe s'était retroussée et découvrait ses mollets, un peu plus musclés maintenant qu'elle prenait des leçons d'équitation. Il toucha sa peau, qu'il trouva humide et froide.

— Beth, vous êtes malade ? s'écria-t-il.

Les paupières de la jeune femme frémirent, mais elle ne le regarda pas.

— Non.

Une légère migraine s'insinuait dans la tête de Ian. Déchiffrer les émotions des autres lui était en général impossible, mais la détresse de Beth était telle qu'elle pénétrait le brouillard de son cerveau.

— Vous êtes tombée ? demanda-t-il en s'asseyant sur le lit à côté d'elle. Vous avez eu peur ? Racontez-moi.

Beth s'assit, ses splendides cheveux retombant sur ses seins.

— Ian, s'il vous plaît, expliquez-moi ce qui s'est passé l'autre nuit à High Holborn.

Sans attendre qu'elle ait fini, il secoua la tête. Au diable, High Holborn ! Tout le monde voulait en parler – Fellows, Hart, Beth. Aujourd'hui encore, Hart s'était efforcé d'explorer ce casier de la mémoire de Ian, un casier qu'il aurait voulu ne plus rouvrir.

— Ne me forcez pas à revoir…

Les doigts de Beth s'enfoncèrent dans sa main.

— Je vous en prie. J'ai besoin de savoir.

— Non.

— Si. J'ai besoin de savoir.

— N'y pensez plus, insista-t-il avec une certaine dureté. Je veux que vous me regardiez comme le jour où nous nous sommes rencontrés, avant que vous n'ayez entendu parler de cela.

— Comment le pourrais-je ? Pourquoi n'ai-je pas le droit de savoir ? Je suis votre femme, dit-elle en lâchant la main de Ian. Vous comptiez ne jamais m'en parler, n'est-ce pas ? Si Fellows n'était pas venu me voir, combien de temps me l'auriez-vous tu ?

— Aussi longtemps que possible.

— Vous avez donc si peu confiance en moi ?

Le regard de Ian dériva vers la fenêtre.

— Sur ce sujet, je ne fais confiance à personne.

— Sauf à Hart.

— Surtout *pas* à Hart.

— Vous craignez que je ne répète ce que vous me diriez ?

Il lui jeta un coup d'œil, puis se détourna, remarquant ses yeux bleus emplis de larmes contenues.

— Fellows vous a demandé de le faire.

— Et vous m'en croyez capable ? Oui, hélas. Mais Fellows ne peut pas me faire témoigner, n'est-ce pas ? Une épouse n'est pas considérée comme un témoin acceptable. Je vous ai entendu l'expliquer à Hart.

Le cœur battant, Ian repassa en mémoire tous les mots qu'il avait échangés avec Hart dans la folie. Elle était là, elle se promenait, elle s'était arrêtée pour écouter.

— Où était Cam ? Il était avec vous ? Il a entendu ?

Beth écarquilla les yeux.

— Non, son cheval avait perdu un fer. Il n'y a que moi qui ai entendu. Vous avez parlé de sang. Et dit que vous m'avez épousée pour empêcher Fellows de m'utiliser contre vous. Est-ce vrai ?

Elle lâcha un rire bref et enchaîna :

— Bien sûr que c'est vrai. Vous ne savez pas mentir.

Les souvenirs assaillirent Ian, hideux. Le corps blanc de Sally, son expression étonnée, le sang répandu, ses cheveux teints en rouge emmêlés sur l'oreiller.

— Je n'ai pas pu l'aider. Je l'ai trahie.

Il avait aussi trahi Lily Martin, la fille qui se trouvait dans le couloir devant la porte ouverte de la chambre. Elle avait vu. On ne pouvait la laisser décrire à la police le spectacle qu'elle avait vu. Il l'avait cachée pendant cinq ans ; en vain, puisque finalement elle était morte.

Et maintenant, Beth s'en mêlait. Mais, si elle savait, elle serait également en danger.

— Aidez-moi à comprendre, supplia Beth. Dites-moi ce qui vous fait peur.

— J'aurais dû deviner. J'aurais dû l'empêcher.

— Empêcher quoi ? Deviner quoi ?

Ian referma les mains sur les épaules de Beth, jusqu'à ce qu'elle fasse la grimace. Puis il la lâcha et se mit debout.

— Cessez de m'interroger.

— Ian, je suis votre femme. Je jure que je ne courrai pas tout répéter à l'inspecteur Fellows.

— Je me fiche éperdument de l'inspecteur Fellows.

Elle rit. De quoi ? se demanda-t-il, agacé.

— Pourtant, vous m'avez épousée pour l'empêcher de m'arracher tous vos secrets. Quelle autre raison auriez-vous eue de vous encombrer d'une veuve naïve qui n'est pas de la première jeunesse ?

Décidément, il ne comprenait rien à ce qu'elle disait.

— Je vous ai épousée pour l'éloigner de vous. Pour vous mettre à l'écart d'idiots comme Mather. Le nom de Hart protège la famille Mackenzie. Personne ne touche aux Mackenzie.

— Parce que le duc de Kilmorgan dispose d'appuis importants ?

— Oui.

Les larmes rendaient les yeux de Beth encore plus bleus. Ian se frotta la tempe.

— Je veux vous aider à découvrir ce qui s'est passé, reprit-elle. Vous aider à surpasser cette histoire.

Oh, mon Dieu…

— Non, non, non. Oubliez tout.

— Comment le puis-je ? Cela vous déchire ; cela me déchire. Si vous me dites tout, si nous y réfléchissons tous les deux posément, peut-être pourrons-nous comprendre ce qui s'est réellement passé.

Ian sursauta.

— Ce n'est pas une fichue énigme policière.

Elle se mordit la lèvre, dents blanches sur un rouge pulpeux, et il sentit le désir s'éveiller, tout à fait inopportunément. Mais, d'un autre côté, s'il lui faisait l'amour, s'il la chevauchait jusqu'à ce qu'elle ne puisse plus respirer, elle cesserait de poser des questions.

— Je vivais dans l'East End, disait Beth dont la voix flottait au-dessus de lui. Je connaissais des filles de joie. Peut-être que certaines ont rencontré

Sally Tate. Peut-être que l'une ou l'autre se rappellerait qui la harcelait, ou qui était capable de la frapper dans une crise de jalousie…

— Non ! s'écria Ian qui n'avait écouté que d'une oreille.

Il la regarda dans les yeux… des yeux si bleus, à la fois limpides et intenses, comme le ciel d'été.

Il ferma résolument les siens.

— Restez en dehors de ça. Pourquoi croyez-vous que Lily Martin est morte ?

Silence. Ian ouvrit les paupières. Beth était toujours devant lui, les lèvres entrouvertes, les seins à moitié découverts, appelant les caresses.

— Elle est morte parce qu'elle en savait trop, assena-t-il. Je n'ai pas pu la sauver. Je ne veux pas que cela vous arrive.

— Vous pensez que l'assassin peut frapper de nouveau ? s'écria Beth, horrifiée.

Les poumons en feu, Ian s'écarta et serra les poings, les ongles lui entrant dans les paumes.

— Ne vous occupez pas de ça. Cela ne vous regarde pas.

— Vous avez fait de moi votre épouse. Cela me regarde.

— Et, étant mon épouse, vous me devez obéissance.

— Vous ne connaissez pas grand-chose au mariage, on dirait ? s'écria Beth, les poings sur les hanches.

— C'est vrai que je n'y connais rien.

— Eh bien, c'est le partage des fardeaux. La femme doit aider son mari…

— Pour l'amour de Dieu ! cria Ian en pivotant sur place. Je ne suis pas votre Thomas, votre saint pasteur. Je ne le serai jamais. Vous ne me regarderez jamais comme vous le regardiez.

Elle le dévisagea, blême.

— Que voulez-vous dire ?

Il se retourna.

— Vous voyez en moi le Mackenzie fou. C'est constamment au fond de votre crâne, insista-t-il en se tapotant la tête. Vous ne pouvez à aucun moment oublier ma folie et vous avez perpétuellement pitié de moi.

Elle cligna des yeux plusieurs fois, silencieuse. Il en resta confondu. Sa Beth chérie, qui pouvait bavarder de tout et de rien, était en panne de mots.

Parce qu'il avait dit vrai. Elle avait été follement amoureuse de son premier mari. Ian savait ce qu'était l'amour, même s'il ne pouvait l'éprouver. Il avait vu ses frères dévastés par l'amour.

— Je ne pourrai jamais vous donner ce qu'il vous a donné, enchaîna-t-il douloureusement. Vous l'aimiez, et je sais que je ne peux en espérer autant.

— Vous vous trompez, protesta-t-elle. Je vous aime, Ian.

Il pressa un poing sur sa poitrine.

— Il n'y a rien à aimer ici. Rien. Je *suis* dément. Mon père le savait. Hart le sait. Vous ne pourrez pas me guérir. J'ai hérité du tempérament de mon père et, comme lui, je suis sujet à des accès de rage incompréhensibles et incontrôlables. Personne ne peut savoir ce que je ferais…

Il s'interrompit, le crâne ravagé par la migraine.

— Ian.

Le souffle court de la jeune femme faisait tressauter ses seins. Ses cheveux retombaient en boucles emmêlées sur ses épaules. S'il la chevauchait, elle cesserait de parler de meurtre et d'amour. Elle serait sienne, voilà tout.

Ce n'est pas une putain, le prévint une petite voix dans sa tête. Ce n'est pas une chose qu'on peut utiliser. C'est Beth.

Ian agrippa ses épaules et, l'attirant à lui, il plaqua sa bouche sur la sienne. Elle planta les poings sur sa poitrine comme pour le repousser – ce qu'elle ne fit pas, cédant à son étreinte.

Il s'empara avidement de sa bouche, avec le désir éperdu de l'engloutir, ou de se perdre en elle. Il serait si bien en elle... L'horreur qu'il tenait secrète se dissiperait.

Sauf que c'était faux, et il le savait. Sa maudite mémoire la garderait aussi fraîche que si tout avait eu lieu la veille.

La chaleur de Beth lui rappelait les bains brûlants de son enfance. Personne ne le croyait quand il criait qu'il souffrait – on le plongeait de force dans l'eau, et il hurlait à en avoir la gorge à vif et la voix cassée.

Ian écarta la jeune femme. Elle le regarda, les lèvres gonflées, les yeux écarquillés.

Il s'éloigna.

Le dessin du tapis désignait la porte. Il s'obligea à le suivre. Il devait absolument quitter cette pièce, fuir la colère et la souffrance.

Curry était dans le couloir. Les éclats de voix avaient dû le faire accourir. Ils s'inquiétaient tous pour lui, Curry, Beth, Hart, Cam – si protecteurs, l'entravant tels des geôliers. Il passa devant Curry sans mot dire.

— Où allez-vous, patron ? s'enquit celui-ci sans obtenir de réponse.

Ian s'éloignait dans le couloir en posant les pieds en ligne droite parallèlement au bord du tapis. Arrivé au palier, il tourna à angle droit et descendit l'escalier sans dévier de sa trajectoire.

Curry le rattrapa.

— Je vous accompagne, alors.

Ian l'ignora. Il traversa le vestibule, en marchant uniquement sur les dalles blanches, et ouvrit la porte de derrière qui donnait sur le jardin.

Il gagna la maison du régisseur. Il y entra, décrocha une clef suspendue au mur et ouvrit la vitrine derrière laquelle les armes étaient rangées. Lorsque Curry le rejoignit, Ian en avait prélevé une paire de revolvers.

— Patron.

— Charge-les-moi.

Curry leva les mains.

— Non.

Ian prit une boîte de balles, et sortit. Comme il traversait le jardin, un jeune aide-jardinier qui taillait un rosier se releva et le regarda, bouche bée. Ian l'attrapa par l'épaule et le poussa devant lui.

Le garçon laissa tomber son sécateur et trotta docilement. Curry courait derrière eux, hors d'haleine.

— Arrête, jeta-t-il au jardinier. Retourne travailler, toi.

Sourd aux admonestations de son valet, Ian maintenait fermement le bras du jardinier. Parvenu au fond du jardin, Ian lui tendit un pistolet et la boîte de balles.

Les balles luisaient au soleil. Ian admira leur forme parfaite, effilée à un bout et abrupte à l'autre.

— Charge-le, dit-il au jardinier.

Le garçon obéit, les doigts tremblants.

— Arrête ! gronda Curry. Ne le fais pas.

Ian aida les mains du jeune homme à glisser les balles dans la chambre. Les revolvers étaient des Webley que l'on chargeait en cassant le canon sur un gond.

— Fais attention à ne pas te blesser, dit Ian.

— Lâche ce truc, mon garçon, sinon ça va chauffer pour tes oreilles, grommela Curry.

Le jeune homme lui lança un regard terrifié.

— Fais ce que je dis, ordonna Ian.

— Oui, milord, fit-il avec un hoquet.

Ian referma le revolver, visa et tira sur une pierre qui reposait sur un rocher à environ cent mètres de lui. Il tira de nouveau, et encore, jusqu'à ce que l'arme vide émette un petit clic.

Il la passa au jardinier et saisit l'autre.

— Recharge-le, dit-il en visant.

Ian tira six fois de plus, explosant la pierre et le rocher. Il reprit le premier revolver et visa un autre rocher, tandis que le jeune homme rechargeait.

Obscurément, Ian entendit Curry crier quelque chose, mais les mots lui restèrent incompréhensibles. Ses frères criaient aussi derrière lui. Cam. Hart.

Son monde s'était étréci autour de l'acier du canon, la détonation lorsqu'il pressait la détente, la petite explosion de la roche un peu plus loin. Il sentait la crosse solide de l'arme dans sa paume, plissait les yeux que piquait la fumée âcre de la poudre.

Il tirait, rendait le revolver, tirait de nouveau, encore et encore. Ses mains étaient douloureuses, ses yeux pleuraient, et il continuait à tirer.

— Patron ! s'exclama Curry. Arrêtez, pour l'amour de Dieu !

Ian visa, pressa la détente. Son bras sursauta, il le tendit, tira de nouveau.

De grandes mains empoignèrent son épaule. La voix de Hart, vibrante de colère, emplit son oreille. Ian se dégagea d'une bourrade et continua à tirer.

Tirer, rendre l'arme, prendre l'autre, tirer, tirer, tirer…

— Ian.

La voix chaude de Beth l'atteignit, et sa main se posa sur la sienne. Le monde réel se rua sur lui.

Il faisait plus sombre à présent, le crépuscule avait remplacé l'après-midi lumineux. Sanglotant, l'aide-jardinier lâcha le revolver vide.

Ian desserra lentement les doigts, et Curry lui ôta le revolver de la main. Des ampoules suintaient sur ses paumes.

Beth toucha sa joue.

— Ian.

Il aimait sa façon de prononcer son nom, d'une voix caressante.

Hart surgit, menaçant, derrière elle, mais Ian glissa les bras autour de Beth et enfouit le visage dans son cou.

— Quand il rentrera et vous trouvera partie, qui va-t-il étrangler, hein ? chevrota Curry. Moi !

Beth tendit sa valise à Katie et enfila ses gants.

— On m'a dit que, lorsqu'il disparaissait, cela durait des jours et des jours. Je serai de retour avant lui.

L'air consterné de Curry révélait qu'il en doutait fort.

Ian avait dormi avec Beth après lui avoir fait l'amour mais, au réveil, il était parti, pas seulement de la chambre, mais aussi de la maison. Aucun cheval ne manquait. Personne ne l'avait vu s'éloigncr.

Hart avait voulu se mettre à sa recherche, mais Cameron et Curry l'en avaient dissuadé. Ian reviendrait quand il serait prêt. N'était-il pas toujours revenu ? Hart, son regard le disait, imputait toute la faute à Beth.

— Vous faites bien de partir, chuchota Katie alors qu'elles grimpaient dans la voiture. Je l'ai toujours trouvé cinglé.

— Je ne le quitte pas, riposta Beth, suffisamment fort pour que le cocher l'entende. Je vais simplement régler une affaire à Londres.

La voiture s'ébranlait. Elle sentit son cœur se serrer. Contre toute attente, Kilmorgan allait lui manquer.

Le trajet jusqu'à la gare se déroula sans incident. Le cocher descendait les valises lorsque Daniel, le fils de Cameron, sauta du coffre arrière.

— Emmenez-moi, lâcha-t-il.

Beth ne s'était pas encore fait d'opinion au sujet de Daniel. Avec ses cheveux roux et ses yeux dorés, c'était un vrai Mackenzie, mais la forme de son visage était différente. Son menton était moins carré, et son regard plus doux. Sa mère avait été une beauté, célébrée en son temps, selon Curry.

— C'était bien de lord Cameron d'épouser une folle, avait-il dit. Juste histoire de contrarier son père.

Daniel, lui, s'efforçait d'imiter son père de toutes les façons possibles. Il désirait tellement susciter son attention et son approbation que c'en était émouvant, d'autant plus qu'il ne les obtenait pas toujours.

— Je ne suis pas certaine que ton père serait content, répliqua-t-elle.

Le visage de Daniel se crispa.

— S'il vous plaît… Ça va être l'enfer à la maison. Ian sera anéanti et plus muet que jamais. Hart va houspiller tout le monde, et papa sera sur mon dos nuit et jour à me reprocher tout et n'importe quoi. Vous partie, ils seront pires que jamais.

Daniel serait au milieu de la tempête, comprit Beth. Il se rebellerait forcément, ce qui rendrait Hart et Cameron encore plus intolérants.

— Bon, d'accord, fit-elle. Mais tu n'as rien emporté.

— J'ai des habits dans la maison de papa à Londres.

— Vous êtes folle ? siffla Katie comme Beth se dirigeait vers le guichet. Pourquoi vous embarrasser de ce trublion ?

— Il pourra me rendre service, et j'ai pitié de lui.

Katie leva les yeux au ciel.

Beth sourit au chef de gare qui s'étonnait visiblement qu'une dame Mackenzie achète elle-même ses billets de train.

— J'aimerais envoyer un télégramme, dit-elle.

Elle attendit que le chef de gare revienne avec crayon et papier.

— Pour qui, milady ?

— Inspecteur Fellows. Scotland Yard. Londres.

17

Être seul ne l'apaisait plus.

Ian regardait le torrent qui dévalait les rochers, ses bottes boueuses, le bas de son kilt mouillé par les gouttelettes qui jaillissaient.

Autrefois, toutes ces images étaient celles du bonheur. Pêcher dans la gorge d'Abernathy entre l'eau, le ciel et le vent : il n'y avait rien de mieux.

Il n'était pas complètement seul. Juché sur un rocher non loin, le vieux Geordie tenait sa canne de ses mains déformées par l'âge et le travail. Longtemps auparavant, Geordie avait été palefrenier au château. À présent, il vivait en reclus dans la montagne.

Peu après être sorti de l'asile, Ian était tombé sur la retraite de Geordie. À cette époque, le garçon s'énervait facilement des regards attentifs ou inquiets de ses frères et des domestiques. Un jour d'exaspération, il s'était sauvé et avait erré seul dans la montagne, jusqu'à ce qu'il déboule, assoiffé et boitillant, sur le seuil d'un cottage en pierre grise. Geordie avait ouvert sa porte, apaisé la soif du garçon avec de l'eau et une goutte de whisky, et l'avait hébergé pour la nuit.

Geordie n'avait posé aucune question. Et Ian l'avait aidé à réparer la partie du toit qui s'était effondrée. Geordie l'avait nourri et lui avait donné un coin pour dormir. Quand Ian s'était senti capable d'affronter le monde, il était revenu au château.

Depuis, il avait pris l'habitude de venir ici lorsqu'il se sentait dépassé par les événements. Il aidait Geordie à effectuer les réparations nécessaires, et le vieil homme le réconfortait avec de longues plages de silence.

Ce matin, Ian était arrivé de bonne heure. Il avait ôté sa chemise et s'était mis à faire du plâtre pour colmater l'intérieur du cottage en prévision des rafales hivernales. Geordie, trop faible à présent pour ce genre de travail, était resté assis en fumant sa pipe, sans mot dire.

Les fissures bouchées, Geordie et Ian avaient pris des cannes à pêche et s'étaient rendus à la gorge d'Abernathy.

Beth aimerait cet endroit.

L'idée frappa Ian sans qu'il l'ait voulu, mais c'était vrai. Elle aimerait voir l'eau dévaler, la beauté de la bruyère parmi les rochers, la douce odeur de l'air. Elle sourirait et dirait qu'elle comprenait pourquoi Ian venait là.

Il jeta un coup d'œil à Geordie. Vêtu d'un kilt élimé, le vieil homme tenait négligemment sa canne à pêche d'une seule main, son inévitable pipe entre les dents.

— Je me suis marié, annonça Ian.

L'expression de Geordie ne changea pas. Il ôta sa pipe de la bouche, marmonna un « Ah oui ? » et renfourna l'instrument.

— Oui, reprit Ian après un instant de silence. C'est une belle fille.

Geordie le félicita d'un grognement, et reporta son attention sur sa ligne. La conversation était terminée. Mais, Geordie ayant émis deux mots, Ian en déduisit que la nouvelle l'avait intéressé.

Ian découvrit que la pêche ne lui procurait plus la même sérénité. Il ne cessait de revivre sa discussion avec Beth, et la scène horrible avec les revolvers qui avait suivi. Il avait fait taire Beth à force de lui faire l'amour, mais à présent elle savait quel homme il était. Se souvenant du regard innocent qu'elle lui avait adressé lors de leur première rencontre à l'opéra, il songea qu'il n'y aurait plus droit. Maudit soit Fellows !

Le soir s'annonçait, même si le soleil d'été était encore haut sur les Highlands. Beth devait être en train de se préparer pour le souper, qu'elle prendrait dans sa chambre si elle était raisonnable, le regard noir de Hart étant de nature à lui couper l'appétit.

Ian se la représenta assise devant sa coiffeuse et brossant ses longs cheveux brillants. Il en aimait la douceur, comme de la soie chaude entre ses mains.

Il voulait dormir avec elle, sentir la chaleur de son corps contre le sien. L'air de l'été entrerait par la fenêtre, et il respirerait son odeur et celle de Beth en même temps.

Ian releva sa canne.

— Je vais rentrer à la maison.

La tête de Geordie oscilla sur un très léger hochement.

— Tu retournes auprès de ta dame, articula-t-il autour de sa pipe.

— Oui, dit Ian avec un petit sourire.

Il ramassa ses affaires et s'éloigna.

— Il est là, murmura Katie. Dans le salon.

Beth se leva, vérifia son reflet dans le miroir, remit en place une mèche et quitta sa chambre.

— Ne viens pas avec moi.

— Je ne risque pas d'approcher de cet homme, grommela Katie en se laissant tomber dans un fauteuil de la chambre de sa maîtresse, dans sa maison de Belgrave Square. Je vous attends ici.

Beth se hâta de sortir, les mains plaquées sur ses jupes pour les empêcher de faire du bruit. L'escalier et le couloir étaient vivement éclairés, Beth ayant fermement dit aux domestiques de Mme Barrington qu'elle voulait voir où elle posait les pieds lorsqu'elle montait et descendait. Le vieux majordome avait émis un petit rire, puis un ahan, mais il avait veillé à ce que cet ordre soit exécuté.

L'inspecteur se retourna dès qu'elle entra dans la pièce. Beth se rappela son émoi lorsque, dans le salon d'Isabella à Paris, il lui avait parlé de Ian Mackenzie. Elle décida de conduire cet entretien avec un peu plus d'assurance.

Fellows n'avait pas changé depuis cette première rencontre. Il était vêtu d'un costume bon marché mais propre, ses cheveux épais étaient soigneusement brossés en arrière et sa moustache était bien taillée. Ses yeux noisette fixaient Beth avec autant d'intensité que ceux de Hart.

— Madame Ackerley.

— Mon mariage est parfaitement légal, répliqua-t-elle d'un ton sec en refermant les portes. Je ne suis plus Mme Ackerley. Lady Ian Mackenzie sonne étrangement à mes oreilles, mais vous pouvez m'appeler « madame la comtesse », si vous préférez.

Fellows lui adressa un sourire forcé.

— Toujours acerbe. Pourquoi m'avez-vous fait venir ?

Beth haussa les sourcils.

— Je sors peut-être du ruisseau mais, apparemment, on m'a mieux éduquée que vous, monsieur Fellows. Asseyons-nous, voulez-vous ?

Fellows attendit cérémonieusement qu'elle se soit assise avant de se poser gauchement sur le bord d'un fauteuil.

— Bon, attaqua-t-elle, passons-nous de thé, je vais aborder tout de suite le vif du sujet… Dites-moi tout ce que vous savez du meurtre de High Holborn. Commencez par le début et n'omettez rien.

Fellows affecta la surprise.

— C'est vous qui devriez me dire ce qui est arrivé.

— Eh bien, je ne sais pas grand-chose. Si vous me résumez histoire, peut-être que je vous confierai le peu que j'ai appris. Mais à vous de commencer.

Il la fixa un instant, puis un coin de sa bouche se retroussa.

— Vous êtes une négociatrice redoutable, madame Ackerley – pardon, lady Mackenzie. Est-ce que les Mackenzie décadents savent quelle merveille leur est échue ?

— Je trouve les Mackenzie décadents tout à fait respectueux des usages des gentlemen. Ils s'entraident et ils m'ont accueillie avec amabilité.

Déclaration qui ne parut pas impressionner le policier.

— Vous êtes sûre de vouloir entendre cette histoire ? Certains détails sont peu ragoûtants.

— Allez-y sans crainte, inspecteur.

— Comme vous voudrez. Eh bien, il y a cinq ans, presque jour pour jour, j'ai été chargé d'enquêter sur un meurtre commis dans une maison de High Holborn. Une jeune femme, Sally Tate, avait été poignardée de cinq coups de couteau, selon le médecin légiste. Son sang souillait les murs de sa chambre.

— J'ai essayé de m'essuyer sur le mur, sur le lit. C'était comme de la peinture...

Beth ferma les yeux, essayant d'effacer la voix de Ian tandis que Fellows poursuivait :

— Il m'a fallu d'abord cuisiner Mme Palmer, la propriétaire, pour qu'elle me donne les noms des clients de la veille au soir. Vous savez, n'est-ce pas, que cette maison a d'abord appartenu à Hart Mackenzie ? Il l'a achetée pour y loger Mme Palmer, une célèbre courtisane qu'il avait prise comme maîtresse. Il lui a vendu la maison quand sa carrière politique a débuté.

— Vous savez donc qui était là.

— Oh, oui. Hart Mackenzie et Ian. Un gentleman du nom de Stephenson – Hart l'avait amené afin de le convaincre de se rallier à lui dans une négociation. Un colonel nommé Harrison, qui est un client régulier de Mme Palmer et de ses jeunes dames, et son ami le major Thompkins. Tous ont juré avoir quitté la maison bien avant que le meurtre ait eu lieu. J'ai pu les interroger le lendemain, sauf Ian Mackenzie qui avait été expédié en Écosse par son frère Hart.

Beth lissa sa jupe.

— Vous êtes bien familier, inspecteur. Vous dites Hart au lieu de « Sa Grâce ».

— Je pense aux Mackenzie plus souvent qu'à ma propre famille, riposta-t-il sèchement.

— Pourquoi ? Je me le demande.

Le teint de l'inspecteur se colora.

— Parce que ce sont des fléaux de la société, voilà pourquoi. Des hommes scandaleusement riches qui dépensent des fortunes en femmes, en vêtements et en chevaux, sans fournir une seule honnête journée de travail. Ce sont des parasites. Je suis surpris que vous les défendiez, vous qui savez ce que c'est que travailler.

L'amertume suintait de son discours. Beth le regarda avec curiosité. Fellows rougit et tenta de se calmer.

— Très bien, dit-elle. Vous avez interrogé tous les messieurs, sauf Ian. Pourquoi ne les soupçonnez-vous pas ?

— C'étaient des gens respectables.

— Se rendre au bordel est respectable ?

— Ce sont des célibataires. Aucune épouse ne les attendait à la maison, le cœur brisé. M. Stephenson et les deux officiers ont été stupéfaits d'apprendre qu'il y avait eu un meurtre, et ils ont rendu compte de leurs faits et gestes de façon tout à fait satisfaisante. Aucun d'eux ne s'était approché de Sally Tate, et ils étaient partis peu après minuit. Sally Tate a été tuée aux environs de cinq heures du matin, selon le médecin. Quand ils sont partis, ils ont laissé Hart et Ian derrière eux.

— Pourtant, les domestiques de Ian jurent qu'il est rentré vers deux heures, c'est vous qui me l'avez dit.

— Mais ils mentent ! Ce que j'ai compris des différents récits est ceci : Hart Mackenzie amène son ami Stephenson et son frère Ian chez des courtisanes de luxe. Vers dix heures, quatre hommes – Hart, Stephenson, Thompkins et Harrison – entament une partie de whist. Ian décline leur invitation à se joindre à eux et s'installe dans un coin avec un journal. Selon le major Thompkins, Sally Tate est venue s'asseoir à côté de lui. Ils ont bavardé gentiment pendant environ un quart d'heure, puis elle l'a convaincu de monter avec elle.

— *Ian* a bavardé pendant un quart d'heure ?

Fellows eut un petit sourire.

— J'imagine que Sally a assumé la plus grande partie de la conversation.

Beth se tut. Elle s'enflammait intérieurement à l'idée de Ian emmenant une femme au lit, même si à l'époque elle ne le connaissait pas. La jalousie n'obéit pas à la logique, conclut-elle.

Elle s'obligea à réfléchir. Sally avait parlé à Ian pendant un quart d'heure, mais de quoi ? Beth savait d'expérience que persuader Ian Mackenzie de faire quelque chose qu'il ne voulait pas était impossible. Alors, si Sally n'avait pas eu à le convaincre de monter avec elle, de quoi avaient-ils parlé ?

Beth inspira.

— Et ensuite ?

— Les quatre autres messieurs sont restés en bas à jouer aux cartes. Aucun n'est monté, selon les dames et les domestiques. Uniquement Ian et Sally Tate.

— Et tout le monde est parti après minuit ?

— Stephenson, Harrison et Thompkins prenaient tant de plaisir à causer ensemble qu'ils ont décidé de continuer chez Harrison. Selon leurs déclarations, Hart voulait les accompagner, mais il a tout de suite fait demi-tour en disant qu'il voulait attendre son frère.

— Ce qu'il a fait ?

— D'après Mme Palmer, Hart est revenu vers une heure. Il a attendu Ian, qui est descendu vers deux heures, et les deux frères sont partis ensemble… Mais c'est là que nous avons un problème, précisa Fellows avec un sourire satisfait. Une des servantes a déclaré que Hart était *bel et bien* monté à un moment donné, et était redescendu tout seul. Quand on l'a pressée de questions, la servante est devenue confuse et n'a pu jurer de rien. Et, plus tard, après que Mme Palmer a pu s'entretenir en privé avec elle, cette fille a encore changé de version et affirmé que Hart et Ian étaient partis ensemble à deux heures.

Beth se mordit les lèvres. Fellows n'était pas stupide, et les déclarations de la fille étaient suspectes.

— Qu'est-ce qu'a dit Ian ?

— Je n'ai pu interroger votre cher époux que deux semaines plus tard. Et, à ce moment-là, il avait tout oublié.

Le cœur de Beth se serra. Ian n'oubliait jamais rien.

— J'en avais assez pour l'inculper, mais soudain mon chef m'a dessaisi de l'affaire. On a prétendu que Sally avait été tuée par un rôdeur – un rôdeur dans un bordel ! – et l'affaire a été classée.

Beth rassembla ses pensées avec effort.

— Que s'est-il passé lorsqu'on a découvert Sally ?

Fellows se renfonça dans son fauteuil, l'air frustré.

— À ce qu'on m'a dit, une servante l'a trouvée et s'est mise à hurler. Les autres ont accouru, et Mme Palmer a envoyé chercher la police.

Fellows marqua une pause, les yeux rivés sur Beth, puis :

— Ce que je crois, moi, c'est qu'on a trouvé Ian dans la chambre avec Sally, morte. Mais les dames de cette maison sont toutes loyales envers Hart Mackenzie. Aussi, elles ont d'abord fait venir Hart, qui a vite emmené son petit frère. Et, *ensuite* seulement, elles ont appelé la police. Quand le premier policier est arrivé, Ian était déjà dans un train à destination de l'Écosse, et ses domestiques avaient reçu l'ordre de jurer qu'il était rentré à deux heures et s'était tout de suite couché.

Mon Dieu ! Beth savait que Fellows ne se trompait pas en ce qui concernait la fin de l'histoire. On avait écarté Ian tout simplement parce qu'il ne savait pas mentir. Il aurait dit la vérité, on l'aurait arrêté et peut-être pendu – pour un meurtre qu'il n'avait pas commis.

Et Beth ne l'aurait jamais rencontré, elle n'aurait jamais vu ses yeux dorés, n'aurait jamais embrassé ses lèvres, jamais entendu sa voix murmurer son nom. Sa vie aurait été vide et creuse.

— Vous êtes un pur crétin, inspecteur, jeta-t-elle avec véhémence.

Il tressaillit.

— Les dames respectables ne parlent pas en ces termes, madame Ackerley.

— Au diable, les dames respectables ! Vous m'avez jeté mon passé à la figure, alors assumez ! Vous étiez tellement obsédé par Ian que vous avez laissé le vrai meurtrier – probablement l'un des trois autres messieurs, ou bien Mme Palmer elle-même – s'en tirer impunément. Hart aurait pu dire à Ian de mentir, mais Ian n'en est pas capable. Il ne voit pas le monde comme nous, il ignore que les gens ne disent jamais la vérité. C'est *nous* qu'il trouve fous, et il a raison.

Fellows émit un petit reniflement de mépris.

— Ian Mackenzie dira tout ce que Sa fichue Grâce lui dira de dire, et vous le savez. Mensonges ou non.

— Vous connaissez mal les Mackenzie si vous pensez cela. Ian n'est pas l'esclave docile de Hart. Il aide Hart parce qu'il lui est reconnaissant de l'avoir libéré de cet horrible asile.

— Et il léchera les bottes de Hart le reste de sa vie, conclut sèchement Fellows en se levant. C'est vous la dupe, ma petite dame. Ils vous utilisent, comme ils utilisent tout le monde. Pourquoi croyez-vous que les mariages Mackenzie échouent ? Parce que les épouses finissent par comprendre qu'elles sont mâchées et recrachées par la machine impitoyable que forment Hart et sa famille.

— Vous m'avez dit que celle de Hart était morte enceinte, riposta Beth en se mettant debout pour lui faire face.

— Il la terrifiait, et ils se parlaient rarement, selon les commérages. Sa Grâce a été soulagée lorsqu'elle est morte.

— C'est cruel, inspecteur.

— Mais vrai. Hart avait besoin d'une bonne épouse pour sa carrière politique. Il se moquait de ne pas avoir de conversations avec elle, du moment qu'elle organisait ses réceptions et lui donnait un héritier. Ce en quoi elle a échoué.

— C'est monstrueux de dire cela.

— Épargnez-moi les discours du genre : « Oh, ce sont des incompris. » Les Mackenzie sont des êtres sans cœur et impitoyables, de vrais salauds, et plus vite vous vous en rendrez compte, mieux vous vous porterez.

Beth frémit de rage.

— Je pense que vous n'avez plus rien à faire ici.

— C'est pour votre bien que je vous dis cela, madame Ackerley.

— Non, vous le dites pour que je vous aide à leur nuire.

— Vous avez raison, sauf qu'on devrait faire plus que leur nuire. On devrait les détruire.

Beth soutint son regard. Après avoir ferraillé avec Hart Mackenzie, l'inspecteur Fellows ne l'effrayait pas.

— Pourquoi ?

Fellows ouvrit la bouche pour répondre, puis la referma abruptement. Son visage était rouge, et sa moustache frémissait.

— Vous n'êtes pas une dame qui prend facilement peur, dit-il. Et je vois que vous ne me croirez pas. Mais ils auront votre peau. Rappelez-vous ça.

Il la dévisagea une seconde, puis tourna les talons.

— Bonne journée, madame Ackerley.

Beth entendit la porte d'entrée claquer derrière lui. Elle s'assit devant une fenêtre et regarda, à travers les tourbillons gris du brouillard, l'inspecteur s'éloigner.

— Milady ? fit Katie en passant la tête par la porte. Y a plus de danger ?

— Il est parti, si c'est ce que tu veux savoir, répondit Beth. Prends un châle, nous sortons.

Katie jeta un regard désapprobateur à la fenêtre.

— Maintenant ? Pour aller où ?

— Dans l'East End.

— Pourquoi est-ce que vous voulez aller dans ce trou à rats ? En souvenir d'autrefois ?

— Non. Pour trouver des réponses.

— Partie ? s'écria Ian en relevant sa tête ruisselante de la bassine que tenait Curry. Partie où ?

— À Londres, milord, répliqua Curry qui, connaissant son maître, recula prudemment, la bassine entre les mains.

Ian était en train de se débarrasser de la poussière de plâtre récoltée dans le cottage de Geordie lorsqu'il s'était enquis de son épouse.

Il s'attendait à ce que Curry lui réponde qu'elle se promenait dans le jardin, qu'elle explorait la maison ou prenait une leçon d'équitation avec Cameron.

— Londres ? répéta Ian. Pourquoi ?

Curry haussa les épaules.

— Je ne sais pas. Des courses, peut-être ?

— Pourquoi diable doit-elle aller jusqu'à Londres pour faire des courses ? Pourquoi tu ne l'as pas retenue ?

— Et comment j'aurais fait ? Elle sait ce qu'elle veut, madame votre épouse.

— Sacré imbécile.

— Qu'est-ce que vous auriez voulu que je fasse ? ronchonna Curry en jetant une serviette sèche sur la poitrine de son maître. L'enfermer dans un donjon ?

— Oui.

— Elle a dit qu'elle serait de retour…

— Elle ne reviendra pas, crétin. Elle est partie, et tu l'as laissée faire.

— Voyons, milord…

Ian n'écoutait plus. Une sensation de vide se répandait dans tout son corps. Beth était partie, et le manque se faisait déjà sentir.

Curry sauta en arrière. Ian renversait la table de toilette, envoyant tous les ustensiles au sol. Ses tempes battaient et la migraine qui le quittait rarement prenait de l'ampleur. La table se fendit sous ses coups de poing, et des échardes lui mirent les mains en sang. Beth avait vu le pire de lui quand il s'était déchaîné sur Fellows : pouvait-on lui reprocher d'avoir fui ?

Ian regarda les gouttes de sang sur ses doigts, les revit souillés du sang de Sally Tate, et l'horreur s'empara de lui. Dans son esprit, Beth prit la place de Sally, ses beaux yeux aveugles, un couteau planté entre ses seins.

Cela pouvait arriver. La rage fit place à la panique. Il avait attiré Beth dans sa vie, l'avait exposée à l'inspecteur Fellows, l'avait rendue aussi vulnérable que Lily Martin…

Repoussant les mains secourables de Curry, il passa devant Cameron que les éclats de voix avaient fait accourir, et sortit à grands pas décidés.

— Ian, où vas-tu ? demanda Cameron en le rattrapant dans l'escalier.

— À Londres. Ne le dis pas à Hart et n'essaie pas de me retenir, ou bien je t'assomme.

— Je vais avec toi, décréta Cameron en se hâtant derrière lui.

Pourquoi pas ? Ian savait que Cameron voulait simplement garder un œil sur lui, mais il lui rendrait service. Il savait se battre et n'avait peur de rien. Ian accepta d'un hochement de tête.

— D'ailleurs, reprit son frère, Curry dit que Daniel est parti avec elle, et je suis sûr qu'il lui rend la vie infernale.

Ian garda le silence et se dirigea vers les écuries, Cameron sur ses talons.

18

Les dames respectables n'allaient pas dans l'East End. Les dames respectables fermaient les rideaux de leur voiture lorsqu'elles étaient obligées de traverser Shoreditch et Bethnal Green. Mme Barrington se retournerait dans sa tombe si elle voyait ce que faisait Beth, mais Thomas… Thomas aurait approuvé.

Le cœur de Beth se serra quand la voiture de location s'immobilisa devant la petite église dont Thomas Ackerley avait été le pasteur. Bien qu'écrasé entre de sordides bâtiments en brique noircis, le minuscule édifice parvenait à garder sa dignité. Dans le cimetière attenant, reposait le corps de Thomas. Une petite dalle, tout ce que la paroisse et Beth avaient pu se permettre, indiquait l'emplacement.

Derrière l'église se dressait le presbytère dans lequel Beth avait passé une année heureuse. Deux portes plus loin se trouvait la salle paroissiale que Thomas avait ouverte pour accueillir et donner un repas chaud aux pauvres hères qui vivaient dans la rue.

Beth pénétra dans le bâtiment délabré où régnait une odeur de cuisine et de corps rarement lavés. Daniel était scandalisé.

— Est-ce que vous êtes censée entrer dans ce genre d'endroit ? siffla le jeune garçon. Mon père me tannerait le cuir s'il savait que je vous ai laissée vous mélanger à ces gens, et Dieu seul sait ce qu'oncle Ian ferait !

Une jeune femme visiblement épuisée était assise sur une chaise, la jupe retroussée jusqu'aux genoux. Comme Beth apparaissait, elle leva la tête, cligna des yeux et bondit sur ses pieds.

— Mince alors, c'est not'dame !

Beth s'approcha et lui pressa les mains.

— Bonjour, Molly.

Molly sourit. Elle avait des cheveux bruns, un nez retroussé et des taches de rousseur. Comme d'habitude, elle sentait le tabac et l'alcool, et une odeur d'eau de Cologne typiquement masculine imprégnait ses vêtements.

— Qu'est-ce que vous fabriquez ici, m'dame Ack ? Je croyais que vous aviez marié un aristo et que vous viviez dans un palais.

— Les nouvelles vont vite.

— Normal. Une histoire comme ça, ça intéresse le monde.

Elle décocha un clin d'œil à Daniel.

— Vous m'avez amené ce mignon pour que j'en fasse un homme ?

Daniel devint rouge betterave.

— Faites attention à ce que vous dites.

— Oh, tu me fais peur, petit garçon, très peur…

Beth se glissa entre eux.

— Daniel, tais-toi. Il me protège, Molly. Les rues sont dangereuses.

— Tiens donc ! Alors, pourquoi que vous êtes venue ?

— Pour te demander quelque chose.

Beth emmena Molly à l'écart, lui glissa quelques pièces dans la main et l'interrogea.

— Je sais rien de rien, répliqua Molly. Trop chic pour moi, ce boxon. Mais j'ai une copine qui y a travaillé. Elle a marié un de ses clients et elle se la coule douce, maintenant. Ça l'a rendue un peu pète-sec, mais c'est pas une mauvaise fille.

Beth lui expliqua ce qu'elle souhaitait savoir.

— Entendu, patronne, dit Molly en glissant l'argent dans son corsage. Vous pouvez compter sur moi.

Le train pour Londres se traînait. Blotti dans un coin de leur compartiment, Cameron lisait des journaux sportifs et fumait des cigares. Gêné par la fumée et incapable de rester assis, Ian passa beaucoup de temps sur la plate-forme arrière, à regarder la voie se dérouler derrière le convoi, mais ce spectacle n'apaisait pas son humeur.

Lorsque le train s'arrêta enfin à Euston Station, Ian sauta à terre, se fraya un chemin à coups d'épaule dans la foule et siffla un fiacre. Puis, tirant les rideaux pour se protéger des regards curieux, il attendit Cameron et Curry.

Après quoi, il donna l'ordre d'aller à Belgrave Square. Le brouillard tourbillonnait dans la ville quand ils atteignirent la place élégante, un brouillard sale qui faisait tomber l'obscurité prématurément. Ian, qui aimait tant les journées lumineuses de l'été en Écosse, souffrait de la pénombre et de l'odeur âcre et poisseuse qui enveloppaient la ville.

Il frappa à la porte de la maison de Mme Barrington sans attendre que Curry ait tiré sur la sonnette. Il continua à frapper jusqu'à ce qu'un majordome hors d'âge et vêtu à l'ancienne mode entrouvre la porte.

Ian la repoussa et entra.

— Où est-elle ?

Le majordome se recroquevilla.

— Madame est sortie. Puis-je savoir qui la demande ?

— Son mari, répondit Cameron en entrant, suivi de Curry. Où est-elle allée ?

Le vieil homme dut rejeter la tête en arrière pour les regarder.

— Je l'ai entendue parler de l'East End. Il y a des voleurs et des meurtriers là-bas, et elle n'a pris que le garçon avec elle.

— Daniel ? s'écria Cameron dans un éclat de rire. Pauvre femme. Nous ferions bien de la retrouver.

Ian était déjà ressorti. Un autre fiacre s'arrêtait derrière le leur, et Daniel sauta à terre. Son visage se crispa de désarroi lorsqu'il vit son oncle.

Celui-ci se rua sur la portière ouverte et s'empara de Beth. Il l'entendit protester qu'elle devait payer le cocher, mais n'y prêta pas attention. Curry pouvait s'en charger.

— Ian, que vont dire les voisins ? s'exclama-t-elle comme il la soulevait.

Peu lui importait ce que pouvaient dire les voisins, fulmina-t-il tout en portant la jeune femme à l'intérieur.

La maison de Mme Barrington sentait le moisi et les tonnes de vieilleries entassées au cours d'une longue vie.

— Si vous avez l'intention de me porter jusqu'à ma chambre, dit-elle comme ils arrivaient au palier, vous devriez peut-être me demander où elle se trouve.

La chambre dans laquelle elle le guida était petite et tapissée d'un affreux papier peint, orné de gigantesques pensées. Elle possédait un lit à baldaquin, une coiffeuse près de la fenêtre et une chaise en bois. Les rideaux cachaient le peu de lumière que pouvait offrir Londres. Le sifflement des lampes à gaz et l'odeur de renfermé complétaient l'atmosphère.

— C'est une chambre de servante, grommela Ian en déposant Beth sur le lit.

— J'*étais* une servante. Une dame de compagnie occupe une place intermédiaire, tout comme la gouvernante. Pas tout à fait une domestique, pas tout à fait un membre de la famille.

Ian n'écoutait plus. Il tourna la clef et revint à elle.

— Le majordome a dit que vous étiez allée dans l'East End.

— C'est vrai. J'enquêtais, répondit Beth en descendant du lit.

— À quel sujet ?

— À votre avis, mon cher Ian ? rétorqua-t-elle en ôtant ses gants et son châle.

— Vous avez envoyé un télégramme à Fellows.

Elle rougit.

— Oui, je…

— Je vous ai dit de laisser tomber. On ne peut pas lui faire confiance.

— Je voulais en apprendre plus. Peut-être a-t-il trouvé quelque chose que vous ignorez.

La rage de Ian avait un goût de poussière.

— Alors, vous l'avez vu ! Vous l'avez rencontré !

— Oui, il est venu ici.

— Il est venu *ici*.

— Vous refusiez de me dire quoi que ce soit. Que pouvais-je faire ?

— Vous ne comprenez pas ? Si vous en apprenez trop, je ne pourrai pas vous protéger. Vous pouvez être déportée, ou pendue, si vous en savez trop.

— Pourquoi diable serais-je déportée si Stephenson, l'ami de votre frère, ou Mme Palmer a tué une…

Elle s'interrompit, et se figea.

Ian ne savait jamais ce que cachait l'expression d'autrui. Tout le monde reconnaissait les signes de la colère, de la peur, de la joie ou de la tristesse sur un visage. Alors que les manifestations de ces sentiments prenaient toujours Ian par surprise. Pour se comporter comme tout le monde, il devait observer les gens qui l'entouraient et les imiter.

Il empoigna Beth par les épaules.

— À quoi songez-vous ? Dites-le-moi. Je suis incapable de le deviner.

Elle leva sur lui ses grands yeux bleus.

— Oh, Ian, fit-elle en posant les mains sur ses bras. Vous pensez que c'est Hart qui l'a fait, n'est-ce pas ?

Ian secoua la tête. Fermant les yeux, il se cramponnait à Beth comme s'il risquait d'être emporté au loin.

— Non.

Le mot résonna dans la pièce, et il le répéta :

— Non. Non. Non.

Encore. Et encore.

— *Ian.*

Avec effort, Ian s'interrompit mais garda les paupières résolument fermées.

— Pourquoi le pensez-vous ? Dites-le-moi.

La voix de Beth l'enveloppait tel un duvet douillet. Il rouvrit les yeux, accablé par cinq ans d'anxiété.

Sally s'était vantée de connaître des secrets qui causeraient la ruine de Hart. Hart aimait la politique, Dieu seul savait pourquoi. Ian et elle étaient dans la chambre lorsqu'elle avait laissé entendre qu'elle avait de quoi faire chanter Hart. Sentant la rage monter en lui, Ian avait eu peur de ne pas se contrôler et était sorti.

Il s'était promené dans la maison, histoire de se calmer, puis était allé au salon se servir un whisky.

Ensuite, il avait cherché Hart sans le trouver. Alors il avait regagné la chambre de Sally.

— J'ai ouvert la porte et j'ai vu Hart. Je l'ai vu avec Sally, tous les deux assis sur le sofa.

Les images jaillirent devant ses yeux, aussi nettes que si cela s'était passé la veille.

— Hart lui a arraché le couteau qu'elle tenait – je ne sais pas pourquoi elle en avait un. Elle l'a injurié. Il a jeté le couteau. Puis il lui a serré la gorge jusqu'à ce qu'elle se calme, et elle a ri... Je ne veux pas que vous soyez mêlée à ces choses.

— Mais... fit Beth, intriguée. Sally a aussi été étranglée ? Pourtant, on n'a mentionné aucune meurtrissure sur sa gorge.

Ian secoua la tête.

— Hart, il était... Il possédait la maison. Mme Palmer et ses femmes lui appartenaient.

— Il ne peut pas posséder des êtres humains. Nous sommes en Angleterre.

Ian eut envie de rire.

— Elles lui obéissaient. Elles le voulaient. Il était tout pour elles, leur seigneur et leur maître.

Beth resta songeuse une minute, puis son front s'éclaircit.

— Oh... Je crois que je comprends.

— Il le faisait avant d'être marié, ensuite il s'est arrêté et il a recommencé après la mort de sa femme. Il était très discret, mais nous le savions. Il souffrait du deuil, il avait besoin d'elles.

— Grands dieux, fit Beth d'une voix faible. Mais pourquoi aurait-il essayé d'étrangler Sally Tate ?

Ian posa la main à la base du cou de Beth.

— Quand on coupe l'arrivée d'air, l'orgasme est plus profond, plus intense. C'est pour cela qu'il avait les mains sur sa gorge.

Beth écarquilla les yeux.

— Comme c'est... intéressant !

— Et dangereux, renchérit Ian en écartant sa main. Hart sait comment faire, et quand il faut cesser.

— Vous avez vu ça, dit Beth lentement. Mais vous ne l'avez pas vu la tuer ?

— Quand je les ai vus ensemble, je les ai laissés. Si quelqu'un pouvait dissuader Sally de faire du chantage, c'était Hart. Je pensais rentrer à la maison, mais j'avais laissé ma montre sur sa table de chevet, et je voulais la récupérer. J'ai repris un verre de whisky et j'ai attendu. Un peu plus tard, Hart a dévalé l'escalier et est sorti en courant vers sa voiture. Je suis remonté pour chercher ma montre et j'ai trouvé Sally. Morte.

— Oh…

Beth se mordit la lèvre.

— Qu'est-ce que Hart a raconté ?

Le fait qu'elle soit toujours là, devant lui, qu'elle ne se soit pas sauvée ni évanouie d'horreur, émerveillait Ian. Elle était son ancre dans le fleuve déchaîné de sa vie.

— Il m'a dit qu'après avoir ramené Sally à de meilleurs sentiments, il était allé dans une autre pièce où son valet l'avait aidé à se nettoyer et s'habiller. Et c'est en retournant dans la chambre qu'il avait trouvé Sally morte. D'où sa fuite. Il est passé devant le salon sans me voir, sinon il m'aurait embarqué avec lui. Il ne pouvait pas prendre le risque d'être encore là lorsque la police viendrait. Sa carrière aurait été fichue… Mais, ceci, je ne le crois pas, précisa Ian en secouant la tête. Hart ne se serait pas sauvé s'il ne l'avait pas tuée. Il aurait mis la maison sens dessus dessous jusqu'à ce qu'il trouve le coupable.

— Peut-être, fit Beth de sa voix lente et assurée. Si je ne connaissais pas Hart, je pourrais croire qu'il s'est sauvé après l'avoir tuée. Mais je l'ai rencontré, et je suis sûre que, s'il avait décidé de la tuer, il aurait veillé à ce que vous soyez au loin. Il aurait évité de vous mêler à cela, coûte que coûte. Donc, ce ne peut pas être Hart.

— Je sais ce que j'ai vu.

— Oui. Et la police serait arrivée à la même conclusion que vous, ainsi que le juge. Mais ils ne connaissent pas Hart. Moi, je sais que jamais il n'aurait pris le risque de vous renvoyer dans un asile.

— Parce qu'il a besoin de moi et de ma fichue mémoire.

— Non. Parce qu'il vous aime.

Cette femme était incroyablement innocente. Elle avait connu les bas-fonds de Londres, la misère et le désespoir, et cependant elle ne voyait que les bons côtés des Mackenzie. Sidérant.

— Hart est impitoyable, insista Ian. Je vous ai dit que je n'étais pas capable d'amour. Lui non plus, mais cela ne le tracasse pas comme moi. Il fera toujours ce qu'il a envie de faire, même si l'un de ses frères doit en payer le prix.

Beth secoua la tête, et ses boucles brunes scintillèrent à la lumière.

— Vous devez vous tromper.

Ian eut un rire bref.

— Mes frères et moi, nous sommes des nuisibles en ce qui concerne l'amour, Beth. Nous brisons tout ce que nous touchons, je vous l'ai dit.

— Ian, en cinq ans, avez-vous jamais mis de côté ce que vous avez vu et réfléchi sérieusement à ce drame, sans y intégrer Hart ? Pouvez-vous chercher qui d'autre aurait pu commettre le crime ?

— Bien sûr que je l'ai fait, grommela-t-il en passant une main dans ses cheveux. J'ai envisagé toutes les possibilités. J'ai pensé aux autres hommes qui étaient là, à Mme Palmer, aux filles et aux servantes de la maison. À un intrus qui aurait réussi à pénétrer sans se faire remarquer. J'ai même songé que ce pouvait être moi et que je ne m'en souvienne plus.

— Et Lily Martin ? Pourquoi l'avez-vous cachée à Covent Garden ?

— Elle avait vu Hart et Sally dans la chambre. Elle m'a juré qu'elle n'avait pas vu Hart poignarder Sally, mais je n'étais pas certain qu'elle ne mentait pas. Je ne pouvais prendre le risque qu'elle parle, aussi ai-je envoyé Curry la chercher avant que la police n'arrive. Mais je ne l'ai pas assez bien cachée.

— Vous pensez que Hart l'a retrouvée et l'a tuée ?

— Oui.

— Seigneur, quelle horreur ! gémit Beth en s'écartant pour faire quelques pas.

— Pas forcément. Si Fellows ne s'en mêle pas, on peut continuer comme ça.

— Non, vous ne pouvez pas, protesta Beth en revenant se planter devant lui. Ce secret vous ronge. Hart aussi, ainsi que le reste de la famille. Votre version est plausible, mais il y en a une autre. Hart, lui, pense que *vous* êtes le coupable. Voilà pourquoi il est sorti en courant de la maison. Il vous cherchait pour s'assurer que vous étiez parti et que, par conséquent, vous étiez innocent. Il a dû être terriblement choqué quand il a appris que vous étiez encore dans la maison lorsque Sally est morte.

Ian cligna des yeux et, une brève seconde, rencontra le regard de Beth. Il aimait ses yeux, si bleus. Des yeux dans lesquels il pourrait se noyer.

Il se détourna.

— Parce qu'il me croit fou ? Il me croit fou, effectivement, mais vous vous trompez.

— Pourquoi les Mackenzie sont-ils aussi têtus ? L'assassin a pu entrer dans la chambre et la tuer pendant que Hart s'habillait dans la pièce à côté. Hart est peut-être impitoyable, mais quelqu'un d'autre l'a été encore plus.

Des souvenirs assaillirent Ian, souvenirs qu'il avait tenté d'écarter pendant deux décennies. L'image de Hart enserrant de ses mains le cou de Sally disparut derrière celle d'un autre homme et d'une autre femme.

— Je pense que c'est Hart, Beth, à cause de sa ressemblance avec mon père.

— Votre père ? Hart lui ressemble un peu, mais…

Il ne l'entendait plus. La terreur du petit garçon de neuf ans qu'il avait été le reprenait, et il se vit accroupi derrière le bureau dans le cabinet de travail, se cachant de ses parents qui y entraient en criant.

Sa mère se ruait sur son père, toutes griffes dehors, et son père l'attrapait par le cou, serrait, serrait, puis la secouait et la lâchait enfin. Trop tard, car elle s'effondrait mollement sur le sol.

La jolie maman de Ian gisait sur le parquet, inerte, alors que son père demeurait pétrifié, les mains ouvertes, le visage gris d'effroi.

Ensuite, était venu le moment terrible où son père avait regardé autour de lui et découvert le petit garçon. La terreur avait liquéfié les membres de Ian lorsque son père s'était précipité sur lui pour le secouer.

— *Tu ne le dis à personne. Tu m'as compris ? Ta mère a glissé et elle est tombée. C'est ce qui s'est passé. Tu dois mentir. Tu comprends ?*

Son père l'avait secoué de nouveau, encore et encore.

— *Sale gosse, pourquoi tu ne me regardes pas quand je te parle ?*

Ian avait été enfermé dans sa chambre et, le lendemain, fourré dans une voiture qui l'avait emmené à Londres, où une commission l'avait décrété aliéné. Il était dans un asile depuis deux semaines déjà lorsqu'il avait compris qu'il ne serait plus autorisé à rentrer chez lui. Jamais.

Les mains de Beth touchèrent son visage.

— Ian ?

— Il l'a tuée, dit-il. Il ne le voulait pas, mais il était sujet à des accès de rage, comme moi.

— Vous parlez de Hart ?

Ian secoua la tête.

— De mon père. Il a tué ma mère, il lui a brisé le cou entre ses mains. Il a dit à tout le monde qu'elle avait glissé, qu'elle était tombée. Mes frères ne l'ont pas cru, mais ils ne pouvaient pas m'interroger, n'est-ce pas ? J'ai été déclaré fou et on m'a enfermé, si bien que personne ne m'aurait cru si j'avais raconté ce que j'avais vu.

Beth jeta les bras autour de lui et posa la tête sur sa poitrine.

— Oh, Ian, je suis désolée…

Il la maintint ainsi un instant, réconforté par la chaleur qui émanait d'elle. Une peur insidieuse le prenait parfois de perdre la tête comme son père et d'étrangler la femme qu'il aimait. Beth se redressa, les cils humides, et il l'embrassa sur le front.

— Hart est aussi impitoyable que mon père l'était.

— Je continue à penser que vous vous trompez. C'est pour vous protéger que Hart vous a envoyé en Écosse après la mort de Sally, pas pour vous faire taire.

Ian adressa un coup d'œil exaspéré au plafond, avant de prendre Beth par les épaules et de la pousser contre le lit.

— Je peux vous protéger de Hart, mais uniquement si vous arrêtez de fouiner. Oubliez High Holborn, et ne parlez plus jamais à l'inspecteur Fellows. Il vous broiera pour obtenir ce qu'il veut, et Hart fera de même.

Elle lui jeta un regard anxieux.

— Vous voulez que je passe le reste de ma vie à vous voir souffrir de ces horribles soupçons ? N'est-il pas préférable de découvrir ce qui s'est réellement passé cette nuit-là ?

— Non.

Les yeux emplis de larmes, elle détourna la tête.

— Je veux vous aider.

— Vous pouvez m'aider en ne parlant plus à cet obsédé de Fellows. Et en cessant d'enquêter à votre manière. Promettez-le-moi.

Elle garda le silence un instant puis, baissant les yeux, elle soupira.

— Mme Barrington disait que la curiosité était mon plus grand défaut.

— Je vous protégerai, je vous le jure, ma Beth chérie.

— Très bien, vous m'avez convaincue, murmura-t-elle. Je vais arrêter.

Le soulagement détendit le corps de Ian. Il prit Beth dans ses bras et la tint serrée contre lui.

— Merci, dit-il en embrassant ses cheveux. Merci, mon amour.

Elle se hissa sur la pointe des pieds. Tandis qu'il s'emparait de sa bouche, il ne vint pas à l'esprit de Ian que, pour une femme au caractère décidé, elle avait cédé un peu trop facilement.

19

Lorsque Beth se réveilla, le corps nu de Ian reposait à côté d'elle. Au moment de l'orgasme, il l'avait presque – presque – regardée franchement, avant de fermer précipitamment les paupières. À présent, il dormait et Beth tentait de réfléchir.

Sally Tate et Lily Martin étaient mortes. Bien sûr, c'était le lot des filles de joie de mourir jeunes, et parfois brutalement. Certains clients prenaient plaisir à les frapper et, si les coups entraînaient la mort, personne ne s'en alarmait. Ce n'étaient que des prostituées, après tout.

Celles qui avaient réussi à trouver une place dans un bordel de luxe, vieillissaient forcément et perdaient de leurs attraits. Un beau jour, elles se retrouvaient à tapiner dans la rue. Mieux valait alors se trouver un protecteur en espérant qu'il se comporterait correctement.

Sans la grâce de Dieu, et sans la gentillesse de Thomas Ackerley et de Mme Barrington, Beth aurait pu devenir l'une d'elles.

Fellows se fichait bien de la mort de ces deux filles. Ce qu'il voulait, c'était détruire les Mackenzie. Ian ne s'en fichait pas, mais ce qu'il voulait à tout prix, c'était protéger son frère. Le frère qui l'avait délivré de l'enfer.

Beth serra les dents. Maudit soit le duc défunt pour avoir fait interner Ian ! Maudit soit Hart Mackenzie pour avoir pris Ian dans ses filets ! Et maudit soit Ian pour sa gratitude éternelle envers Hart !

Beth comprenait mieux à présent pourquoi Isabella avait quitté Mac alors qu'elle l'aimait tant. Beth ignorait quels étaient les torts de Mac, mais c'était un Mackenzie à la tête dure. N'était-ce pas suffisant ? En face de lui, une douce jeune fille comme l'avait été Isabella n'avait pas sa chance.

Beth se leva sans faire de bruit. Elle avait appris à s'habiller rapidement quand elle travaillait pour Mme Barrington, auprès de qui elle devait parfois accourir quelle que soit l'heure.

Ian ne se réveilla pas. La lumière caressait le renflement de son arrière-train, le creux de ses reins, les muscles de ses épaules. Un bel homme, fort et vulnérable à la fois.

Je vous aime, Ian Mackenzie.

Le cœur de Beth se serra douloureusement.

Elle quitta la chambre sur la pointe des pieds et descendit au rez-de-chaussée. Jetant un coup d'œil autour d'elle, elle se dirigea vers la porte de service.

La cuisinière s'affairait, rangeant sa cuisine après le souper qu'elle venait de servir à Cameron et Daniel. Elle adressa un sourire rayonnant à Beth.

— Ça fait du bien de voir des hommes manger d'aussi bon cœur, dit-elle. Ils ont vidé le plat et en ont redemandé. Ce n'est pas comme vous autres, qui n'êtes même pas descendus. Je vous réchauffe quelque chose ?

— Non, merci, madame Donnelly. Je cherche Katie.

— Elle est dans l'escalier de l'arrière-cuisine, répondit la cuisinière sur une moue désapprobatrice. Avec une fille qui ne vaut pas cher et qu'il est pas question que je laisse entrer dans cette maison.

Le cœur de Beth bondit.

— Ne vous inquiétez pas. C'est l'une des filles dont je m'occupe.

— Vous avez le cœur trop tendre, voilà le problème.

Ignorant Mme Donnelly et ses commentaires, Beth passa dans l'arrière-cuisine et ouvrit la porte. Katie l'attendait sur les marches de l'escalier, le visage assombri par une colère tout irlandaise.

— Eh bien, elle est là, comme vous pouvez le voir.

— Merci, Katie. Tu peux t'en aller, maintenant.

— Sûrement pas. J'ai pas du tout confiance en cette fille, je ne veux pas vous laisser seule avec elle.

La personne en question avait un visage très fardé. Des pierres précieuses ou semi-précieuses scintillaient sur son cou et à ses oreilles. Elle n'était pas belle, mais attirante, et elle le savait. Ses lèvres rouges s'incurvèrent dans un sourire supérieur lorsqu'elle examina la robe toute simple de Beth.

— Molly disait que vous étiez une duchesse, fit-elle. Mais je l'ai pas crue.

— Fais attention à tes manières, gronda Katie. C'est une dame.

— Chut, Katie. Comment vous appelez-vous ?

— Sylvia. Vous avez pas besoin d'en savoir plus.

— Je suis contente de vous rencontrer, Sylvia. J'aimerais vous poser quelques questions.

— Ici, dans l'escalier de service ? Cette garce de cuisinière n'a pas voulu me laisser entrer. Je veux m'asseoir dans le salon et que vos esclaves me servent. Sinon, je la boucle.

— Tiens ta langue ! jeta Katie. Tu n'es pas digne de t'asseoir dans le salon d'une dame. On reste là, dans ce coin, pour que personne sache qu'elle a accepté de te voir.

Beth leva les mains.

— Paix, vous deux ! Cela ne prendra que quelques minutes, Sylvia, et vous êtes la personne que je cherche, car je pense que vous en savez beaucoup sur un endroit qui m'intéresse au plus haut point. Vous seule pouvez m'aider.

La flatterie fit se rengorger Sylvia.

— Vous parlez de la maison de High Holborn. Je sais tout sur elle et sur la vieille garce qui la dirige.

En réponse à ses questions, Sylvia confirma ce que Fellows avait dit : à savoir que Mme Palmer avait été la maîtresse de Hart et qu'il l'avait installée à High Holborn.

— Elle a fait sa connaissance quand il était encore à l'université, mais elle n'était déjà plus toute jeune, expliqua Sylvia. Elle aurait tout fait pour lui.

— Mais c'est plus tard qu'il lui a acheté la maison, dit Beth. J'imagine qu'elle n'était plus sa maîtresse à ce moment-là ?

— Oui, il l'avait virée, et elle est devenue une femme d'affaires, si vous voyez ce que je veux dire. Ce n'était pas un mauvais endroit quand j'étais là-bas, mais Mme Palmer et moi, on s'est jamais bien entendues. Je suis partie dès que j'ai trouvé de meilleures perspectives.

Elle jeta un regard attendri sur ses bagues.

— Alors, entre eux, c'est complètement fini ? s'enquit Beth.

— De sa part à lui, sûrement. Mais pas de celle d'Angelina Palmer. Le duc se donnait de grands airs, il fréquentait la reine, il avait de l'ambition.

Il lui fallait une jeune dame très belle et élégante, pas la vieille peau qu'il se coltinait depuis l'université. Moi, j'aurais été folle furieuse, mais Mme Palmer a été compréhensive. Le cœur brisé, elle a continué à l'aimer; si jamais on disait un mot contre le duc, elle nous arrachait les oreilles!

Beth contemplait d'un air songeur la rampe en fer forgé de l'escalier.

— Vous dites qu'elle ferait tout et n'importe quoi pour le duc?

— Sûr. Elle a beau avoir plus de cinquante ans, elle le regarde avec de grands yeux de fillette amoureuse.

Une idée se fit jour dans l'esprit de Beth. Mme Palmer aurait-elle découvert que Sally avait l'intention de faire chanter Hart? La mère maquerelle avait-elle décidé de lui clore la bouche définitivement? Mais, dans ce cas, pourquoi ne pas attendre que Ian soit rentré chez lui et qu'aucun Mackenzie ne risque d'être impliqué? À moins qu'elle se moque de qui paierait pour le crime, du moment que ce n'était pas Hart?

Il lui fallait trouver cette femme et l'interroger.

— Quand travailliez-vous dans cette maison, Sylvia?

— Oh… il y a six ou sept ans.

— Vous connaissiez Sally Tate?

— Cette garce? C'est pas étonnant qu'elle se soit fait suriner.

— Vous étiez là au moment du meurtre?

— Non. J'étais déjà partie. Mais j'en ai entendu long sur cette histoire. Sally savait séduire les hommes, mais elle les détestait. Elle leur soutirait tout ce qu'ils avaient sur eux, et ensuite c'étaient des disputes et des disputes avec Mme Palmer parce que Sally ne voulait pas partager. Elle avait une amie de cœur et elle n'arrêtait pas de raconter comment toutes les deux, elles allaient partir et vivre ensemble jusqu'à la fin de leurs jours.

Katie lui lança un regard scandalisé.

— C'est répugnant, cette histoire. Milady, vous ne devriez pas écouter.

Sylvia haussa les épaules.

— Eh bien, y en a qui en ont assez de se faire tripoter par les hommes. Pas moi. J'aime les beaux messieurs.

— Peu importe, coupa Beth. Qui était l'amie de cœur de Sally Tate ? Vous la connaissiez ?

— C'était l'une des autres filles. Elles s'enfermaient dans une chambre et roucoulaient à qui mieux mieux. Sally jurait qu'elle emmènerait sa copine vivre à la campagne et qu'elles feraient pousser des roses, et d'autres sottises. Très peu probable, pas vrai ? Trouvez un village qui accueillerait un couple de putes repenties !

Sylvia se tapota les lèvres.

— Voyons, comment s'appelait-elle ? Oh, je l'ai. Lily.

— Lily Martin ? demanda Beth.

— C'est ça. Lily Martin. Bon, et mon argent, milady ? Je viens de loin, il fait humide ici, et la soie de ma robe va être fichue.

Ian se réveilla lorsque la petite horloge de la commode sonna dix heures. Il étira son corps chaud et souple, et bascula pour enlacer Beth.

La place était vide.

Déçu, il ouvrit les yeux. La faim avait dû la pousser à descendre manger quelque chose.

Ian se frotta le visage, s'efforçant de refouler le souvenir de leur discussion. Il lui avait révélé au sujet de sa monstrueuse famille des choses qu'il avait pourtant décidé de cacher.

Il se mit debout. Il ne voulait pas attendre son retour. Il avait besoin d'elle tout de suite. Il allait la chercher et demander à Curry de leur apporter de quoi souper. Cela ne lui déplairait pas d'asseoir Beth sur ses genoux et de la nourrir à la becquée. Exactement comme à Kilmorgan.

Il s'habilla en hâte, se passa les doigts dans les cheveux et se dirigea vers la porte. Il tourna la poignée.

La porte ne bougea pas.

Il s'escrima sur la poignée. En vain. Le cœur battant, il se pencha et regarda dans le trou de serrure.

Il était vide. Quelqu'un avait verrouillé la porte et emporté la clef.

Une panique aveugle l'envahit. *Enfermé, piégé, incarcéré… Ouvrez, je vous en prie, je vous en prie, je vous en prie, je serai sage…*

Il inspira à fond plusieurs fois pour refouler un accès de terreur glaciale. Il pensa à Beth, à la chaleur de son corps, au goût de sa bouche, aux sensations éprouvées en entrant en elle…

Il s'accroupit et approcha sa bouche du trou de serrure.

— Beth ?

Silence. Des bruits montaient de la rue, mais aucun de la maison. Il revint près du lit pour tirer sur le cordon de la sonnette, puis retourna à la porte.

— Curry ! cria-t-il en frappant sur le battant. Curry, nom de Dieu !

Pas de réponse.

Ian alla à la fenêtre et ouvrit les rideaux. Le brouillard qui tourbillonnait autour des réverbères, rendait plus nets le martèlement des sabots et le grondement des roues sur la place.

Des pas retentirent enfin dans le couloir, et la voix de Curry appela :

— Milord ? Vous êtes là ?

— Bien sûr que je suis là ! Elle a verrouillé la porte. Trouve une clef.

Une pointe d'inquiétude perça dans la voix de Curry.

— Vous allez bien ?

— Trouve cette foutue clef !

— Alors, vous allez bien.

Les pas s'éloignèrent.

De nouvelles frayeurs envahirent Ian, dont aucune n'était due à son enfermement. Beth était partie Dieu seul savait où, et elle avait fait en sorte qu'il ne la retienne pas.

Elle avait pu aller trouver Fellows, ou bien les hommes qui avaient passé la soirée dans la fameuse maison de High Holborn cinq ans plus tôt, ou, pire encore, elle était allée interroger Mme Palmer.

— Curry ! hurla-t-il en frappant sur la porte.

— Calmez-vous. On cherche la bonne clef.

Cela n'en finissait pas. Ian s'impatientait, au bord de l'explosion. De l'autre côté de la porte, Curry jurait et grognait.

Une clef fut enfin introduite dans la serrure et pivota aisément. Ian ouvrit la porte brutalement.

Curry, Cameron et Daniel étaient dans le couloir, entourés du majordome tremblotant, de la cuisinière aux bras ronds et de deux servantes aux yeux écarquillés.

— Où est Beth ? demanda-t-il.

— Ça ne me plaît pas, milord, décréta la cuisinière en croisant les bras sur son ample poitrine. Elle rencontre les gens les moins ragoûtants qui soient. Elle a toujours eu pitié d'eux, mais pourquoi ne peuvent-ils pas prendre un travail normal ? C'est ce que je voudrais savoir.

Bien qu'il n'ait rien compris, Ian eut l'impression que ces mots étaient importants.

— Qu'est-ce que vous dites ? Quelles gens ?

— Les gens dont Mme Ackerley s'occupe par charité. Des prostituées toutes peinturlurées. Il y en a une qui est venue à la porte de la cuisine, imaginez un peu, et voilà-t-il pas que milady et Mlle Katie partent avec elle. En fiacre.

— Pour où ?

— Je ne sais pas.

Ian lui jeta un regard assassin, et la femme parut se recroqueviller.

— Je suis désolée, milord. Je ne sais vraiment pas.

— Quelqu'un a pu les voir monter dans le fiacre, marmonna Cameron. On va demander dans la rue si quelqu'un a entendu l'adresse qu'elle a donnée.

— Je sais où elle est allée, dit Ian d'un ton sinistre.

Enfer et damnation.

— Curry, va me chercher une voiture. Tout de suite.

Se dégageant du petit groupe, il se rua vers l'escalier, suivi de son frère et son neveu.

— Je vais avec toi, décida Cameron.

— Moi aussi, renchérit Daniel.

— Pas question ! s'écria son père. Tu restes ici, et tu la retiens si elle rentre.

— Mais, papa…

— Fais ce que je dis pour une fois, petit trublion.

Cameron arracha son chapeau et ses gants avant que le majordome ait pu les lui tendre. Ian ne s'en donna même pas le mal.

— Comment sais-tu où elle est ? s'enquit Cameron en courant vers le fiacre que Curry avait appelé d'un sifflement.

Ian grimpa à l'intérieur.

— High Holborn, dit-il au cocher.

— High Holborn ? répéta Cameron, inquiet, tandis que la voiture s'insérait dans la circulation.

— Elle est partie jouer au détective.

Maudite petite sotte. Si quelque chose lui arrivait…

Ian ne put aller au bout de sa pensée, ne put imaginer comment il se sentirait s'il la trouvait morte, un couteau planté dans le corps, comme Sally et Lily.

Cameron lui pressa l'épaule.

— Nous allons la retrouver.

— Pourquoi est-elle aussi têtue ?

Cameron lâcha un gros rire.

— Parce que les Mackenzie choisissent toujours des femmes de caractère. Tu ne t'attendais pas vraiment à ce qu'elle t'obéisse, quand même ?

— Je voulais la garder en sécurité.

— Elle est solide. Elle a tenu bon face à Hart. Peu de femmes en sont capables.

Cela montrait seulement qu'elle était folle. Ian se tut en souhaitant vivement que le cocher accélère.

Les habitants de Londres ayant choisi pour une raison inconnue de sortir ce soir-là, la circulation était dense. La voiture tourna enfin sur Oxford Street et se dirigea vers High Holborn.

Cela faisait cinq ans que Ian n'avait pas revu la maison qui se dressait près de Chancery Lane. De sombres souvenirs l'assaillirent lorsque Cameron et lui entrèrent sans frapper. À l'intérieur, rien n'avait changé. Ian reconnut le vestibule aux boiseries sombres, la porte de verre teinté, la grande salle d'où partait l'escalier en noisetier ciré.

La servante qui les accueillit était nouvelle et les prit visiblement pour des clients. Ian faillit la bousculer et monter tout de suite, mais Cameron posa la main sur son épaule.

— Allons-y doucement pour commencer, murmura-t-il. Ensuite, s'il le faut, nous mettrons la maison à sac.

Ian hocha la tête. La sueur coulait le long de sa colonne vertébrale. En entrant, il avait eu la sensation désagréable d'être épié, sensation qui se renforça quand la servante leur fit monter l'escalier.

Elle ouvrit la porte du salon, et Ian s'avança, mais s'arrêta si brutalement que Cameron lui heurta le dos.

Hart Mackenzie était assis dans un fauteuil rembourré, un cigare dans une main, un verre de whisky dans l'autre. Juchée sur l'accoudoir, Angelina Palmer, une grande brune encore belle bien qu'elle soit proche de la cinquantaine, posait une main affectueuse sur son épaule.

— Bonsoir, Ian, dit celui-ci calmement. Je savais que tu viendrais. Assieds-toi. Je veux te parler.

Beth serra les poings sur ses genoux tandis que la voiture se dirigeait lentement de Whitehall à High Holborn. Lloyd Fellows la fusillait du regard, et Katie se blottissait contre sa maîtresse.

— Vous croyez donc que je n'ai pas passé cette maison au peigne fin il y a cinq ans ? grommela le policier.

— Vous étiez tellement obsédé par les Mackenzie que quelque chose a pu vous échapper.

Il se renfrogna.

— Je n'ai su que les Mackenzie étaient impliqués qu'après mon arrivée sur les lieux.

— Et aussitôt, vous avez concentré tous vos efforts sur Hart et Ian en omettant d'envisager autre chose. Je commençais à éprouver de la sympathie pour vous, monsieur Fellows, mais je me suis ravisée.

— Mon Dieu, où donc cette famille trouve-t-elle de telles femmes ? marmonna-t-il en levant les yeux au plafond. Des mégères, toutes.

— Je doute que lady Isabella serait flattée de cette remarque, fit Beth. D'ailleurs, j'ai entendu dire que la femme de Hart était douce et modeste.

— Et vous voyez où cela l'a menée !

Fellows regarda par la fenêtre.

— Vous ne pourrez pas les sauver, vous savez. Ils sont au-delà de la rédemption. S'ils ne sont pas coupables de ce meurtre, ils le sont de quantité d'autres méfaits. Les Mackenzie laissent des ruines derrière eux.

— *Nous brisons tout ce que nous touchons.*

— Peut-être ne puis-je pas les sauver d'eux-mêmes, répondit Beth. Mais je peux les sauver de vous.

Pinçant les lèvres, Fellows regarda de nouveau par la fenêtre.

— Ah, les femmes…

Ian fixa Hart et Mme Palmer quelques secondes.

— Où est Beth ? demanda-t-il enfin.

Hart haussa les sourcils.

— Pas ici.

— Alors, j'ai trop à faire pour parler avec toi, décréta Ian en pivotant vers la porte.

— C'est de Beth que je veux te parler.

Ian fit demi-tour. Mme Palmer s'était levée et versait une mesure de whisky dans un verre.

— Beth ne comprend pas, dit-il.

— C'est ce que je pensais, fit Hart. Tu as épousé une femme perspicace et tenace. Est-ce un bien ou un mal pour notre famille ? Je l'ignore.

— Un sacré bien, je dirais, déclara Cameron. Je vais la chercher, ajouta-t-il en sortant.

Ian eut envie de le suivre, mais il savait que Cameron serait minutieux et opiniâtre.

— Quoi que tu penses d'elle, Beth est ma femme. Ce qui signifie que je la protégerai de toi.

— Mais qui la protège de toi, Ian ?

La mâchoire de Ian se crispa. Mme Palmer lui apporta son verre, dont les facettes de cristal prirent une teinte bleutée qui lui rappela les yeux de Beth. Il se laissa fasciner un instant.

— Ian.

Il sursauta et leva les yeux. Mme Palmer était revenue auprès de Hart. Appuyée à son fauteuil, elle lissait les revers de son habit.

— Oui ?

— J'ai dit que je voulais te parler.

Hart étira ses longues jambes. Ses cheveux d'un roux plus sombre que ses frères partaient du front en une vague épaisse. Certaines personnes le trouvaient beau, mais ce n'était pas l'opinion de Ian. Il avait vu les yeux de Hart devenir glacials et son visage durcir comme du granit. Il ressemblait trop à leur père.

Hart avait été le seul à pouvoir calmer les accès de panique de Ian, enfant. Lorsqu'une foule l'entourait, qu'il n'arrivait pas à suivre la conversation, encore moins à répondre aux questions, sa première impulsion était de se sauver. Il s'était sauvé de partout, de table au souper, de la maison, des diverses écoles où leur père l'avait mis, du banc familial de l'église. Hart le retrouvait toujours et le rassurait soit en lui parlant, soit en restant simplement assis à son côté.

À présent, Ian avait envie de fouiller le bordel en appelant Beth, mais, au regard de Hart, il devina que c'était inutile.

Il s'assit. Et jeta un regard gêné à Mme Palmer.

— Laisse-nous, mon amour, dit Hart à celle-ci.

Angelina Palmer hocha la tête avec un sourire et embrassa Hart sur les lèvres qu'il lui tendait.

— Bien sûr, répliqua-t-elle. Faites-moi appeler si vous avez besoin de moi.

Hart attrapa sa main quand elle se leva et la laissa glisser entre ses doigts. Ils formaient un couple depuis longtemps, à travers les hauts et les bas de la vie de Hart – son bref et malheureux mariage, l'avènement au duché, l'évolution de sa carrière politique. Lorsque Hart avait décidé de prendre ses distances, Mme Palmer avait accepté sa décision sans faire d'histoires.

Le regard de celle-ci ricocha sur Ian une fraction de seconde. Il sentit... de la peur ?

Elle sortit.

— Nous n'avons jamais parlé du drame qui s'est passé ici, il me semble ? lança Hart, une fois la porte refermée.

Dans cette même pièce, cinq ans auparavant, quatre hommes avaient ri et causé autour d'une table de jeu, pendant que Ian lisait un journal près de la porte. Les autres l'ignoraient, ce qui lui convenait parfaitement. Et puis, Sally avait tiré un fauteuil à côté du sien, s'était penchée par-dessus l'accoudoir et s'était mise à murmurer.

Hart interrompit ses souvenirs.

— Mieux vaut ne pas en parler, je l'ai toujours pensé.

— Je suis d'accord, dit Ian en hochant la tête.

— Pourtant, tu en as parlé à Beth.

Comment Hart le savait-il ? songea Ian. Avait-il trouvé Beth et l'avait-il fait parler ?

— Si tu lui fais du mal, je te tuerai.

— Jamais je ne lui ferai de mal, Ian. Je te le jure.

— Tu aimes faire du mal. Contrôler. Tu aimes voir les gens à tes pieds, se battre entre eux pour être le premier à te lécher les bottes.

Le regard de Hart vacilla.

— Tu ne retiens pas tes coups, aujourd'hui.

— J'ai toujours fait ce que tu me disais car tu prenais soin de moi.

— Et je prendrai toujours soin de toi, Ian.

— Parce que cela te convient. Tu ne fais que ce qui t'arrange, comme père.

Le front de Hart s'assombrit.

— Asticote-moi si tu veux, mais ne me compare pas à père. C'était un salaud, un homme cruel, et j'espère qu'il rôtit en enfer.

— Il avait des accès de rage, comme moi. Il n'avait pas appris à les contrôler.

— Et toi, si ? s'enquit Hart d'une voix placide.

Ian se frotta légèrement la tempe.

— Je ne sais pas. Je ne sais pas si j'en serai jamais capable. Mais j'ai Curry, et Beth, et mes frères pour m'aider. Père n'avait personne.

— Tu n'es pas en train de prendre sa défense, quand même ?

Même Ian pouvait percevoir le ton incrédule.

— Enfer, non ! Mais nous sommes ses fils. Il est raisonnable de penser que nous sommes tous un peu comme lui. Impitoyables. Obsédés. Sans cœur.

— Je suis censé avoir une conversation avec toi, pas me faire sermonner.

— Beth est perspicace, reprit Ian. Où diable est-elle ?

— Pas ici, comme je te l'ai dit.

— Qu'as-tu fait d'elle ?

— Rien.

Hart laissa tomber son cigare dans un bol, et une fine spirale de fumée s'éleva.

— Franchement, je ne sais pas où elle est. Pourquoi as-tu supposé qu'elle viendrait ici ?

— Pour jouer au détective.
— Ah, bien sûr.
Hart vida son verre de whisky d'une seule lampée et le reposa sur la table.
— Elle veut que tu sois innocent. Elle t'aime.
— Non, elle aime son mari.
— C'est-à-dire toi.
— Je voulais dire, son premier mari. Thomas Ackerley. Elle l'aime, et elle l'aimera toujours.
— Je l'imagine, concéda Hart. Mais j'ai vu la façon dont elle te regardait. Elle t'aime, et elle veut te sauver. Tu lui as dit de ne pas essayer, mais n'ai-je pas raison de penser qu'elle ne t'a pas écouté ?
Ian hocha la tête.
— Une femme obstinée.
Hart sourit.
— Si elle met au jour la vérité, que feras-tu ?
— Je l'emmènerai. Nous pouvons vivre à Paris ou à Rome, ne jamais remettre les pieds en Angleterre ni en Écosse.
— Tu penses que vous serez en sécurité à Paris ou à Rome ?
Ian lui décocha un regard méfiant.
— Si tu nous laisses l'être, oui.
Hart se leva. Son habit était si bien coupé qu'il soulignait ses larges épaules comme une seconde peau.
— Je ne veux pas te voir souffrir, Ian. Je n'ai jamais voulu ça. Je suis vraiment navré.
Ian étreignit les accoudoirs de son fauteuil.
— Je ne retournerai pas à l'asile. Pas même pour toi.
— Et je ne veux pas que tu y retournes. Ce qu'ils t'ont fait…
Sa voix se fêla.
— Emmène Beth très loin. À New York, pourquoi pas ? Aussi loin que possible. Je veux que tu sois en sécurité.

— Pourquoi es-tu venu ici ce soir ? demanda Ian.

Il ne pouvait croire que Hart avait sauté dans le train qui partait juste après celui de ses frères, uniquement pour boire et fumer dans une maison qu'il avait possédée.

— Il restait des détails à régler. Ensuite, on pourra tourner la page.

— Non. Beth a raison : Sally et Lily sont mortes, on n'a pas le droit de les oublier.

— C'étaient des putains ! s'écria Hart.

Ian bondit sur ses pieds.

— Tu m'as amené ici cette nuit-là pour que je découvre si Sally avait les moyens de nuire à ta carrière politique. Pour que je te répète ce qu'elle me murmurerait sans doute à l'oreille quand nous serions au lit.

— Et tu l'as découvert.

— Elle en jubilait. Elle voulait te détruire.

— Je sais, dit Hart. Il n'était pas question que je la laisse faire, ce qui l'a mise très, très en colère.

— Alors, tu as fait en sorte que les vilains petits secrets qu'elle détenait restent définitivement secrets ?

Hart secoua la tête.

— Si Sally voulait raconter que je possédais cette maison et ce que j'y avais fait pendant des années, cela ne me gênait pas. Tout le monde le savait. Cela me gagnait même un certain respect parmi les membres les plus coincés du gouvernement, figure-toi. J'avais fait ce qu'ils avaient toujours rêvé de faire sans l'oser.

— Sally m'a dit qu'elle pouvait causer ta perte.

— Elle rêvait.

— Et puis, elle est morte.

Hart se figea. Le pas lourd de Cameron ébranlait le plancher au-dessus de leurs têtes, sa voix rocailleuse tonitrua, à quoi répondirent la voix flûtée de la servante et les gloussements d'une autre femme.

— Seigneur, Ian… murmura Hart. C'est pour cela que tu l'as fait ?

20

Le fiacre de Beth s'arrêta devant la maison de High Holborn près de Chancery Lane. Le voisinage semblait respectable, et la maison arborait un petit air décent tout à fait inattendu.

Avant que Fellows ait eu fini d'ouvrir la portière, elle lui fut arrachée des doigts. Deux mains puissantes s'emparèrent de Beth et la déposèrent sur le trottoir face à son mari. Les yeux noirs de rage, Ian tenta de l'entraîner plus loin.

— Attendez, protesta-t-elle. Il faut que j'entre dans cette maison.

— Non. Vous allez rentrer chez vous.

Une autre voiture attendait dans la rue, une berline luxueuse dont les armoiries étaient voilées.

— À qui est cette voiture ?

— À Hart, répondit Ian. Son cocher va vous emmener à Belgrave Square et vous y resterez.

— Comme une bonne épouse ? Ian, écoutez-moi.

Il ouvrit la portière et un intérieur apparut, aussi somptueux qu'un salon princier.

— Si je rentre chez moi, c'est avec vous, dit-elle.

Ian la hissa sur un siège moelleux.

— Pas tant que Fellows sera là.

— Il n'est pas venu arrêter Hart.

Il referma brutalement la portière.

— Il n'est pas là non plus pour vous arrêter, ajouta-t-elle en se penchant à la fenêtre. Il est venu examiner de nouveau la maison et interroger Mme Palmer. C'est moi qui le lui ai demandé.

Ian pivota sur place. Sa haute silhouette s'encastra dans la portière. Le peu de lumière était derrière lui, si bien qu'elle ne pouvait distinguer son visage.

— Vous le lui avez demandé ?

— Oui. Il y a d'autres suspects, vous savez. Mme Palmer, en particulier. C'est sa maison. Les occasions ne lui ont pas manqué.

— Mme Palmer, répéta Ian d'une voix atone, et elle ne put deviner ce qu'il pensait.

Beth rouvrit la portière et s'apprêta à descendre.

— Nous devons entrer là-dedans.

Elle se retrouva pressée contre la poitrine de Ian, ses grandes mains l'enserrant.

— Pas question que je vous emmène dans une maison close.

— Mon cher Ian, j'ai grandi parmi des filles de joie et des courtisanes, elles ne me font pas peur.

— Ça m'est égal.

— Ian ! protesta Beth en s'efforçant de l'écarter, mais elle aurait eu plus de chances avec un mur de brique.

— Rentrez à Belgrave Square, Beth. Vous en avez assez fait, décréta-t-il en la repoussant dans la voiture. Et restez-y, pour l'amour de Dieu !

Un hurlement retentit, strident.

— C'est Katie ! s'écria Beth.

Ian tourna les talons et disparut dans l'obscurité. Jurant, Beth sauta à terre et courut derrière lui.

Elle franchit en hâte la porte que Ian avait laissée ouverte et s'arrêta pour tendre l'oreille.

Le vestibule était brillamment éclairé, mais vide. Elle le traversa jusqu'à une salle aux boiseries élégantes d'où s'élevait un escalier. Des hurlements jaillirent à nouveau, venant des étages supérieurs – Katie, Ian, l'inspecteur Fellows. Elle s'élança.

Au-dessus de sa tête, on courait sur un tapis qui étouffait plus ou moins les pas. Une porte claqua. Quelqu'un prenait la fuite ?

Beth monta l'escalier quatre à quatre, suivit un couloir et buta sur une porte close. Elle l'ouvrit. C'était l'escalier de service. Des pas précipités s'entendaient plus bas.

— Ian ! appela-t-elle. Inspecteur ! À l'aide !

Ses cris furent noyés sous d'autres hurlements masculins, et des sanglots féminins. Peste !

Retroussant ses jupes, elle se jeta dans l'escalier. Les marches lui firent dépasser l'étage principal, puis celui de la cuisine. Un courant d'air lui indiqua qu'une porte s'ouvrait. Elle atteignit le rez-de-chaussée juste à temps pour voir une femme aux cheveux bruns qui traversait une cour sombre.

La femme tâtonnait à la recherche de la poignée d'une seconde porte lorsque Beth la rattrapa.

Elle saisit ses poignets. Des bagues couvraient les mains de Mme Palmer, propriétaire de la maison. Sylvia avait dit qu'elle avait près de cinquante ans, mais c'était toujours une jolie femme, avec d'abondants cheveux noirs et un corps élancé. Ses yeux bruns étaient beaux mais durs comme des agates.

— Espèce d'idiote ! siffla-t-elle. Pourquoi avez-vous amené l'inspecteur Fellows ? Vous avez tout gâché.

— Je ne le laisserai pas payer pour un crime qu'il n'a pas commis, rétorqua Beth.

— Vous pensez que *je* le ferai ?

— De qui parlez-vous ?

La lame d'un couteau brilla dans la lumière qui provenait de la maison. Avant que Beth ait pu s'écarter, la lame s'abaissa.

Irrité, Ian comprit que Katie avait hurlé en voyant Cameron surgir d'une chambre. Il faisait sombre, Cameron était un géant au visage balafré, et Katie prenait vite peur. Il y eut beaucoup de cris de la part des filles, Katie en rajouta quelques-uns, et Cameron tonitrua à son tour. Hart parvint à instaurer le silence, mais cela avait suffi pour que Ian en ait les tempes battantes.

— Eh bien, nous voilà revenus au point de départ, déclara l'inspecteur Fellows d'un ton exaspéré. Votre chère épouse a émis l'hypothèse que Mme Palmer a tué Lily Martin et Sally Tate, afin de sauver la peau du duc, ici présent.

— Angelina ? railla Hart. D'où Beth tient-elle cette idée ?

— Lady Mackenzie a parlé avec des catins, qu'elle connaît depuis l'époque où elle vivait dans les bas-fonds. Vous devriez vraiment faire attention aux relations de votre femme, milord.

— Beth est une socialiste, remarqua Hart d'une voix méprisante.

— Que disaient ces femmes ? l'interrompit Ian.

— Elles ont raconté qu'Angelina Palmer était dévouée corps et âme à Hart Mackenzie. Qu'elle ferait tout et n'importe quoi pour lui, y compris un meurtre.

— C'est ridicule ! s'écria Hart. Elle aurait pu tuer aisément Sally lorsqu'il n'y avait personne d'autre dans la maison. Elle n'avait pas à le faire alors que Ian risquait d'être accusé.

— Non ? intervint Cameron, l'air sévère. Elle t'aime, Hart. Pourquoi ne pas imputer le crime à Ian, puis te réconforter quand tu l'aurais perdu ?

— Alors pourquoi m'aurait-elle aidé à…

Il jeta un regard aigu à Fellows.

Celui-ci se balança sur ses pieds, d'avant en arrière.

— Oh, je sais sacrément bien ce que vous avez fait, monsieur. Vous vous êtes dépêché d'envoyer votre frère en Écosse pour que je ne puisse pas l'interroger. Il aurait pu me dire un peu trop de choses, c'est ça ?

— Pourquoi ne faisons-nous pas descendre Mme Palmer ici afin de l'interroger ? proposa Cameron. Si quelqu'un connaît la vérité sur ce qui s'est passé dans cette maison, c'est elle.

— Elle n'est pas bavarde, riposta Fellows. J'ai essayé de la faire causer, mais elle a tenu bon. De même que j'ai essayé en vain de briser la façade que m'opposaient vos deux frères, Hart et Ian, complices dans le crime.

Cameron fit trois pas vers lui.

— Vous avez un problème avec le respect, on dirait ?

— Arrêtez ! s'écria Ian en s'interposant. Cameron a raison. Hart, fais venir Mme Palmer. Si tu n'as pas tué Sally Tate, c'est elle qui l'a fait.

— Ou bien vous, milord, lança Fellows, les yeux brillants.

— Je n'ai jamais voulu que Sally meure. J'ai dû la quitter, elle me mettait trop en colère, mais j'étais prêt à lui donner de l'argent et à l'envoyer en Australie, ou ailleurs du moment que c'était très loin.

Il se tourna vers Hart :

— Si Mme Palmer a tué, elle doit l'admettre. Elle nous a fait assez de mal comme ça.

— Angelina n'est pas là, annonça Hart d'une voix glaciale.

— Voilà qui est bien pratique, se moqua l'inspecteur. Et que fait-elle à cette heure de la nuit ? Des courses ?

Hart haussa les épaules, et la colère de Ian prit de l'ampleur. Toutes ces années, il avait craint que son frère chéri, celui qui l'avait fait sortir de prison, ne soit le coupable. Ian avait fait tout ce qu'il pouvait pour détourner Fellows de sa piste, pour l'empêcher de parler à Lily Martin, l'unique témoin susceptible de nuire à Hart. Et pendant ce temps, celui-ci avait cru que Ian était fou au point de tuer Sally. Mme Palmer était l'unique personne qui pouvait les innocenter tous les deux. Et voilà que Hart la protégeait.

Son frère mentait. Mme Palmer était quelque part dans la maison. Et Beth était dehors...

Beth se tortilla tout en tentant de repousser Mme Palmer. Le couteau contourna le corset et pénétra dans son flanc, juste au-dessus de la hanche.

La douleur vive lui coupa le souffle. Elle enfonça les doigts dans les poignets de Mme Palmer et s'y cramponna.

— Lâchez-moi, garce, gronda celle-ci. Je vais vous étriper.

Beth voulut crier, mais ses jambes se dérobèrent et son corps devint faible.

— Ne mourez pas dans mes bras, espèce d'idiote, siffla la voix de Mme Palmer à son oreille.

Beth se sentit tirée dans un étroit passage. À la puanteur qui lui souleva l'estomac, elle comprit que c'était là que se déversaient les eaux usées des maisons voisines.

— Vous ferez une charmante otage, disait Mme Palmer. Selon Hart, Ian adore la femme qu'il vient d'épouser. Il fera tout pour vous récupérer, y compris me laisser sortir d'Angleterre.

Privée de force, Beth se laissa tirer dans la ruelle jusqu'à Chancery Lane – si elle ne se trompait pas. Mais l'obscurité commençait à troubler sa vue, et ses mains devenaient glacées.

Elle entendit Mme Palmer s'esclaffer bruyamment comme une ivrogne. Pourtant, elle n'était pas ivre, songea Beth dont la tête était lourde et confuse. Un fiacre s'arrêta, et Mme Palmer la poussa dedans.

— Bethnal Green, chéri, lança-t-elle au cocher sans cesser de rire grassement. T'inquiète pas, j'ai de quoi payer. Grouille-toi, faut que je ramène ma sœur à la maison.

Beth s'affaissa sur la banquette, et Mme Palmer tira sur elles deux un plaid qui sentait la poussière et la sueur. Beth toussa, ce qui la fit gémir de douleur.

— Quand ils verront que je ne suis pas là, ils se mettront à votre recherche, marmonna-t-elle.

— Je sais, répliqua Mme Palmer. Et, pendant ce temps, je veillerai sur vous.

Beth passa de la conscience à l'inconscience tandis que le fiacre cahotait sur les pavés disjoints. À quelle vitesse sa blessure la ferait-elle mourir ? se demandait-elle confusément.

— J'ai besoin d'un médecin, souffla-t-elle.

— Je vous ai dit que je m'occuperai de vous.

Beth pressa la main sur son flanc et ferma les yeux. Elle avait la nausée, elle avait froid et ne sentait plus ses jambes.

Le fiacre s'arrêta enfin. Le cocher grommela quelque chose, des pièces tintèrent. Beth tenta vaguement de s'arrimer au flanc du fiacre, mais

Mme Palmer la tira et la mit debout dans la rue, l'enlaçant solidement.

— S'il y a une chose que je déteste, c'est bien de voir deux jolies petites dames complètement bourrées, jeta le cocher.

À quoi répondit un rire gras de Mme Palmer, qu'elle interrompit dès que la voiture s'éloigna. Elles tournèrent au coin de la rue. Quelques fenêtres étaient éclairées, mais peu de lumière pénétrait ce quartier de taudis. Des années de fumée et de poussière de charbon avaient noirci les briques des bâtiments. Des hommes déguenillés titubaient ou se hâtaient, apeurés, vers l'abri le plus proche.

Mme Palmer poussait Beth de ruelle en ruelle, en multipliant les virages et les retours en arrière, dans le but visible de la désorienter. Elle ignorait que la jeune femme connaissait Bethnal Green comme sa poche. C'était là qu'elle avait grandi.

— Où sommes-nous ? Où allons-nous ? balbutia-t-elle, feignant d'être perdue.

— Chez ma sœur. Arrêtez de poser des questions.

— Hart sait sûrement où vit votre sœur. Et je sais que vous ne me soignerez pas. Vous me tuerez.

Les doigts de Mme Palmer l'étreignaient comme des pinces d'acier.

— Il n'est pas question que je vous laisse les rejoindre, pas avant que je sois hors d'atteinte. À ce moment-là, j'enverrai un mot, avouant ce que j'ai fait et signalant où vous êtes.

— Je ne vous crois pas, sanglota Beth en mettant tout ce qu'elle pouvait de tragique dans sa voix. Vous ne ferez rien, et Ian sera pendu pour un crime qu'il n'a pas commis.

— C'est Hart que j'essaie de sauver, petite idiote, et je me fiche de qui on pend à sa place.

Elle se tut et continua à traîner Beth, dont la plus grande peur était que Mme Palmer l'abandonne dans la rue. Les habitants de cette partie de Londres la dépouilleraient en une minute et la laisseraient pour morte. Il était possible qu'une âme sensible prévienne la police, mais il serait sans doute trop tard.

— Je vous en prie, tenta-t-elle. Tâchons de trouver… une église, ou une sorte de sanctuaire, et vous pourrez vous sauver. Je ne saurai même pas où.

Mme Palmer grommela :

— Je me demande pourquoi ils tombent sur des femmes aussi sottes. Celle que Hart a épousée l'a rendu à moitié débile, et sa mort l'a anéanti. Et la garce qui l'a planté avant son mariage ne valait pas mieux. Elles lui ont brisé le cœur. Je les hais toutes les deux pour ce qu'elles ont fait à mon garçon.

De fureur, elle donna au bras de Beth une secousse supplémentaire. Sylvia avait dit vrai : cette femme ferait tout pour l'homme qu'elle aimait. Elle avait tué pour lui, fait la putain et la maquerelle pour lui, et défié le gibet pour lui.

Quelques virages supplémentaires, et Beth aurait une chance de survivre.

Là.

— Regardez, il y a une église.

Désignant l'église de brique où avait officié Thomas, Beth s'accrocha lourdement à Mme Palmer.

— Emmenez-moi là, s'il vous plaît. Ne me laissez pas dans la rue.

Grommelant quelque chose, Mme Palmer tira Beth vers l'église. Évitant la porte de devant, elle l'entraîna vers l'arrière de l'édifice. Comme autrefois, la porte s'ouvrit aisément sur un petit couloir qui menait à la sacristie. Les odeurs familières de cierges, poussière, livres et vêtements liturgiques rappelèrent à Beth sa vie de femme de pasteur. Des journées paisibles et bien ordonnées, les saisons se suivant comme les perles d'une guirlande. L'Avent, Noël, l'Épiphanie, le Carême, Pâques, la Pentecôte, la Trinité... On savait ce qu'on devait lire, manger et porter, quelles fleurs devaient décorer l'église, et de quelle couleur devaient être les ornements de l'autel.

Faute d'argent, il n'y avait pas d'orgue, aussi Thomas donnait la note sur un diapason et l'assistance entonnait des chants qu'elle connaissait par cœur.

Ô Dieu, notre soutien durant les jours passés
Notre espoir pour les années à venir
Notre refuge lorsque l'orage tonne
Et notre maison pour la vie éternelle.

L'église était déserte. Les murs blanchis à la chaux n'avaient pas changé, pas plus que la chaire à droite de l'autel. Beth se demanda si la porte de la chaire grinçait toujours.

— La trompette du Jugement dernier, l'appelait Thomas. Maintenant, ils savent qu'ils doivent écouter le prêche de leur pasteur.

Quand Beth avait suggéré qu'il demande au sacristain de graisser les gonds, il avait riposté :

— Alors, il n'y aura plus rien pour les réveiller lorsque le sermon sera fini.

Tout, dans cette petite église, parlait de Thomas et de l'ancienne vie de Beth, de la courte période de bonheur qu'elle avait connue ici. Mais c'était il y avait si longtemps, et la voix de Thomas ne lui parvenait plus que faiblement. Et ce soir, elle était blessée et craignait de ne plus jamais voir Ian, l'homme qu'elle aimait à présent.

Ian bouscula Cameron et Fellows, et sortit en courant. Il entendit Hart crier :

— Arrêtez-le !

Ian dévala l'escalier et sortit de la maison avant que Cameron ait pu le rattraper. Il ouvrit la portière de la voiture de Hart et trouva Katie endormie sur la banquette. Elle était seule.

Ian la secoua.

— Où est Beth ?

Katie cligna des yeux.

— Je sais pas. Je croyais qu'elle était avec vous.

Le cœur de Ian s'affola. Lâchant la portière, il s'adressa au cocher qui, adossé au mur, mâchonnait une carotte de tabac.

— Où est-elle ? tonna-t-il, ce qui fit reculer les chevaux.

— Vot'dame ? Elle a couru à l'intérieur. Je pensais…

Ian n'attendit pas la suite de son explication. Il revint en courant vers la maison, et croisa Cameron à mi-chemin.

— Ian, que se passe-t-il, bon sang ?

Ian se rua dans la maison, en hurlant le nom de Beth. Hart le regarda du palier, Fellows à son côté. Deux dames surgirent d'une chambre.

— Où est-elle ? leur cria Ian.

Hart et Fellows se contentèrent de le fixer, les yeux écarquillés, mais l'une des filles répondit :

— Elle est pas là, chéri.

— Vous l'avez vue ?

— J'ai vu Mme Palmer descendre l'escalier de service à toute allure, intervint l'autre fille. À mon avis, elle avait pas envie de rencontrer notre cher inspecteur.

La peur et la colère s'emparèrent de Ian. Beth. Il devait la retrouver. Vite !

— Ian !

L'appel de Cameron venait de l'escalier de service. Ian traversa la cuisine, dévala une volée de marches et franchit la porte de derrière. Cameron l'attendait dans une cour, portant à bout de bras une lanterne.

Ian scruta ce que lui désignait son frère sur le mur du fond. Une tache brun-rouge luisait sur les briques.

— Du sang, dit Cameron. Et il y a une autre tache sur la porte.

Le cœur de Ian battait si fort qu'il en eut presque la nausée. Comme Fellows sortait pour voir ce qui se passait, Ian le prit par le col et lui mit le nez sur les taches.

— Nom de Dieu… chevrota le policier.

— Retrouvez-la, gronda Ian. Vous êtes détective, c'est le moment de *détecter* quelque chose, ajouta-t-il en remettant l'inspecteur d'aplomb.

Cameron ouvrit la porte et sortit dans la ruelle.

— Ian a raison, Fellows. Faites votre fichu boulot.

— Ian, fit Hart en posant une main sur son épaule.

Ian se dégagea, incapable de supporter son contact. Si jamais Beth était morte…

— Il ne va pas piquer l'une de ses crises, hein ? s'écria Fellows en tentant de se dégager.

— Non, répondit Ian en tournant le dos à Hart.

Sans lâcher le col de l'inspecteur, il rejoignit Cameron dans la ruelle.

— Trouvez-la, répéta-t-il.

— Je ne suis pas un chien de meute, milord.

— Ouaf, ouaf, fit Cameron en décochant à Fellows un sourire narquois. Bon chien.

21

Lorsque Mme Palmer la poussa sur le bois d'un banc, Beth ne put retenir un cri de douleur. Il n'y avait personne dans l'église.

Beth agrippa son poignet.

— Non, ne me laissez pas.

— Ne faites pas la sotte. Quelqu'un vous trouvera.

Beth se cramponna avec toute la force qu'elle put rassembler.

— Je vous en prie, ne me laissez pas ici toute seule. Attendez le pasteur avec moi. Je vous en supplie. Je ne veux pas mourir toute seule…

Ses larmes étaient sincères. Des vagues de douleur déferlaient sur elle, de plus en plus vives. Ian devinerait-il où elle était ? La trouverait-il ? Il était capable d'élucider des problèmes mathématiques complexes et de mémoriser le jargon des traités politiques. Mais pourrait-il rassembler les morceaux de ce puzzle-là ?

Mme Palmer émit un grognement exaspéré, mais s'assit dans un bruissement de jupes. Beth s'effondra contre elle, incapable de se tenir droite.

— Avez-vous tué Lily Martin ? murmura-t-elle.

Si Mme Palmer avait voulu la tuer, elle l'aurait déjà fait. La femme avait peur, et Beth avait le sentiment qu'elle redoutait plus la réaction de Hart qu'une arrestation et la pendaison. Si, par sa faute, l'épouse de son frère bien-aimé mourait, Hart ne le lui pardonnerait jamais.

— Bien sûr que j'ai tué Lily, répondit abruptement Mme Palmer. Elle a été témoin du meurtre de Sally.

— Vous croyez donc que c'est Hart qui a tué Sally ?

— La petite garce le faisait chanter pour obtenir assez d'argent pour me quitter. Hart m'a dit qu'il allait la faire taire.

— Vous aussi étiez furieuse contre elle.

— Si Sally voulait tant d'argent, elle aurait pu le demander à Hart. Mais non. Ce qu'elle voulait, c'était exercer son pouvoir sur lui. Comme si elle était capable de contrôler quelqu'un comme Hart. Il n'était pas homme à se soumettre. Il avait la nature d'un chef. J'ai vu ça quand je l'ai rencontré, alors qu'il avait tout juste vingt ans… C'était un joli garçon, reprit-elle d'un ton attendri. Beau et si gentil, avant que tant de gens lui fassent du mal.

Beth s'était étendue, la tête sur les genoux de Mme Palmer, sous le plaid bleu et vert, croisé de fils blancs et rouges, des Mackenzie.

— Vous l'aimez beaucoup, je le vois, dit-elle.

— Je ne l'ai jamais caché.

— Cela a dû être douloureux de le voir se marier, de le laisser s'éloigner.

Ce n'était pas la chose la plus diplomatique à dire, songea-t-elle, mais elle n'était plus en mesure de contrôler ses propos.

— Je savais qu'il devrait se marier, répliqua calmement Mme Palmer. J'ai treize ans de plus que lui, et nous n'étions pas du même milieu. Il lui fallait comme épouse la fille d'un pair qui donnerait des bals, des dîners, et saurait charmer ses collègues.

— Mais des quantités de gentlemen ont des maîtresses. Mme Barrington aimait à s'en moquer.

— Qui diable est Mme Barrington ?

Beth étant trop épuisée pour répondre, Mme Palmer poursuivit :

— Que Hart ait une maîtresse, personne ne s'en serait soucié. Mais c'était plus que ça.

— Il était votre seigneur et maître ? demanda Beth qui, la curiosité l'emportant sur la douleur, se souvenait des mots de Ian. Que faisait-il exactement ?

— Si vous ne savez rien de cette vie, vous ne comprendrez pas.

— Je suppose que non… Mais je ne crois pas que Hart ait tué Sally, enchaîna Beth d'une voix de plus en plus faible. Il aurait attendu que Ian soit parti. Quelqu'un d'autre a dû paniquer et poignarder Sally.

— Quelqu'un comme moi, dit Mme Palmer. Eh bien, peut-être que je l'ai tuée.

Pour protéger Hart. Les yeux de Beth se fermèrent. Elle tenta d'imaginer la scène, Ian jetant un œil par l'entrebâillement de la porte, voyant Hart penché sur Sally, Lily Martin debout dans le couloir. Non, quelque chose ne collait pas. Si seulement elle pouvait rester consciente assez longtemps pour comprendre ce qui ne collait…

Mme Palmer se leva abruptement, comme si elle avait entendu quelque chose. La tête de Beth heurta le banc. Elle serra les dents pour retenir un gémissement.

— Vous serez bien ici, décréta Mme Palmer. Quelqu'un vous trouvera forcément.

— Non, murmura Beth en cherchant la main de la femme. Ne me laissez pas mourir toute seule.

Si elle parvenait à la retenir assez longtemps pour que Ian devine où elle était et y amène Fellows, il serait innocenté et débarrassé pour toujours de l'inspecteur.

Mme Palmer regarda autour d'elle, comme si un courant d'air frais l'avait effleurée.

— Pourquoi attendrais-je de me faire arrêter ?

— Parce que vous n'avez rien voulu de tout cela. Vous pensiez que Lily accuserait Hart, et vous aviez peur.

Mme Palmer se mordit la lèvre.

— Vous avez raison. Je suis allée la voir pour découvrir ce qu'elle savait, et elle s'est mise à rouspéter, comme quoi l'argent que Ian lui donnait ne lui suffisait plus. Les ciseaux étaient là, dans son panier à couture. Je les ai pris…

Elle regarda sa main, avec ébahissement.

— Hart vous aidera, assura Beth.

— Non. J'ai tout gâché. Le meurtre de Lily a ramené l'inspecteur Fellows sur la scène. Hart ne me le pardonnera jamais.

Beth agrippa le bord du banc. Le sommeil l'appelait, le doux sommeil qui supprimait toute douleur…

— Avez-vous réellement tué Sally ? parvint-elle à balbutier.

— Quelle importance ? J'irai au gibet pour Hart, et il comprendra combien je l'aime.

— Lily et Sally étaient amantes, murmura Beth. Son cerveau était sur le point de découvrir quelque chose.

Mme Palmer émit un reniflement de mépris.

— Lily avait une photographie de Sally dans sa chambre, vous vous rendez compte ? Sally avait pourtant fini par la plaquer. Je l'ai emportée. Je ne voulais pas que la police établisse de rapport, mais ils l'ont fait quand même.

— Sally et Lily, chuchota Beth.

Elle ferma les yeux et la scène se déroula dans sa tête. Lily jetant un œil dans la chambre où se trouvaient Hart et Sally, puis voyant Hart s'en aller. Pensant qu'il avait donné l'argent à Sally. Furieuse d'avoir été repoussée par son amie et comprenant qu'elle n'obtiendrait ni un retour d'affection ni une part de l'argent. Avisant un couteau sur la table à côté du lit, et s'en emparant. Puis Ian voyant depuis le salon son frère partir en courant de la maison. Le même montant à l'étage, découvrant Sally qui baignait dans son sang et Lily dans le couloir, témoin, pensait-il, du crime commis par Hart.

— Il faut que je m'en aille.

Mme Palmer fouilla les poches de la robe de Beth et en sortit son réticule. Puis, prenant la main de la jeune femme, elle tenta de s'emparer de la petite bague en argent orné d'un minuscule diamant.

— Je vais prendre ça aussi. Je pourrai le fourguer quand je serai sur le Continent. Et les boucles d'oreilles.

— Non, protesta Beth en s'efforçant de serrer le poing, sans succès. C'est mon premier mari qui me l'a donnée.

— Ce n'est pas cher payé pour que je ne vous tue pas.

Mme Palmer lui arracha les boucles d'oreilles qu'Isabella lui avait offertes à Paris.

— Prenez-les, chérie. Elles vous vont mieux qu'à moi.

Mme Palmer se mit debout. Elle avait l'air à présent de ce qu'elle était vraiment, une femme qui luttait contre les atteintes de l'âge à l'aide de fard et de ténacité. Une femme lasse d'avoir longtemps lutté.

— J'aime Hart Mackenzie, déclara-t-elle d'une voix résolue. Je l'ai toujours aimé. Je vais veiller à ce que cette petite gouine de Sally ne le détruise pas, après toutes ces années. J'ai veillé à ce que Lily ne le fasse pas.

— Restez et expliquez-leur, supplia Beth dans un râle.

Prise d'un accès de rage, Mme Palmer tira sur les cheveux de Beth et l'incita à se lever. Le flanc en feu, la jeune femme cria.

— Vous n'aviez pas le droit d'amener l'inspecteur dans ma maison ! gronda Mme Palmer. Vous êtes aussi coupable que moi !

L'écume perla au coin de ses lèvres.

Beth n'était plus en état de se battre. Elle allait mourir ici, dans la petite église de Thomas, à moins de cinquante mètres de sa tombe.

Elle crut entendre grincer la porte de la chaire, et revit Thomas vêtu de la chasuble blanche qu'elle avait si souvent raccommodée. Ses yeux bleus la regardaient avec tendresse.

Sois courageuse, ma chérie. C'est presque fini, crut-elle entendre.

— Ian.

Les doigts toujours plongés dans les cheveux de Beth, Mme Palmer examina la chapelle.

— À qui parlez-vous ?

Des interjections l'interrompirent, des voix d'hommes, dont celle de Ian. Mme Palmer hurla, tirant son otage devant elle comme un bouclier. Beth gémit de souffrance.

Ian, le visage blême, les yeux hagards, se rua sur Mme Palmer. Il criait quelque chose que Beth ne put comprendre. Mme Palmer chancela, et Ian rattrapa Beth qui s'écroulait.

Il était à côté d'elle, chaud, solide et réel. Beth voulut lever les bras vers lui, mais ils refusèrent de lui obéir. Il la souleva et s'assit sur le banc pour la bercer contre lui. Ses yeux dorés la regardaient franchement.

— Ian, fit Beth en souriant.

C'était elle à présent qui ne pouvait plus soutenir son regard et détournait la tête.

Du coin de l'œil, elle constata que Hart était là, ainsi que Cameron et l'inspecteur Fellows. Mme Palmer se tenait toute droite, adossée à un mur.

— On ne me pendra pas pour cette putain, déclara-t-elle.

La lame de son couteau brilla et elle la plongea sans hésiter entre ses seins.

Beth entendit Hart crier tandis que Mme Palmer s'affaissait au pied du mur. Hart la prit dans ses bras.

— Je vous aime, dit-elle en le regardant.

— Ne parle pas, ordonna Hart d'une voix incroyablement tendre. Je vais chercher un docteur.

Elle fit non de la tête, avec un sourire faible.

— Tout s'assombrit. Je ne peux plus voir votre visage…

Elle le chercha à tâtons.

— Hart, tenez-moi.

— Je suis là, dit-il en embrassant ses cheveux. Je suis ici, mon amour. Je ne te quitterai pas.

Ian ne les regardait pas. Les yeux clos, il berçait Beth. Elle voulut dire « Je savais que vous me retrouveriez », mais l'obscurité se referma sur elle, et ses lèvres refusèrent d'articuler. Elle glissa dans l'inconscience au moment même où le dernier souffle de Mme Palmer s'échappait de ses lèvres.

Ian utilisa la voiture de Hart pour ramener Beth dans la demeure ducale de Grosvenor Square, qui était toujours prête à accueillir son maître.

Les serviteurs s'affairèrent, obéissant à ses ordres frénétiques.

Il l'emporta dans la chambre qu'on lui réservait d'habitude. Un médecin vint nettoyer et recoudre la plaie, mais la jeune femme ne se réveilla pas.

Cameron était resté dans l'église avec Hart et l'inspecteur Fellows, qui tentait de comprendre ce qui s'était passé. Ian, lui, se fichait éperdument de la suite des événements. Mme Palmer était morte, et Beth avait failli mourir en essayant d'élucider l'énigme. Fellows pouvait faire ce qu'il voulait, maintenant.

Beth demeurait inconsciente. Ian avait eu beau laver et relaver la blessure, les lèvres de la plaie enflaient et rougissaient, et la fièvre montait.

Ian resta auprès de la jeune femme toute la nuit. Il entendit ses frères rentrer, la voix rude de Cameron et les réponses placides de Hart, le ton déférent des domestiques. Pressant un linge frais sur le front de Beth, il espérait imposer sa volonté à la fièvre et la faire reculer.

La porte s'ouvrit derrière lui et le pas lourd de Hart martela le parquet, mais il ne se retourna pas.

— Comment va-t-elle ? demanda son aîné à mi-voix.

— Elle se meurt.

Hart passa de l'autre côté du lit et contempla Beth, inerte sur les draps. Lui-même avait le visage blême et les traits tirés.

Beth brûlait de fièvre. Elle râlait, tournait la tête d'un côté et de l'autre. Elle gémissait chaque fois que sa plaie touchait le lit.

Ian jeta un regard noir à son frère.

— Toi et tes catins ! Tu en as fait des animaux bien dressés et, en cherchant à te plaire, elles ont tué Beth.

Hart sursauta.
— Voyons, Ian…
— Tu pensais que Beth en voulait à mon argent, à notre nom. Pourquoi l'aurait-elle fait ?
— C'est vrai, au début. Mais je ne le pense plus.
— Il est sacrément trop tard. Elle ne voulait rien pour elle-même, elle ne nous a jamais rien demandé. Tu ne sais pas te comporter avec les personnes comme ça.
— Je ne veux pas la voir mourir, elle aussi.
Hart posa une main sur l'épaule de Ian, qui s'en débarrassa d'une secousse.
— Tu m'as amené dans la maison de High Holborn pour être ton espion. Tu m'as utilisé. Tu m'as fait sortir de l'asile pour que je puisse t'aider, mais tu as toujours cru que j'étais fou. Tu avais juste besoin de mes facultés.
— Ce n'est pas entièrement exact, répliqua Hart, lèvres pincées.
— Ce n'en est pas loin. Tu as cru que j'étais assez fou pour tuer Sally. Je faisais ce que tu disais parce que je t'étais reconnaissant, et je voulais te protéger, *toi*. Je t'admirais et je t'adorais, exactement comme tes maudites putains.
Ian haletait, mais sa main était douce sur les cheveux de Beth.
— Pour l'amour de Dieu, Ian…
— Je ne t'obéirai plus. Ta toute-puissance a tué ma Beth.
Hart demeura immobile.
— Je sais. Laisse-moi l'aider.
— Tu ne peux pas aider. Elle est au-delà de toute aide.
Le regard de Ian croisa celui de Hart et, pour la première fois, l'aîné détourna les yeux.
— Va-t'en, fit Ian. Je ne veux pas que tu sois là si je dois lui dire au revoir.

Hart resta rigide quelques instants, puis pivota et sortit lentement de la pièce.

Durant la semaine suivante, Ian ne sortit de la chambre que pour appeler Curry, et crier si celui-ci mettait trop de temps à accourir. Beth se retournait dans son lit, le visage rose et luisant de sueur, gémissant quand le drap effleurait son flanc. Ian dormait à côté d'elle, ou bien dans un fauteuil lorsqu'elle remuait trop. Curry tenta en vain de le persuader d'aller se reposer dans la chambre voisine, pendant qu'une servante, Katie ou lui-même prendrait soin de la blessée.

Ian, qui avait lu tous les livres de la vaste bibliothèque de Hart, et quantité d'autres à l'asile, n'avait pas oublié ceux qui décrivaient les innovations médicales. Il fit appel à ses souvenirs et appliqua les méthodes les plus récentes pour soigner les plaies infectées et faire baisser la fièvre, pour nourrir et apaiser les patients.

Le médecin apporta des sangsues, qui aidèrent à désenfler un peu la plaie, mais ses huiles, onguents et seringues de liquides suspects déplurent à Ian qui refusa de le laisser seul avec Beth. Vexé, le praticien se plaignit à Hart, lequel rétorqua que cette querelle ne le concernait pas.

Tous les jours, Ian débarrassait les lèvres de la plaie du pus qui suintait. Il baignait le visage de Beth avec de l'eau fraîche, la nourrissait de bouillon, introduisant de force la cuillère si elle tentait de tourner la tête. À sa demande, Curry avait apporté de la glace dont il pressait un morceau, enveloppé dans un linge, sur la plaie pour la faire désenfler, et dont l'autre morceau lui servait à rafraîchir l'eau avec laquelle il lui mouillait le front.

Ian aurait aimé pouvoir emmener Beth hors de Londres, où la fumée et la suie s'insinuaient dans chaque interstice, chaque fenêtre, chaque porte, mais il craignait que les cahots ne freinent la cicatrisation. Il tressa ses cheveux afin qu'elle ait moins chaud. Une de ses craintes, la moins grave, était de devoir les couper si la fièvre ne tombait pas.

Le médecin hochait la tête, faisait claquer sa langue, pinçait les lèvres avec un scepticisme évident. Il suggéra des traitements expérimentaux, confectionnés à partir de glandes de singes et d'autres animaux, qu'il développait en coopération avec un spécialiste de Suisse. S'il pouvait sauver la belle-sœur du duc de Kilmorgan, sa renommée serait assurée.

Ian le jeta dehors.

Le sixième jour, la fièvre n'était toujours pas retombée. Ian, assis au chevet de Beth, lui tenait la main sans la serrer. Il sentait le goût de la peur. Il allait la perdre.

— Est-ce cela, l'amour ? murmura-t-il. Je n'aime pas ça, ma Beth chérie. Ça fait trop mal.

Elle ne répondit pas. Ses yeux étaient à peine entrouverts sous les paupières gonflées, une fente bleue qui ne voyait rien. Aujourd'hui, il n'était même pas parvenu à lui faire avaler quelque chose.

Ian se sentit nauséeux, et il dut sortir pour vomir de la bile. Quand il revint, rien n'avait changé. Elle respirait difficilement et sa peau était brûlante.

Elle avait surgi si subitement dans sa vie, quelques semaines plus tôt seulement, et voilà qu'elle s'en allait tout aussi subitement. Le sentiment de perte le terrifiait. Il ne l'avait jamais éprouvé auparavant, pas même à l'asile où il avait pourtant connu la peur et la solitude. Aujourd'hui, il sentait un gouffre se creuser en lui.

Veiller dans la pénombre donnait aux souvenirs l'opportunité de se réveiller. Les sept années qui s'étaient écoulées depuis son départ de l'asile les voilaient à peine. Il se rappela les bains matinaux dans l'eau froide, les promenades dans le jardin en compagnie d'un homme armé d'une canne – le berger, comme l'appelait Ian –, prêt à frapper le patient récalcitrant et à le ramener de force dans sa chambre.

Lorsque d'autres médecins ou des notabilités venaient visiter l'établissement, le Dr Edwards donnait des conférences. Ian devait rester assis sur une chaise au pied de l'estrade. Edwards nommait les personnes présentes avant de lui ordonner de réciter tous les noms dans l'ordre. Ensuite, l'enfant devait écouter une conversation entre deux personnes et la répéter mot pour mot. Un domestique dressait un tableau noir, et Ian était prié de résoudre des problèmes mathématiques compliqués. Il était le chien savant du Dr Edwards.

— Vous avez là l'exemple typique d'un cerveau qui bouillonne de ressentiment, disait-il. Remarquez comme il évite de croiser votre regard, ce qui prouve sa méfiance et son absence de franchise. Remarquez comme son attention erre lorsqu'on lui parle, comme il vous interrompt d'une remarque incongrue ou d'une question qui n'a rien à voir avec le sujet. C'est de l'arrogance poussée jusqu'au point ultime – le patient ne peut plus communiquer avec les gens, qu'il estime inférieurs à lui. Le traitement que je prescris pour ce cas-là est le suivant : environnement austère, bains froids, exercices physiques et chocs électriques pour hâter la guérison. Le fouet pour réprimer ses accès de colère. Il s'est considérablement calmé depuis qu'il m'a été confié.

Ian s'était « calmé » parce qu'il s'était rendu compte que, s'il retenait ses colères et ses propos incongrus, on le laissait tranquille. Il avait appris à se comporter en automate, docilement. Violer les règles entraînait des heures d'enfermement dans une petite pièce, des coups de fouet. Quand Ian redevenait un automate, ses bourreaux lui fichaient la paix.

Ils l'avaient au moins laissé lire et prendre des leçons auprès d'un professeur particulier. Le cerveau insatiable de Ian absorbait tout ce qu'on lui proposait. Il ne lui fallait que quelques jours pour maîtriser une langue nouvelle. Il passa de l'arithmétique aux calculs les plus ardus en l'espace d'une année. Il lisait un livre par jour et pouvait en réciter de longs passages sans effort. Il se réfugiait dans la musique mais, s'il n'avait aucune difficulté à jouer un morceau après l'avoir entendu, personne ne lui enseigna le solfège. Il pouvait citer des passages d'Aristote, Platon ou Virgile, mais sans les comprendre réellement ni les expliquer avec d'autres mots.

— L'arrogance de sa classe ajoutée à son ressentiment envers sa famille a créé un blocage dans son cerveau, expliquait le Dr Edwards à son public captivé. Il peut lire et se souvenir, mais il ne peut pas comprendre. Il ne montre aucun intérêt envers son père, ne réclame pas sa présence et ne lui écrit jamais. Il n'a pas eu l'air non plus de souffrir du décès de sa pauvre mère.

Le Dr Edwards n'avait pas vu le garçon sangloter dans son oreiller la nuit, persuadé que si son père venait lui rendre visite, ce serait pour le tuer à cause de ce dont il avait été témoin.

Ses seuls amis étaient les servantes, qui lui donnaient des friandises et du vin. Elles aidaient le garçon à cacher les cigares que Mac lui apportait et les livres coquins que lui offrait Cameron.

— Lis ça, chuchotait Cameron en lui décochant un clin d'œil. Il faut que tu saches comment sont faites les femmes, et à quoi servent les différentes parties de leur corps.

Ian l'avait appris à dix-sept ans, grâce à la servante potelée aux cheveux dorés qui nettoyait le foyer de sa cheminée tous les matins. Elle avait poursuivi leur liaison clandestine pendant deux ans, avant d'épouser le cocher et quitter l'asile pour mener ailleurs une vie meilleure. Ian avait demandé à Hart de lui faire un cadeau de mariage de plusieurs centaines de guinées, mais sans dire pourquoi.

Tout ceci appartenait au passé. Ian revint au présent, lequel n'était pas plus gai. Si Beth mourait, il regagnerait l'asile car, sans elle, il deviendrait réellement fou.

Isabella entra dans la pièce dans un bruissement de soie, et ses yeux s'emplirent de larmes en découvrant le triste spectacle de Beth, inerte sur le lit.

— Ian, je suis désolée.

Ian était incapable de répondre. Isabella caressa la main de Beth et la porta à ses lèvres.

— J'ai vu le médecin en bas, dit-elle d'une voix épaissie par les larmes. Il m'a avoué qu'il y avait peu d'espoir.

— Le médecin est un crétin.

— Elle est brûlante.

— Je ne la laisserai pas mourir.

Sans lâcher la main de Beth, Isabella se laissa tomber sur le lit.

— Ce sont les meilleurs qui s'en vont les premiers. Le destin les emporte pour nous enseigner l'humilité.

Des larmes ruisselaient sur ses joues.

— Foutaises.

Isabella le regarda avec un petit sourire.

— Tu es têtu comme un Mackenzie.

— Je *suis* un Mackenzie. Je ne la laisserai pas mourir.

Beth se tortilla, et des sons indistincts sortirent de sa bouche.

— Elle délire, murmura Isabella.

Ian mouilla un linge et en tapota la langue de Beth qui tentait de parler d'une voix rauque. Elle lapa les gouttes en gémissant.

Isabella se leva et, essuyant ses larmes, sortit de la chambre.

Mac entra peu après, l'air hagard.

— Il y a du changement ? s'enquit-il.

— Non, répondit Ian qui appuyait un torchon empli de glaçons sur le front de la jeune femme. Tu es venu avec Isabella ?

Mac émit un petit bruit méprisant.

— Pas vraiment. Des trains différents, des bateaux différents, et elle a changé d'hôtel dès qu'elle m'a aperçu.

— Vous êtes deux idiots. Tu ne dois pas la laisser filer.

Mac haussa les sourcils.

— Il s'est écoulé trois ans, et on ne peut pas dire qu'elle se rue dans mes bras.

— Tu ne te donnes pas assez de mal pour la récupérer, protesta Ian avec irritation. Je ne te croyais pas aussi bête.

Mac parut surpris, puis songeur.

— Tu as peut-être raison.

Ian reporta son attention sur Beth. Qu'on ait la chance inouïe de trouver l'amour pour ensuite l'envoyer promener, voilà qui le dépassait.

Mac se frotta le front.

— À propos d'idiots, Hart a mis à la porte ce charlatan de médecin. Bonne chose. J'étais prêt à l'étrangler.

— Bien.

Mac posa la main sur l'épaule de son frère.

— Je suis désolé. Ce n'est pas juste. De nous tous, c'est toi qui mérites le plus d'être heureux.

Ian ne répondit pas. Être heureux n'était pas le sujet du moment. Il fallait d'abord sauver Beth.

Mac resta un instant, regardant tristement la malade, puis s'en alla. Il fut remplacé par d'autres visiteurs durant la journée et la nuit – Cameron, Daniel, Katie, Curry, Isabella de nouveau. Tous posèrent la même question :

— Il y a du changement ?

Ian faisait non de la tête, et ils s'en allaient.

Aux petites heures du matin, alors que l'horloge de la cheminée se mettait à sonner deux fois dans le silence quasi parfait de la maison, Beth se redressa dans son lit.

— Ian !

Sa peau était rouge, ses yeux brillants. Ian s'approcha du lit.

— Je suis là.

— Ian, je vais mourir.

Il la prit dans ses bras et l'étreignit.

— Je ne te laisserai pas partir.

Elle se dégagea.

— Ian, dis-moi que tu me pardonnes.

Elle s'empara du regard de Ian, et il ne put se détourner.

Les yeux de Beth étaient d'un bleu vif, que la fièvre rendait étincelants. Il aurait pu les contempler pendant des heures, fasciné par leur couleur. Les yeux étaient les fenêtres de l'âme, avait-il lu quelque part, et il voyait dans ceux de Beth quelle âme pure et douce elle possédait.

— Il n'y a rien à pardonner, amour.

— D'être allée trouver l'inspecteur Fellows. D'avoir tout remué de nouveau. D'avoir été la cause de la mort de Mme Palmer. Elle est morte, non ?

— Oui.

— Si je n'étais pas revenue à Londres, elle serait en vie.

— Et Fellows nous croirait toujours coupables, Hart ou moi. On ne pardonne pas à quelqu'un d'avoir découvert la vérité, ma Beth chérie.

Elle ne paraissait plus l'entendre.

— Je suis tellement désolée, sanglota-t-elle.

Posant une main sur la poitrine de Ian, elle enfouit le visage contre son épaule.

Il la serra fort, le cœur battant. Lorsqu'il lui releva la tête pour l'embrasser, il s'aperçut que ses yeux s'étaient refermés et qu'elle avait sombré de nouveau dans l'inconscience. Ian la rallongea sur l'oreiller, et des larmes coulèrent de ses yeux sur la peau brûlante de sa jeune épouse.

22

Beth reprit conscience. Elle était trempée de sueur et avait mal partout, mais il lui semblait, tout au fond d'elle-même, que le pire était passé.

Et elle avait très faim.

Elle tourna la tête. Ian était affalé dans le fauteuil à côté du lit, les paupières closes, la chemise ouverte jusqu'au nombril. Il lui tenait la main, mais un léger ronflement sortait de sa bouche.

Beth pressa sa main. Elle avait envie de sauter du lit et se blottir sur ses genoux.

— Ian, murmura-t-elle.

Il ouvrit les yeux. Le regard doré se posa sur elle, et aussitôt il se rua sur le lit, un verre d'eau à la main.

— Bois.

— J'aimerais manger quelque chose.

— Bois ce fichu verre d'eau.

— Oui, monsieur mon époux.

Beth but lentement, savourant la sensation sur sa langue parcheminée. Ian garda les yeux fixés sur sa bouche du début à la fin. Elle eut le sentiment que si elle n'avalait pas assez vite, il lui pincerait le nez et lui viderait toute l'eau d'un coup dans le gosier.

— Et maintenant, du pain, décréta-t-il.

Il brisa un minuscule morceau et l'apporta aux lèvres de Beth.

— Cela me rappelle quand nous étions à Kilmorgan et que tu me faisais prendre mon petit déjeuner à la becquée.

Sans mot dire, Ian brisa un autre morceau de pain et la regarda mâcher et avaler.

— Je me sens mieux, assura-t-elle après avoir mangé plusieurs morceaux. Mais très fatiguée.

Ian lui tâta le front et les tempes.

— La fièvre est tombée.

— Merci, mon Dieu…

Elle s'interrompit sur un petit cri lorsque les bras de Ian l'étreignirent. Sa chemise était déboutonnée, et elle sentit la chaleur de sa poitrine l'envelopper.

Il tenta de planter un baiser sur ses lèvres desséchées, mais elle se dégagea.

— Non, Ian, je suis sûrement répugnante. J'ai besoin de prendre un bain.

— Tu dois d'abord te reposer. Dors.

— Toi aussi.

— J'ai dormi.

— Je parle d'un vrai sommeil, dans un lit. Appelle une servante, qu'elle change les draps, et tu pourras dormir avec moi.

— Je vais le faire moi-même.

Elle essuya une larme qui roulait sur la joue de Ian.

— Les servantes de l'étage seront déçues si tu les prives de leur travail. Elles trouveront que ce n'est pas ton rôle. Les femmes de chambre sont très fières, tu sais.

Il secoua la tête.

— Je n'ai rien compris à ce que tu as dit.

— Alors, c'est que je dois aller mieux, en effet.

Ian sortit du linge d'un placard. En silence, il entreprit de défaire les draps d'un côté du lit. Beth voulut l'aider, mais renonça dès qu'elle se rendit compte qu'elle ne pouvait même pas tirer sur un coin.

Il défit habilement une partie du lit et y installa les nouveaux draps. Puis, très doucement, il fit glisser Beth sur le drap propre avant de changer l'autre côté du lit.

— Tu as l'air d'avoir beaucoup d'expérience, observa-t-elle tandis qu'il la bordait. Tu pourrais peut-être ouvrir une école pour femmes de chambre.

Il jeta les draps sales dans le couloir et revint.

— Les livres.

— Je te demande pardon ?

— Je parle des livres qui expliquent comment prendre soin des malades.

— Tu en as lu ?

— Oui. Tous.

Il ôta ses bottes et s'allongea à côté d'elle, offrant le merveilleux réconfort de sa chaleur.

Beth se rappela l'instant où, en pleine nuit, elle s'était réveillée et Ian l'avait regardée franchement dans les yeux. Son regard doré avait été si angoissé, empli de chagrin. À présent son regard fuyait de nouveau, refusant de se laisser capter.

— Ce n'est pas juste que tu ne me regardes que lorsque je suis très malade, déclara Beth. Maintenant que je me sens mieux, tu te détournes de nouveau.

— Parce que, quand je te regarde, j'oublie tout. Je perds le fil de ce que je suis en train de faire ou dire. Je suis fasciné par tes yeux… Tu as de si beaux yeux, ajouta-t-il en posant la tête sur l'oreiller de Beth et ses mains sur sa poitrine.

Le cœur de la jeune femme battit plus vite.

— Et maintenant, tu me flattes pour que j'aie honte de t'avoir reproché quelque chose.

— Je ne t'ai jamais flattée.

Le souffle chaud de Ian caressait la peau de Beth. Elle était fatiguée, mais pas au point de ne rien sentir. Des souvenirs de l'église lui revinrent, son angoisse, le désespoir de Mme Palmer, ses aveux ambigus.

— Elle est morte, n'est-ce pas ? Mme Palmer, je veux dire.

— Oui.

— Elle aimait tellement Hart, la pauvre femme…

— C'était une meurtrière et elle a failli te tuer, toi aussi.

— Évidemment, je ne peux pas l'en féliciter. Mais elle n'a pas tué Sally, tu sais. C'est Lily.

Ian lui jeta un bref coup d'œil.

— Ne parle pas. Tu es trop faible.

— Tu as raison, Ian Mackenzie, mais écoute quand même : Sally a quitté Lily, et elle allait garder pour elle le fruit de son chantage. Lily a dû être furieuse. Tu as dit qu'elle traînait à proximité de la chambre. Pendant que tu étais dans le salon, alors que Hart se changeait, elle s'est disputée avec Sally et l'a poignardée. Rien d'étonnant à ce qu'elle ait accepté d'aller se cacher dans la pension de Covent Garden.

Ian se pencha sur elle.

— Tout de suite, je me fiche éperdument de qui a tué Sally.

— Mais j'ai élucidé le mystère, protesta Beth, un peu offensée. Dis-le à l'inspecteur Fellows.

— L'inspecteur Fellows peut aller pourrir en enfer.

— Ian…

— Il se prend pour un sacrément bon policier. Qu'il découvre tout seul la vérité. Toi, tu te reposes.

— Mais je me sens mieux !

Ian lui adressa un regard noir, tout en évitant ses yeux.

— Je m'en moque.

Beth se réinstalla docilement sur l'oreiller, mais ne put résister à l'envie de caresser la joue rugueuse de Ian. Cela faisait plusieurs jours qu'il ne s'était pas fait raser.

— Comment as-tu su que j'étais dans cette église ? s'enquit-elle.

— Quelqu'un, dans la rue, avait entendu Mme Palmer demander au cocher de l'emmener à Bethnal Green. Hart savait que sa sœur habitait dans ce quartier. Comme vous n'y étiez pas, j'ai pensé que tu essaierais de fuir et de te réfugier dans l'église de ton mari... Je savais que tu avais été heureuse là-bas, conclut-il en regardant au loin.

— Comment savais-tu seulement où se trouvait cette église ?

— Je connais Londres par cœur. Je l'ai explorée de fond en comble. Et je n'ai pas oublié.

Beth s'appuya sur sa poitrine. Sa chemise sentait bon le propre.

— Soyez bénis, toi et ta mémoire, Ian. Merci d'avoir retrouvé cette église. Merci de ne pas avoir tué Sally Tate. Merci d'être aussi noble et consciencieux.

— Parfois, j'ai eu peur, dit Ian en se frottant le front d'un geste qui indiquait la montée d'une migraine. Parfois, j'ai pensé que ce n'était pas Hart. Que c'était moi lors d'une de mes colères, et que j'avais réussi à en effacer le souvenir dans ma tête.

Beth referma la main autour de la sienne.

— Mais tu ne l'as pas fait. Les deux meurtrières sont mortes, et c'est fini.

— Tu m'as vu me jeter sur l'inspecteur Fellows et tenter de l'étrangler. Il a fallu les efforts réunis de Curry et de Mac pour me faire lâcher prise.

— Il faut admettre que l'inspecteur Fellows peut se montrer provocant, fit Beth d'un ton délibérément léger.

— À l'asile, au début je me battais contre les infirmiers. J'en ai blessé deux ou trois. Les migraines me prenaient la tête, je me débattais, je leur décochais des ruades et des coups de poing.

Le regard de Ian dériva.

— Je ne peux pas toujours stopper mes accès de rage. Et si je m'en prenais à toi ?

Son air effrayé toucha Beth.

— Tu n'es pas ton père.

— Tu crois ? Il m'a fait enfermer parce que je l'ai vu tuer ma mère, mais ce n'était pas l'unique raison. Je n'ai pu convaincre la commission de médecins que j'étais sain d'esprit – j'étais tellement en colère que je n'ai pu réciter qu'un seul vers d'un poème, toujours le même, encore et encore, tout en essayant de refouler ma rage.

Prenant l'une des mains de la jeune femme, il la porta à ses lèvres.

— Beth, et si je m'emportais contre toi ? Et si je te faisais du mal ? Et si, tout à coup, j'émergeais de ma folie et découvrais ton corps ensanglanté entre mes mains…

Il s'interrompit, et ferma les yeux en pressant furieusement les paupières.

— Non, Ian, ne me quitte pas.

— J'étais très en colère contre Sally. Et je ne connais pas ma force.

— Tu ne lui as rien fait.

Elle embrassa son poing fermé.

— J'ai vraiment besoin de parler à l'inspecteur Fellows, dit-elle.

Elle se retrouva subitement clouée au lit. Les yeux de Ian étaient ouverts de nouveau, et la peur avait disparu.

— Ne parlons plus de Fellows.

— Mais...

— Non, grogna-t-il.

Il captura le mot suivant d'un baiser, et Beth se rendit de bon cœur. Elle ne parla plus du policier, mais un projet s'esquissa dans sa tête. Une longue conversation avec l'inspecteur était nécessaire.

Beth se remit rapidement de sa fièvre, même si la plaie prit plus de temps à cicatriser. Une semaine plus tard, elle marchait tant bien que mal, mais se fatiguait vite.

Elle clopinait dans la maison de Hart, épiée par les domestiques toujours prêts à lui apporter tout et n'importe quoi. Ils énervaient Beth, qui n'avait pas l'habitude d'être servie avec autant d'assiduité.

Autre sujet de frustration : après le baiser destiné à la faire taire, Ian avait repris ses distances. Il prétendait que c'était pour qu'elle guérisse complètement, mais elle savait qu'il continuait à se tourmenter au sujet de ses emportements.

Le père de Beth montrait des accès de rage lorsqu'il était ivre, et cela s'accompagnait parfois de violences physiques. Ian n'était pas comme cela – il comprenait la nécessité de se contrôler, et il évitait de boire trop.

Elle savait que le rassurer ne suffirait pas. Elle ne pouvait nier que les Mackenzie possédaient une part de violence. Mais ils étaient aussi capables de tendresse. Elle se souvenait de l'expression de Hart quand il tenait Mme Palmer dans ses bras, afin de la réconforter jusqu'à la fin.

Beth avait beaucoup de visiteurs, depuis Isabella jusqu'au fils de Cameron, Daniel, tous inquiets pour elle. Elle n'avait jamais eu de famille auparavant, jamais tant de gens ne s'étaient souciés de sa santé. La façon dont les Mackenzie l'avaient accueillie dans leur clan lui faisait chaud au cœur. Isabella disait vrai : il arrivait que les frères oublient de tempérer devant les dames leurs manières très masculines, mais cela ne gênait pas Beth. Au contraire, elle se réjouissait que Mac et Cameron se sentent suffisamment à l'aise avec elle pour être eux-mêmes, et elle savait que leurs manières un peu rustres cachaient des cœurs généreux.

Ian persistant à vouloir l'empêcher de sortir, elle dut se résoudre à soudoyer Curry.

— Milady, il me tuera, gémit le valet.

— Je veux seulement parler à l'inspecteur. Amène-le-moi, c'est tout.

— Oh, bravo ! Et alors, milord me tuera. Sans parler de Sa Grâce.

— Je t'en prie, Curry. Et je ne dirai à personne que je vous ai vus, Katie et toi, monter ensemble l'escalier de service.

Curry vira à l'écarlate.

— Vous êtes une dure, vous ! Est-ce que mon maître sait avec qui il s'est mis ?

— J'ai grandi dans la rue, Curry, tout comme toi. J'ai appris à être dure.

— Pas tout comme moi, je vous demande pardon, madame. Nous avons tous les deux grandi dans la rue, mais vous êtes une dame, parce que votre mère était la fille d'un gentleman. Vous ne serez jamais comme moi.

— Je te demande pardon, Curry. Je ne voulais pas te froisser.

Il lui sourit avec malice.

— Bien. Mais ne recommencez pas… Oh, mais il me tuera, reprit-il, dégrisé.

— Non, fais-moi confiance. Fais juste ce que je te demande.

Comme il ouvrait la porte de Beth, Ian dut s'effacer devant Curry qui sortait précipitamment de la chambre. Ce qui s'était produit à plusieurs reprises ces derniers jours et, chaque fois, son valet lui avait jeté au passage un regard mi-penaud mi-rusé. Ce qu'il fit aujourd'hui encore.

— Que diable fabriques-tu ? grommela Ian.

— Scusez-moi, j'ai des tas de choses à faire, des tas de choses à faire… jeta Curry avant de disparaître.

Dans la chambre, Beth était étendue sur la méridienne, les joues roses et le souffle court. Ian posa une main sur son front, mais ne détecta pas de fièvre.

— Nous partirons pour l'Écosse la semaine prochaine, dit-il en s'asseyant à côté d'elle. Tu devrais être à ce moment-là capable de supporter le voyage.

— Est-ce un ordre, monsieur mon époux ?

Ian plongea les doigts dans les cheveux de la jeune femme. Il la désirait éperdument, mais craignait de lui faire du mal.

— Tu aimeras ma maison. Nous nous marierons là-bas.

— Nous sommes déjà mariés, puis-je te le rappeler ?

— Tu auras un vrai mariage, avec robe blanche et lys, et tout ce dont tu m'as parlé à l'opéra.

— Tu t'en souviens ? s'étonna-t-elle. Bien sûr. Ta merveilleuse mémoire n'a pas failli.

— Repose-toi jusque-là, décréta Ian en se levant.

Beth attrapa sa main. À ce contact, il sentit son sang s'embraser. Il la désirait follement.

— Ian, ne t'en va pas.

Il libéra sa main, mais elle la rattrapa.

— Reste, je t'en prie. Nous pouvons simplement… parler.

— Mieux vaut s'en abstenir.

Des larmes emplirent les yeux de la jeune femme.

— S'il te plaît.

Elle pensait qu'il la rejetait, comprit-il. Aussi se pencha-t-il sur elle.

— Si je reste, femme, je n'aurai pas envie de parler. Je ne serai pas capable de me retenir de faire ce dont je meurs d'envie.

Les yeux de Beth se voilèrent de désir.

— Je n'ai rien contre.

Ian lui caressa la joue du dos des doigts.

— Je peux te protéger de toutes les autres personnes, mais qui te protégera de moi ?

Les lèvres tremblantes, Beth tenta de capter son regard. Il se détourna rapidement. Elle profita de cet instant de distraction pour jeter les bras autour de son cou et l'embrasser à pleine bouche.

Traîtresse. Ses lèvres chaudes et sa langue habile lui firent perdre un peu plus la tête. Puis ses dents mordillèrent sa lèvre inférieure alors que sa main descendait vers son bas-ventre.

— Non, gémit-il.

Les doigts de Beth firent sauter les boutons du pantalon l'un après l'autre.

— Un de ces jours, j'aurai une petite conversation avec les individus stupides auxquels on doit ces sous-vêtements masculins horriblement compliqués. À croire qu'ils ignorent qu'il y a parfois urgence…

Ian la désirait douloureusement. Les doigts de Beth se refermèrent autour de son sexe, le pouce caressant l'extrémité. Il serra les dents tandis qu'elle asticotait la peau très sensible. S'apercevant qu'il avait empoigné les cheveux de la jeune femme, il s'obligea à les lâcher et saisit son épaule.

— Tu aimes ça ? murmura-t-elle.

Ian était incapable de répondre. Ses hanches bougèrent.

— Moi, j'aime ça, dit-elle. J'aime la dureté de cet instrument et en même temps sa douceur. Je me rappelle quel goût cela avait l'autre jour dans la voiture.

Elle voulait sa mort ou quoi ? Ian ferma les yeux, serra les dents, chercha la volonté de se dégager.

— C'est chaud et un peu salé, poursuivit-elle.

Elle rit.

— Lorsque j'ai pris ta semence dans ma bouche, c'était la première fois que je faisais cela. Je voulais avaler tout ce qui était toi.

Sa voix était aussi rauque et ses doigts aussi habiles que ceux d'une courtisane. Mais c'était mieux qu'avec une courtisane, parce qu'elle ne faisait pas cela sur commande.

— Je m'essaie aux propos coquins. Est-ce que je m'en sors bien ?

— Oui, souffla-t-il.

Ian attira son visage à lui afin de l'embrasser. Beth ouvrit la bouche pour l'accueillir, souriant en même temps.

— Tu me chuchoteras des propos coquins ? demanda-t-elle. J'ai l'impression que ça me plaît.

Collant les lèvres à son oreille, Ian lui expliqua en termes crus ce qu'il désirait lui faire, et où, et comment. Beth rougit jusqu'aux oreilles.

— Comme c'est vexant que je sois si faible et que nous devions garder toutes ces bonnes idées pour plus tard…

Ian entoura son oreille d'un coup de langue, et jura de tenir toutes ses promesses.

Elle accéléra ses caresses pendant qu'il donnait des coups de reins. Il posa sa main sur celle de Beth et accompagna son geste. La pièce se mettant à tourner, Ian rejeta la tête en arrière et s'abandonna à l'orgasme. Sa semence se répandit sur leurs deux mains, brûlante.

— Beth, murmura-t-il en s'inclinant jusqu'à son oreille. Ma Beth.

Elle tourna la tête pour rencontrer ses lèvres, et leurs langues s'emmêlèrent. Il plongea la main dans ses beaux cheveux, l'embrassant encore et encore.

— Je crois comprendre que tu aimes ça, dit-elle, un éclair de malice dans les yeux.

Ian pouvait à peine parler. Son cœur battait fort et sa respiration était courte, mais, hélas, il n'était pas du tout rassasié. Il l'embrassa une fois encore, puis tendit la main vers la table de toilette pour attraper une serviette.

— Merci, souffla-t-il.

Quelqu'un frappa à la porte. Beth retint un cri et se releva. Ian jeta de côté la serviette, se reboutonna tranquillement et dit :

— Entrez.

Mac apparut. Le visage de Beth s'embrasa, mais Ian ne sembla pas du tout gêné d'être surpris, la chemise ouverte, en train de reboutonner son pantalon.

— Ce maudit inspecteur est là, annonça Mac. J'ai essayé de le jeter dehors, mais il prétend que vous l'avez fait venir.

Ian s'apprêta à tempêter, mais Beth intervint :

— C'est vrai. Je l'ai prié de venir.

Elle sentit le poids de leurs regards indignés.

— Vous n'en avez pas assez de cet individu ? s'écria Mac.

— J'ai quelque chose à lui demander, répliqua-t-elle. Et puisque je n'ai pas le droit de sortir, je l'ai fait venir.

Les yeux de Ian s'étrécirent.

— Curry t'a aidée.

— Descendez avec moi. Nous le verrons ensemble.

Il referma les bras autour d'elle.

— Faisons-le monter.

— Nous ne sommes pas très décents.

— Tu n'es pas assez bien pour t'habiller.

Beth céda. Elle savait pertinemment que si Ian ordonnait aux domestiques de jeter l'inspecteur dehors, c'était à lui qu'ils obéiraient et non à elle. Mac haussa les épaules et ressortit. Beth tenta de cacher les mèches qui s'étaient échappées de sa tresse.

— Je dois ressembler à une courtisane qui sort des bras de son amant.

— Tu es très belle.

La porte s'ouvrit de nouveau. L'inspecteur tenait son chapeau dans le dos. Mac se tenait à son côté, les bras croisés, comme pour le surveiller.

— Je vous demande pardon, inspecteur, mais mon mari refuse de me laisser m'habiller et vous accueillir comme une bonne hôtesse devrait le faire.

— Je vous en prie, bredouilla Fellows qui, mal à l'aise, détournait pudiquement les yeux. Vous sentez-vous mieux, milady ? J'ai été désolé d'apprendre que vous avez été longtemps malade.

— Je vous remercie, dit Beth, touchée par la sincérité visible du policier.

— On m'a fait part de votre hypothèse au sujet de Lily Martin, déclara Fellows. J'ai fouillé la maison de Mme Palmer, et j'ai trouvé la photo de Sally Tate que Lily Martin avait gardée. Au dos, il était écrit : *Avec tout mon amour, Sally.* Il y avait aussi une lettre glissée dans le cadre.

— Une lettre ? Que disait-elle ?

— C'était une lettre d'amour de Sally à Lily, truffée de fautes d'orthographe mais le sens était clair. Lily avait écrit en travers : *Tu as eu ce que tu méritais*.

— Cela suffit-il ? demanda Ian.

Fellows se gratta le front.

— Il faudra bien. Cette solution plaît à Scotland Yard parce qu'elle vous laisse, vous, les grands seigneurs, hors de l'histoire. Mais vos noms sont cités dans les rapports.

— Comme si les gens s'amusaient à lire les rapports de police, ricana Mac.

— Les journalistes ont de quoi se régaler, précisa Fellows.

— Eh bien, qu'ils se régalent ! Ce ne sera pas la première fois, ni la dernière, rétorqua Ian d'un ton placide.

— Cancaner sur les grands de ce monde fait vendre les journaux, dit Beth. Cela m'est égal, du moment que vous savez la vérité, inspecteur. Ian est innocent, et Hart aussi. Vous vous êtes fourvoyé depuis le début.

Elle décocha au policier un sourire rayonnant, auquel il répondit par un regard noir. Il était visiblement très mal à l'aise, mais Beth n'éprouvait aucune compassion. Il avait trop tourmenté Ian.

Ne parvenant pas à regarder Ian et Beth, Fellows fixa Mac.

— Vous, les Mackenzie, vous n'avez peut-être pas tué de vos mains, mais vous êtes impliqués jusqu'au cou dans cette histoire. La prochaine fois que vous mettrez un pied du mauvais côté de la ligne, je vous aurai, je vous le jure.

Son visage était rouge, et une veine palpitait près de son col serré. Mac se contenta de hausser les sourcils tandis que Ian, le nez dans les cheveux de Beth, l'ignorait complètement.

La jeune femme se dégagea et, toujours un peu chancelante, elle dut prendre appui sur l'épaule de Ian.

— Vous deux, vous devez le prendre au sérieux, et vous, poursuivit-elle en désignant Fellows du menton, vous devez les laisser tranquilles et traquer les vrais criminels, ceux qui font vraiment du mal.

La colère l'emportant sur la gêne, Fellows la considéra enfin.

— Oh, je le ferai, bien sûr !

— Votre obsession prend fin aujourd'hui.

— Madame Ackerley…

— Mon nom est lady Ian Mackenzie… Et, à partir de maintenant, acheva-t-elle en tirant sur le cordon de la sonnette, faites ce que je dis.

Fellows vira au pourpre.

— Donnez-moi une seule raison de ne pas révéler leurs méfaits, la façon honteuse dont ils exploitent les pauvres gens et manipulent les autres, comment ils…

— Suffit. Vous devez cesser, inspecteur.

— Pourquoi le ferais-je ?

Beth lui sourit.

— Parce que je connais votre secret.

Les yeux de Fellows se plissèrent.

— Quel secret ?

— Un secret enfoui très profondément… Ah, Katie ! Apporte-moi le paquet de ce que je t'ai fait acheter l'autre jour.

23

Fellows la regarda, inquiet. Ian, subitement intéressé, se redressa.

— Quel secret ? s'enquit-il.

— Vous savez que dalle, grommela Fellows qui retrouvait le vocabulaire de son enfance et un accent cockney plus marqué encore que celui de Curry.

Katie revint dans la chambre, un paquet sous le bras. Ses yeux étaient pleins de curiosité. Beth ne lui avait rien expliqué, ce qui l'avait particulièrement agacée.

Beth posa le paquet sur la table et l'ouvrit. Ian s'approcha et se pencha, aussi curieux que Katie.

— Voulez-vous me rendre un petit service, inspecteur, et enfiler ceci ?

La figure de Fellows perdit toute couleur, et ses yeux se figèrent comme ceux d'un animal terrorisé.

— Non.

— Je crois que vous feriez mieux de le faire, déclara Mac d'un ton posé.

Les bras croisés sur sa large poitrine, il se tenait juste derrière le policier.

Beth avança vers l'inspecteur, qui recula et heurta Mac. Ian s'approcha de côté pour lui ôter toute issue de secours.

— Faites ce qu'elle dit, ordonna-t-il.

Fellows se pétrifia, tremblant. Beth brandit les favoris et la barbe postiche que Katie avait achetés et les plaqua sur la figure de Fellows.

La stupeur saisit tout le monde.

— Nom de Dieu, murmura Mac.

— Mince alors ! souffla Katie. Il ressemble à ce vilain barbu dont le portrait est dans l'escalier de Kilmorgan. Il me fichait la trouille, celui-là, avec ses yeux qui vous suivent partout.

— Je ne comprends pas, fit Fellows qui transpirait.

Beth abaissa les postiches.

— Vous devriez leur expliquer, répliqua-t-elle. Sinon, ce sera moi. Il se trouve que mon amie Molly connaît votre mère.

— Ma mère n'a rien à voir avec ces putes !

— Alors, comment savez-vous que Molly est une fille de joie ?

— Je suis un policier ! rétorqua-t-il, le regard noir.

— Molly ne travaille pas dans votre district.

— Qui est votre mère ? questionna Mac d'une voix sévère.

— Vous voulez dire que vous ne savez rien ? s'écria Fellows en se retournant face aux frères. Après toutes ces années de moqueries, après m'avoir frotté le nez contre votre fortune et vos privilèges ? Vous m'avez même coûté mon boulot, espèces de salauds, mon gagne-pain ! Mais vous vous en fichez. Pourquoi vous tracasseriez-vous de nous ?

— Ils ne savent pas, inspecteur, l'interrompit Beth.

Elle enveloppa les postiches et les rendit à Katie.

— Les hommes voient rarement ce qui n'est pas juste sous leur nez.

Elle s'adressa aux Mackenzie:

— Quand j'ai vu le portrait de votre père à Kilmorgan, la ressemblance m'a frappée... L'inspecteur Fellows est votre demi-frère, acheva-t-elle avec un petit sourire.

Le salon de Hart se remplit de Mackenzie. Curry se faufila parmi eux et trois autres domestiques se plantèrent sur le seuil, à la fois inquiets et curieux.

Beth était haletante d'avoir descendu l'escalier, et Ian la fit asseoir à côté de lui sur le divan. D'où avait-il pris qu'il pourrait la maintenir à l'écart de tous les problèmes, de toutes les difficultés ? Quelle ânerie ! Elle avait la tête dure et une volonté d'acier. La mère de Ian avait été terrifiée par son père, avant d'être sa victime. Celle de Beth aussi avait été une victime, mais la jeune femme avait réussi à se remettre des drames de son enfance. Les épreuves l'avaient rendue courageuse et déterminée, traits de caractère que cet idiot de Mather n'avait même pas remarqués. Beth valait la peine d'être sauvée, d'être protégée, d'être chérie comme la plus précieuse des porcelaines.

Hart entra le dernier, son regard d'aigle passant d'un frère à l'autre avant de se poser sur Fellows. Celui-ci était debout, face à eux tous.

— Qui est votre mère ? demanda Hart en prenant sa voix de pair du royaume.

Beth répondit à la place de l'inspecteur.

— Elle s'appelle Catherine Fellows, et elle et son fils louent des chambres dans une pension modeste, près du cimetière de St. Paul.

Hart considéra Fellows avec attention, comme s'il le voyait pour la première fois.

— Il faudra les installer dans un logement plus agréable.

— Pourquoi diable ? explosa Fellows. Pour éviter la honte si quelqu'un découvre la vérité ?

— Non, répondit Hart. Parce que votre mère mérite mieux. Si mon père l'a fréquentée et l'a abandonnée, elle mérite de vivre dans un palais.

— Nous devrions tout avoir. Vos maisons, vos voitures, votre damné château de Kilmorgan. Ma mère a travaillé jusqu'à s'écorcher les doigts pour me nourrir, pendant que vous léchiez des assiettes en or.

— Il n'y avait pas d'assiette en or dans notre nursery, l'interrompit Cameron d'une voix douce. Il y avait une tasse en porcelaine que j'aimais beaucoup, mais elle était ébréchée.

— Vous savez très bien ce que je veux dire, grogna l'inspecteur. Vous aviez tout ce que nous aurions dû avoir.

— Si j'avais su que mon père avait laissé une femme et son enfant mourir de faim, j'aurais réagi, déclara Hart. Vous auriez dû me le dire.

— Venir ramper aux pieds d'un Mackenzie ?

— Cela nous aurait épargné beaucoup d'ennuis à tous.

— J'ai deux ans de plus que vous, Hart Mackenzie. Le duché devrait me revenir.

Hart s'approcha d'une table derrière le canapé et ouvrit une boîte à cigares.

— Je vous en céderais volontiers les joies, mais les lois d'Angleterre ne marchent pas de cette façon. Mon père a épousé ma mère quatre ans avant ma naissance. On peut laisser de l'argent à ses enfants naturels, mais ils ne peuvent pas hériter d'un duché.

— Ça ne vous plairait pas, intervint Cameron. Plus de soucis que d'avantages. Et, pour l'amour de Dieu, n'assassinez pas Hart, parce que c'est moi le second fils !

Fellows serra les poings. Il promena son regard autour de la pièce, notant le plafond haut de quinze pieds, les portraits des Mackenzie, et les tableaux que Mac avait faits des cinq chiens, si vivants qu'on s'attendait à les voir sauter du cadre et mordiller les bottes des gens présents.

— Je ne suis pas l'un d'entre vous, commença-t-il.

— Vous l'êtes, dit Ian. Vous craignez de l'être parce que vous craignez d'être aussi fou que nous.

— Je ne suis pas fou, rétorqua Fellows. Il y a un seul fou dans cette pièce, *milord*.

— Nous sommes tous fous, chacun à sa façon, répliqua Ian. J'ai une mémoire qui ne lâche aucun détail. Hart est obsédé par la politique et l'argent. Cameron est un génie avec les chevaux, et Mac peint comme un dieu. Vous, vous excellez dans votre métier et vous êtes opiniâtre. Nous avons tous notre folie. La mienne est seulement un peu plus visible.

Tout le monde fixait Ian, y compris Beth. Mal à l'aise, il enfouit le visage dans les cheveux odorants de sa femme.

Après un silence, Mac déclara :

— Résultat, nous devrions toujours écouter Ian, le plus sage d'entre nous.

Fellows émit un petit grognement d'impatience.

— Alors, nous formons donc une grande famille heureuse ? Vous allez l'annoncer à la presse, et me prendre comme œuvre de charité ? Le fils issu des amours clandestines d'un duc, retrouvé après des années d'abandon ? Non, merci.

Hart choisit un cigare, gratta une allumette et l'alluma.

— Non. Les journaux se fichent de nos vies privées parce que nos vies publiques les intéressent trop. Mais nous prenons soin de tous les membres de la famille.

— Vous allez m'acheter, c'est ça ? Alors que j'aurais dû jouir de votre éducation et de votre argent, vous allez me faire taire à l'aide de quelques bribes de luxe ?

— Oh, pour l'amour de Dieu, inspecteur ! s'écria Beth. Si leur père vous a causé du tort, eux ne cherchent qu'à le réparer. Ils ne vous offrent pas une affection mensongère, mais ils sont prêts à vous rendre votre dû.

— Nous haïssons notre père plus que vous ne le pourrez jamais, assura Mac. Il vous a abandonné. *Nous* avons dû vivre avec lui.

— C'est de leur père que vous voulez vous venger, insista Beth. Je ne vous le reproche pas vraiment. Moi aussi, j'aimerais avoir cinq minutes d'entretien avec lui.

— Non, vous n'aimeriez pas ça, dit Cameron en prenant aussi un cigare. Faites-moi confiance.

— Il est mort et ne peut plus faire de mal à personne, enchaîna Beth. Pourquoi chercher à l'imiter en faisant du mal ?

— Vous essayez de m'embobiner, milady. Vous vous êtes ralliée à *eux*. Pourquoi devrais-je vous écouter ?

Ian releva de nouveau la tête.

— Parce qu'elle a raison. Notre père est mort. Il nous a rendus malheureux, mais nous ne devons pas le laisser continuer à nous pourrir la vie. Beth et moi aurons une autre cérémonie de mariage chez moi dans quelques semaines. Nous nous retrouverons tous là-bas, et en aurons fini avec notre père.

Beth le regarda, les yeux brillants.

— Saurez-vous jamais à quel point je vous aime, Ian Mackenzie ?

Ian ne vit pas le rapport, mais ne s'en soucia pas. Tous les autres se remettant à parler, il se colla contre Beth. Sa chaleur et le parfum de son corps chassaient toutes ses résolutions d'abstinence. Il avait besoin d'elle.

— Bon Dieu de bon Dieu ! s'écria Fellows. Vous êtes tous fous à lier !

— Et vous êtes des nôtres, se moqua Hart.

Le gros rire de Cameron résonna.

— Apportez-lui un verre. Il a l'air sur le point de s'évanouir.

— Vous allez avoir l'accent écossais avant de vous en rendre compte, annonça Mac. Les dames en raffolent.

— Seigneur, non…

— Vous voulez dire : « *Och, noe* » ! s'exclama Daniel en riant.

Mac et Cameron pouffèrent.

— Je trouve qu'on devrait fêter ça, décréta Daniel. Avec du whisky. Vous ne trouvez pas, père ?

Une semaine plus tard, la voiture de Hart déposait Ian, Beth, Curry et Katie à la gare d'Euston. Les frères de Ian et Isabella avaient promis de suivre à temps pour être présents à la fête somptueuse par laquelle Ian remercierait Beth d'être devenue sa femme.

Curry installa Beth dans la salle d'attente de la première classe, avant de courir acheter les billets. Ian sortit sur le quai et buta sur Hart.

— Je voulais te parler avant ton départ, dit-il d'un ton raide. Tu n'as pas cessé de m'éviter.

— Oui.

Ian s'inquiétait de sentir sa colère monter chaque fois qu'il croisait son frère. Aussi s'était-il efforcé d'éviter cette situation.

Hart voulut l'entraîner hors de la foule mais Ian tint bon, tel un récif que les voyageurs contournaient. Hart lâcha un soupir résigné.

— Tu as raison, je suis un imbécile. J'ignorais sincèrement que tu essayais de me protéger… Je suis désolé, conclut-il.

Ian regardait les tourbillons de vapeur qui s'élevaient de la locomotive.

— Je regrette que Mme Palmer soit morte.

Un nuage de fumée plana une seconde avant de se dissiper.

— Elle t'aimait, mais tu ne l'aimais pas, ajouta Ian.

— Que dis-tu ? Elle a été ma maîtresse pendant des années. Penses-tu que sa mort ne signifie rien pour moi ?

— Elle va te manquer, c'est sûr, mais tu ne l'aimais pas d'amour.

Ian croisa brièvement le regard de Hart.

— Je connais la différence, maintenant.

Un nerf battit sur la mâchoire de Hart.

— Fous-moi la paix, Ian… Non, je ne l'aimais pas. Je l'aimais bien. Mais oui, je l'ai utilisée, et, avant que tu me le rappelles, oui, j'ai fait la même chose avec ma femme, et toutes les deux l'ont payé cher. Que penses-tu que cela me fait ?

— Je ne sais pas.

Ian examina son frère et, pour la première fois, il ne vit plus la force personnifiée mais un être torturé par l'anxiété.

Il posa une main sur son épaule.

— Je pense que tu aurais dû épouser Eleanor il y a des années. Tu aurais été dix fois plus heureux.

— Cher petit frère raisonneur, Eleanor m'a repoussé, si tu te souviens bien.

Ian secoua la tête.

— Tu aurais dû insister. Cela aurait été mieux pour tout le monde.

— La reine d'Angleterre, je peux la convaincre. Gladstone, je peux le supporter, et la Chambre des lords, je peux la faire danser à mon rythme. Mais pas lady Eleanor Ramsay.

Se rappelant que Beth l'attendait, Ian lâcha l'épaule de son frère.

— J'ai un train à prendre.

— Attends.

Hart se planta devant son cadet. Ils étaient de la même taille, mais les yeux de Ian erraient au-dessus de son aîné.

— Encore une chose. Beth aussi avait raison en ce qui nous concerne. Je t'ai utilisé, certes, mais, sache-le, je t'aime. Je ne t'ai pas fait sortir de l'asile uniquement pour que tu m'aides dans ma carrière politique. Je l'ai fait car je voulais te libérer de cet enfer et te donner la possibilité de mener une vie normale.

— Je sais, dit Ian. Et moi, je ne t'ai pas aidé uniquement parce que tu me l'ordonnais.

Il vit les yeux de Hart s'humidifier, et soudain son frère le prit dans ses bras. Les voyageurs qui les contournaient sourirent ou haussèrent les sourcils.

Ian étreignit son frère, les poings fermés dans son dos. Puis ils se dégagèrent, mais Hart garda les mains sur ses bras.

— Emmène Beth et soyez heureux. Tout est fini.

Ian vit Curry ouvrir la porte de la salle d'attente, et Beth en sortir. Elle le regarda et sourit.

— C'est peut-être fini pour vous, Hart, mais pour moi tout commence.

Hart parut surpris, puis, comprenant, il hocha la tête.

Beth s'approcha de Ian, les mains tendues, un sourire tendre sur les lèvres. Puis elle pivota sur place et planta un baiser sur la joue de Hart, à la grande stupéfaction de celui-ci. Ensuite de quoi, elle prit le bras de son époux et tous deux se dirigèrent vers le wagon devant lequel Curry s'affairait déjà.

Curry veilla à ce qu'ils aient tout le nécessaire pour le long voyage qui les attendait. La pluie et le crépuscule assombrissaient le ciel. Beth s'appuya sur les coussins et regarda Ian tirer les rideaux.

Le train siffla, expulsa bruyamment un gros nuage de vapeur, et enfin s'ébranla. Ian s'adossa contre la cloison du compartiment.

— J'aurais aimé que Curry me trouve un livre ou quelque chose à faire, dit Beth. Nous aurions pu prendre le temps d'aller chercher ma broderie.

— Pourquoi ?

— Pour m'occuper pendant que tu arpenteras le train d'un bout à l'autre.

— Je ne vais pas arpenter le train, déclara Ian en verrouillant la porte. Tu es là.

— Tu veux dire que nous allons rester seuls ? Sans chaperon ?

Depuis l'intermède dans la chambre, le jour où le secret de Fellows avait été révélé, Ian avait de nouveau repris ses distances.

— J'ai une question à te poser.

— Et laquelle, monsieur mon époux ?

Ian se pencha, les poings plantés sur le dossier de part et d'autre d'elle.

— Est-ce que je t'aime ?

Le cœur de Beth se mit à cogner dans sa poitrine.

— Quelle drôle de question !

— Quand tu étais si malade, je savais que si tu mourais, je mourrais aussi. Il n'y aurait eu en moi qu'un vide immense, un gouffre au fond duquel tu aurais été perdue, inaccessible.

— Exactement ce que j'aurais éprouvé si l'inspecteur Fellows t'avait poussé vers le gibet ou l'asile, répliqua Beth d'une voix douce.

— C'est comme de la peur et de l'espoir, de la chaleur et du froid, tout mélangés.

— Je sais.

Il prit son visage entre ses mains.

— Mais je ne veux pas te faire de mal. Je n'ai jamais voulu te faire du mal.

— Ian, tu n'es pas ton père. Vu ce que tes frères et toi m'avez dit de lui, tu ne lui ressembles en rien. Tu as protégé Hart de Fellows, et tu voulais protéger Lily. Toutes tes actions tendent à protéger les autres, et non à les blesser.

Il garda le silence un instant, comme s'il débattait dans sa tête.

— J'ai des accès de rage.

— Que tu sais contrôler. Lui ne le savait pas. C'est la différence.

— Pourrai-je en être toujours sûr ?

— Je t'aiderai à en être sûr. Tu as dit toi-même qu'il t'a rendu malheureux, et que tes frères et toi deviez ne plus penser à lui. Je t'en prie, Ian, tourne cette page, oublie-le.

Il ferma les yeux. Beth vit les émotions se succéder sur son visage – le doute, l'opiniâtreté, la douleur, l'anxiété – avec lesquelles il avait toujours vécu. Il ne savait pas comment les exprimer, mais cela ne signifiait pas qu'il ne les éprouvait pas.

Lorsque Ian ouvrit les yeux, ce fut pour la regarder franchement. Ses yeux dorés étincelaient. Il soutint le regard de la jeune femme sans cligner des yeux ni se détourner.

— Je t'aime, dit-il.

Beth retint son souffle et des larmes brouillèrent sa vue.

— Je t'aime, répéta-t-il.

Son regard la transperçait.

— T'aime, t'aime, t'aime, t'aime, t'aime…

— Ian ! s'écria Beth en riant.

— T'aime, murmura-t-il contre ses lèvres. T'aime.

— Je t'aime aussi. Tu vas le répéter toute la nuit ?

— Je vais le dire jusqu'à ce que je sois si profondément enfoui en toi que je ne serai plus capable de parler.

— Cela risque d'être difficile à réaliser, mais cela ne m'ennuie pas d'essayer.

Il marqua une pause.

— C'est une plaisanterie ?

Beth rit tellement qu'elle glissa de la banquette et atterrit sur le sol. Ian s'accroupit à côté d'elle.

— Oui, je plaisantais.

Elle agrippa les revers de sa veste.

— Maintenant, un peu de plaisir charnel serait le bienvenu. Appelons Curry, pour qu'il installe le lit.

Ian se redressa, jeta les coussins sur le sol, défit les attaches et la banquette se déplia en lit.

— Je ne veux pas de Curry.

— Je vois.

Ian souleva Beth et la déposa sur le matelas mince. Il défit prestement les lacets de ses bottines, puis déboucla et ôta tous les nœuds, agrafes, boutons et autres attaches de sa tenue de voyage toute neuve.

Un instant plus tard, elle gisait nue dans l'air frais que laissait passer la fenêtre entrouverte. Beth plaça une main au-dessus de sa tête, ce qui fit pointer ses seins, tandis que le regard de Ian la réchauffait aussi bien qu'une couverture. Elle plia les genoux, rapprochant les pieds des hanches afin de s'offrir au regard avide de Ian.

— Est-ce que tu m'aimes toujours ? demanda-t-elle. Ou bien n'est-ce que du désir ?

— Les deux.

Ian se débarrassa prestement de sa veste, sa cravate, son col et son gilet, puis déboutonna sa chemise. Le V brun de sa poitrine apparut, puis ses fortes cuisses. La chemise vint en dernier. Ses muscles ondulèrent lorsqu'il la jeta de côté.

Il ne lui laissa pas le temps d'apprécier le spectacle, et sauta à quatre pattes au-dessus d'elle.

— Un peu de plaisir charnel, dit-il.

Son goût de la plaisanterie déserta Beth.

— Oui. Maintenant. Je t'en prie.

Ian glissa les doigts entre ses cuisses.

— Tu m'aimes ?

— Oui. Je t'aime, Ian.

Il retira ses doigts mouillés, et en lécha un.

— La meilleure chose que j'aie jamais goûtée.

— Meilleure que le whisky pur malt de la distillerie Mackenzie ?

— Je préfère te boire, toi, plutôt que du whisky.

— Et tu es un Écossais ? Tu dois être amoureux.

— *Arrête*.

Ian inclina la tête et la lécha. Il la savourait, les yeux clos, avec méthode, au même rythme régulier que le train.

— Ian, je t'en prie…

Il se redressa, le membre érigé.

— Viens.

Il n'attendit pas et, soulevant les reins de Beth d'une main, il s'enfonça en elle résolument.

Le train traversa un pont en brinquebalant. Ian allait et venait en faisant reposer son poids sur ses poings, les muscles bandés, la peau luisante de sueur.

— T'aime, articula-t-il dans un assaut. T'aime, t'aime, t'aime.

— Ian.

Il accéléra le rythme, et elle se cambra.

Les mots de Ian se muèrent en grognements, et bientôt les sons qu'elle émit furent tout aussi incohérents.

— *Aime. Toi.*

L'homme qui ne supportait pas de croiser le regard d'autrui s'obligeait, coûte que coûte, à regarder Beth dans les yeux. Il lui faisait ce cadeau, le plus grand qu'il puisse offrir.

Des vagues de plaisir secouèrent la jeune femme qui ne put retenir ses larmes.

— Je t'aime, Ian Mackenzie.

Encore un assaut, puis un autre, et il rejeta la tête en arrière, les cordes de son cou tendues. Sa semence se répandit en elle, puis bras, jambes, lèvres et langues emmêlés, ils ne firent plus qu'un.

— Ma Beth, murmura-t-il, son souffle chaud caressant ses lèvres gonflées. Merci.

— De quoi ?

Beth souriait, sous les larmes.

— De me libérer.

Il ne parlait pas de l'asile, elle le savait. Il l'embrassa de nouveau, puis s'effondra sur elle. Leurs corps s'ajustèrent, chauds et épuisés, les mains continuant à caresser, câliner, taquiner.

— Quand tu veux, dit-elle.

Épilogue

Un mois plus tard

Ian et Beth eurent un second mariage dans la maison que possédait Ian, à vingt kilomètres de Kilmorgan. Il en parlait comme d'une « modeste » maison, mais pour Beth c'était une demeure, même si elle était quatre fois plus petite que Kilmorgan.

La cérémonie se déroula dans l'église du village, et c'est là que Ian glissa une bague ornée de saphirs à la main de Beth. Il sourit d'un air triomphant et l'embrassa.

Les mariés et les invités regagnèrent la propriété pour le banquet que Curry préparait depuis des semaines. Tout devait être absolument parfait, depuis les tonnelles de fleurs jusqu'au foie gras, en passant par le champagne et le whisky qui coulèrent à flots.

Des amis étaient venus d'Édimbourg et de Londres, mais Beth remarqua que c'étaient des amis de Hart, Cameron et Mac, et aucun de Ian, à part le jeune Arden Weston qu'elle avait rencontré dans la salle de jeu à Paris. Il arriva avec sa sœur et son compagnon, Graves. Ils s'amusèrent et se firent de nouveaux amis, malgré les regards furieux que Graves jetait aux messieurs avec qui parlait Arden.

L'inspecteur Fellows avait amené sa mère. Effrayés comme des chats qui ont été trop longtemps privés de contact humain, ils avaient l'air surpris qu'on les accueille aussi chaleureusement. Mais ils burent, mangèrent et causèrent avec d'autres invités, et le gouffre qui les séparait des Mackenzie commença à se combler.

La famille – Hart, Cameron, Daniel, Mac et Isabella – étreignit tant de fois Beth qu'elle craignit que les baleines de son corset ne lui perforent les poumons, l'empêchant définitivement de respirer. Mac ne buvait que de la citronnade et Isabella veillait à ne jamais se trouver dans la même pièce que lui, constata-t-elle en se promettant de concocter quelque projet.

— Laisse-les se débrouiller, dit Ian en l'entraînant dehors.

Beth afficha un air innocent.

— Qui ?

— Mac et Isabella. Ils doivent se retrouver d'eux-mêmes.

— Peut-être avec un petit coup d'épaule.

— Non.

Ils traversèrent le jardin et marchèrent à pas rapides jusqu'à la petite maison d'été érigée sur une colline.

Ian la fit pivoter face à lui. La robe de taffetas blanc tranchait sur l'habit noir qui moulait le corps splendide de Ian. Il était beau quelle que soit sa tenue, depuis le costume bien coupé jusqu'au kilt effrangé et la chemise de laine qu'il mettait pour pêcher.

— Laisse-les se débrouiller, répéta-t-il d'une voix douce.

Elle soupira.

— C'est que je voudrais tant que tout le monde soit aussi heureux que moi.

Glissant les bras autour de son mari, Beth regarda le bâtiment de brique et la pelouse en pente sur laquelle famille et amis étaient rassemblés. Elle aimait déjà la maison. Elle aimait voir les rayons obliques du soleil matinal réchauffer la galerie. Elle aimait la petite pièce dont Ian avait fait sa chambre, la leur à présent. Elle aimait entendre craquer les marches de l'escalier, résonner le couloir dallé qui menait à la cuisine, et elle aimait ouvrir la porte de derrière sur le jardin rempli d'oiseaux et de fleurs d'où bondissaient à sa rencontre les chiens de Ian, Ruby et Fergus.

Elle savourait un bonheur dont elle n'avait eu qu'un bref aperçu avec Thomas. Thomas avait appris à la jeune fille effrayée et solitaire qu'elle avait le droit d'être heureuse. Ian la laissait s'imprégner d'autant de bonheur qu'elle le souhaitait.

— Cela te plaît ? s'enquit-il. La vie ici, dans ces montagnes sauvages ?

— Bien sûr que cela me plaît. Je crois que tu m'as déjà entendue m'extasier sur la vue, et le goût merveilleux du beurre de la laiterie.

— La vie est rude en hiver.

— Je m'y habituerai. Je sais m'habituer aux diverses situations. D'ailleurs, Mme Barrington était toujours pingre en ce qui concernait les feux. Vivre avec elle ressemblait beaucoup à survivre à un hiver écossais.

Il scruta son visage, puis parut décider de ne pas chercher à comprendre ce qu'elle avait voulu dire. Son regard dériva sur le bosquet d'où provenait une délicieuse odeur de pin.

— Et ma folie, est-ce qu'elle te gêne ? Même si je peux contenir mes accès de rage, je serai toujours fou. Je ne changerai pas dans ce domaine.

— Je sais, répondit Beth en se pressant contre lui. Cela fait partie du phénomène très intrigant qu'est Ian Mackenzie.

— Cela va et vient. Parfois, je vais tout à fait bien. Et puis la colère arrive.

— Et s'en va de nouveau. Curry t'aide. Je t'aiderai.

Ian saisit le menton de Beth et tourna son visage vers le sien. Puis il fit ce à quoi il s'entraînait depuis leur voyage en train : il la regarda franchement dans les yeux.

Il n'y parvenait pas toujours. Parfois, son regard refusait tout simplement d'obéir, et il se détournait avec un grognement de dépit. Mais de plus en plus souvent, il arrivait à soutenir son regard.

Les yeux de Ian étaient encore plus beaux lorsque le désir écarquillait ses pupilles.

— T'ai-je dit aujourd'hui combien je t'aimais ? demanda-t-il.

— Quelques douzaines de fois. Ne te prive pas, cela ne me gêne pas le moins du monde.

Ayant souffert du manque d'amour durant son enfance et la première partie de sa jeunesse, Beth se délectait des déclarations innombrables et inattendues de Ian. Il la croisait dans un couloir, la poussait contre le mur et lâchait :

— Je t'aime.

Ou bien il la réveillait d'une caresse et le lui disait. Ce qui lui valait un coup d'oreiller sur la figure. Le plus délectable était quand, reposant à côté d'elle dans l'obscurité, il la caressait lentement. Elle chérissait son aveu murmuré :

— *Je t'aime…*

— J'ai quelque chose à te dire, Ian, annonça-t-elle soudain.

Ian cligna des yeux. Son regard voulut s'échapper, mais il l'obligea à fixer Beth.

— Hmm ?

— Je ne voulais pas en parler avant d'être sûre, mais, maintenant que j'ai vu un médecin, je peux te le dire.

Elle inspira à fond et déclara :

— Ian, tu vas être père.

Il continuait à la fixer. Il cligna des yeux et se frotta la tempe.

— Qu'est-ce que tu as dit ?

— Tu vas être père.

Beth noua ses doigts aux siens et abaissa leurs mains.

— Je vais avoir un enfant. Tu m'entends ?

— Oui.

Ian passa une main sur le ventre plat de sa femme.

— Un enfant, répéta-t-il en écarquillant les yeux. Oh, mon Dieu ! Est-ce qu'il va être comme moi ?

— Je l'espère.

— Pourquoi ? demanda-t-il en refermant les doigts sur le taffetas. Pourquoi espères-tu qu'il soit comme moi ?

— D'abord, *il* pourrait être *elle*. Ensuite, je ne peux penser à rien de mieux qu'un enfant qui ressemble à son père… surtout si ce père est toi, ajouta-t-elle d'une voix grave, séductrice.

Ian n'avait pas l'air rassuré.

— C'est un Mackenzie. Il sera fou.

— Mais il aura un avantage. Il aura un père et des oncles qui comprendront. Si c'est une fille, elle sera parfaite, bien sûr.

— Là, je suis d'accord, admit Ian avec solennité.

Beth s'apprêta à expliquer qu'elle avait plaisanté, mais, levant les yeux sur Ian, elle sourit.

— Tu as fait une plaisanterie, Ian Mackenzie ?

— Tu es mon professeur. Avec ta langue piquante, précisa-t-il en se penchant sur elle.

Elle pointa la langue en question.

— Elle pique ?

— Oui.

Il caressa lentement du pouce la lèvre inférieure de Beth.

— Laisse-moi vérifier.

Il la serra contre lui, les mains plaquées sur ses fesses. En bas de la colline, Isabella éclata de rire, et les frères Mackenzie ainsi que Daniel poussèrent des bravos tonitruants.

Le bruit tournoya et perdit toute signification tandis que la bouche de Ian recouvrait la sienne et que son corps s'incurvait sur le sien. Elle sentit la rigidité de son membre sous la couche de vêtements, et son cœur se mit à battre avec précipitation.

Un peu de plaisir charnel, oui, offert par ce fou de lord Ian Mackenzie.

Beth profita du cadeau.

Découvrez les prochaines nouveautés de nos différentes collections J'ai lu pour elle

AVENTURES & PASSIONS

Le 2 février :

La famille Huxtable — 3. Le temps de l'amour ꕥ **Mary Balogh**

INÉDIT

Margaret Huxtable a trente ans, et elle est bien décidée à faire ce qui s'impose : se marier. Elle se rend donc à Londres pleine d'espoir… et déchante vite. À peine arrivée, elle retrouve Crispin Dew, celui qui avait rompu leurs fiançailles secrètes des années auparavant. Puis, voilà qu'elle se jette littéralement dans les bras du comte de Sherringford au passé sulfureux…

La chronique des Bridgerton — 8. Gregory ꕥ **Julia Quinn**

INÉDIT

Lorsqu'il aperçoit Hermione Watson, Gregory Bridgerton en est sûr : c'est la femme de sa vie… sauf que la demoiselle en aime un autre. Sa meilleure amie, Lucinda, propose alors à Gregory de l'aider à faire sa conquête. Voici le dernier tome de cette série magnifique.

Passé trouble ꕥ **Elizabeth Thornton**

Il y a trois ans, Jessica a été témoin du meurtre de son père, et le choc a été si terrible qu'elle a perdu la mémoire. Elle ne peut se souvenir des détails de la scène et l'assassin court toujours. Se pourrait-il qu'il s'agisse de lord Dundas ? Non, c'est absurde : s'il avait commis ce forfait pour agrandir son domaine, il n'aurait pas accepté de louer le manoir à Jessica pour un prix aussi dérisoire… Mais, alors, pourquoi est-elle aussi troublée en sa présence ?

Le 16 février :

Prédestinés ꕥ **Kathleen Givens**

INÉDIT

Leur histoire a commencé par un mensonge, lorsque Neil MacCurrie, chef Highlander et opposant à la Couronne, fut arrêté comme espion dans la demeure de son ennemi. Eileen Ronley a alors vu son cœur s'enflammer pour ce mystérieux étranger, et a tout risqué pour lui éviter une mort certaine. Lorsqu'ils se retrouvent à la Cour, l'ancienne prophétie qui unit leurs destins est menacée : Neil doit choisir entre sa loyauté à son clan… et l'amour d'une femme.

La rivière de la passion ꕥ **Kathleen E. Woodiwiss**

1747. Une file de prisonniers enchaînés s'apprête à débarquer et les acheteurs se pressent sur le quai. L'idée d'acheter un être humain a toujours paru révoltante à Gage Thornton. Mais il est veuf depuis peu et ne peut s'occuper seul de son fils de deux ans. Il est sur le point de renoncer lorsque son regard se pose sur une captive à l'éclatante crinière rousse. Malgré les loques dont elle est vêtue, il émane d'elle une indéniable distinction. Et une troublante sensualité…

Le chevalier servant ☙ **Virginia Henley**

Orpheline dès son plus jeune âge, Rosamond Mareshall a été placée sous la tutelle d'Aliénor de Montfort, sœur du roi Henri III Plantagenêt et épouse de Simon de Montfort. À douze ans, on la fiance à Rodger de Leyburn, intendant du prince Edouard, que ce dernier entend récompenser en lui faisant épouser une riche héritière. Cinq ans plus tard, tout a changé.

Passion intense

Quand l'amour vous plonge dans un monde de sensualité

Le 16 février :

Liaisons sulfureuses — 2. Secrets

Lisa Marie Rice

INÉDIT

Le monde de Charity est complètement bouleversé depuis que le très riche et très séduisant Nicholas Ames est entré dans sa vie. Puissant et sensuel, cet homme sait combler ses moindres désirs.
Mais Nicholas n'est pas celui qu'il prétend être. En réalité, c'est un agent secret prêt à tout pour sa mission – même à tuer. Et aujourd'hui, sa mission, c'est Charity... La jeune femme pourra-t-elle faire fondre son cœur de glace ?

Les combattants du feu — 2. ☙ **Jo Davis**

INÉDIT

Zack combat des incendies et sauve des vies, mais il est très timide et réservé. Du moins, jusqu'à ce qu'il rencontre une danseuse exotique, Corinne, qui réveille son désir endormi...
Hélas, les deux amants se trouvent bientôt dans la ligne de mire de deux ennemis acharnés. Leur passion pourra-t-elle survivre au milieu des combats ?

2 romans tous les 2 mois
aux alentours du 15 de chaque mois.

Et toujours la reine du roman sentimental :

Barbara Cartland

Le 16 février :

Un amour éperdu

Une douce inconnue

Les larmes de l'amour

Une toute nouvelle collection, cocktail de suspense et de passion

FRISSONS

INÉDIT

Le 2 février :

Joanna Brady mysteries — 1. Desert heat **J.A. Jance**

La vie de Joanna bascule le jour où son mari décède d'une balle dans la tête. Andy avait tout du mari parfait, il allait même devenir le sheriff de Cochise Country. Les autorités locales dévoilent à Joanna que son homme trempait dans le trafic de drogue. Mais Joanna sait reconnaître un coup monté quand elle en voit un. Elle doit maintenant trouver l'assassin et rétablir l'honneur d'Andy.

Mauvaise fille **Michele Jaffe**

Diriger la police scientifique de Las Vegas. c'est une proposition qui ne se refuse pas. Pour Windy, jeune veuve, c'est aussi l'occasion de repartir du bon pied. Dommage que le boulot de ses rêves l'entraîne bientôt dans le pire des cauchemars ! Une famille tout entière, assassinée avec une sauvagerie sans nom. C'est une évidence : ces crimes sont l'œuvre d'un tueur en série. La course contre la montre est lancée.

Nouveau ! 2 romans tous les 2 mois aux alentours du 1er de chaque mois.

Sous le charme d'un amour envoûtant

CRÉPUSCULE

INÉDIT

Le 2 février :

Les ombres de la nuit — 3. Charmes

Kreysley Cole

Il y a 180 ans, le loup-garou Bowen MacRieve a perdu sa compagne. De nos jours, il participe à un concours dont la récompense est une clé qui permet de revenir dans le passé. Durant ce tournoi, il rencontre Mariketa, une jeune sorcière qui ne maîtrise pas encore ses pouvoirs… et qui va vite se retrouver entourée d'ennemis !

Le cercle des immortels — 9. L'homme-tigre

Sherrilyn Kenyon

Lorsque le garou Wren Tigarian aperçoit Maggie Goudeau, il est fasciné. Sa nature est de traquer et de détruire, pas d'aimer : pourtant c'est une attirance véritablement animale qui le pousse vers elle. Mais la liaison des jeunes gens provoquent la colère des ennemis de Maggie. Pour la protéger, Wren devra élucider le meurtre de ses parents… quitte à remonter dans le temps.

Nouveau ! 2 romans tous les 2 mois aux alentours du 1er de chaque mois.

9416

Composition
CHESTEROC LTD

Achevé d'imprimer en Italie
par GRAFICA VENETA
le 17 novembre 2010.

Dépôt légal novembre 2010.
EAN 9782290028926

ÉDITIONS J'AI LU
87, quai Panhard-et-Levassor, 75013 Paris
Diffusion France et étranger : Flammarion